女神に訳アリ魔道士を押し付けられまして。

Madoshi Wo Oshitsuke Raremashite Megamini Wakeari
登場人物紹介
クレフ・リード
異世界アーシアの
優秀な魔道士。
ライバルに毒を盛られ、
幽体状態になった。
ヒナちゃん
聖《せい》魔《ま》鳥《ちょう》と呼ばれる
聖なる鳥の雛《ひな》。
寧々になついている。
龍《りゅう》ケ《が》崎《さき》寧《ね》々《ね》
女神によって異世界・アーシアに
転移させられてしまった女子大生。
クレフ・リードという男性を
救ってほしいと頼まれて——

アシュリー・
ノア・エイムズ
アーシアの国の一つである
エイムズ王国の第一王子。
ユノ&アルマ
神聖教会に所属する
聖魔道士と聖騎士。
ブラムス
寧々とよく出会う
ソロハンター。
灰色オオカミを
従魔としてつれている。
エリオット・
オーウェル
エイムズ王国の
宮廷魔道士長補佐官。
クレフに毒を盛った
張本人。

プロローグ

前後左右、真っ白な空間がどこまでも広がる場所で、私は荷物を片手に困惑していた。

大学の前期試験が終了し、試験休みに入ってはや数日。手芸用品を買った帰りに自分の誕生日ケーキも購入すべく、某チェーン店の自動ドアをくぐったはずなのに、ここはどこだ。

「……まさか、死んだ？」

死後の世界と言えば、大きな川と花畑が有名だ。ここにそんなものはないけれど、可能性はある。現実世界に、こんな場所があるとは思えなかった。

ケーキ屋に入った直後、暴走車でも突っ込んできたのかな？　で、即死。

「マジで？　マジで死んじゃったの？」

私、就職の内定は早々にゲットし、残るは被服学科最大の試練である卒業制作――ウエディングドレス作りと出席日数のクリアのみで、来年には卒業の予定だったのに？　最終話が気になる漫画や小説も読めないまま、人生終了⁉

ショックのあまり、その場にうずくまる。が、数秒後には決意と共に顔を上げた。

「……こうなったら、浮遊霊として現世に帰るしかない。でもって、誰かの横で読ませてもらう」

作家さんの印税収入に貢献できないのは申し訳ないが、死んでいる以上はどのみち買えないし。

成仏しない気満々の私、龍ケ崎寧々《りゅうがさきねね》はオタクである。

六歳上の兄、雅兄《まさにい》こと雅哉《まさや》が幼くしてオタクだったので、面倒見のよかった彼に遊んでもらううちに、しっかり染まってしまったのだ。

ちなみに雅兄と双子である長兄、鉄兄《てつにい》こと鉄哉《てつや》は外遊び大好きっ子だったため、そちらの影響で我が龍ケ崎家三兄妹は、そこそこ運動が得意なオタクである。

それはともかく、どうすれば帰れるのか。とりあえず適当に歩いてみようと立ち上がったその時、キラキラと輝く虹色の光が目の前に現れた。

あっけにとられて見ていると、その光の中からギリシャ神話の女神みたいな、白い衣装をまとった美女が現れる。長い長い金色の髪。瑠璃色《るりいろ》の瞳は、宝石のようだ。

「初めまして、龍ケ崎寧々」

美女が、柔らかな声で私の名を呼ぶ。

「私はアシエス。あなたが住む世界とは異なる世界、アーシアを創りし女神。あなたにある人を助けていただきたくて、お呼びしました」

「は？」

「彼の名は、クレフ・リード。優秀な魔道士で、アーシアの民をより豊かにする魔道具を、いずれ創り出したであろう人。けれど私がちょっとうたた寝をして加護の薄れた隙《すき》に、宮廷魔道士長の座を巡るライバルに毒を盛られ……」

そう言って、彼女はハラハラと涙をこぼす。

「ちょ、待って」

あっけにとられていた私は、慌てた。泣かれるのは困る。どうしていいか分からない。頼みを引き受ければいいの？　いや、でも、私に解毒知識なんてないし……

「神である私にとっては、十年など瞬《まばた》きの間。ですが人族である彼にとっては、長い。その間彼はずっと、幽体で彷徨《さまよ》って……」

「って、既にお亡くなりに⁉　それをどう助けろと⁉」

叫んだ私に驚いたのか、自称女神は泣きやんだ。そしてその残滓《ざんし》を指先で拭《ぬぐ》い、かすかに微笑《ほほえ》んで首を横に振る。

「いいえ。今の彼は少々特殊な状態で、死んだとは言えません。ですが体がないのは事実。このまま恨みにのみ込まれれば悪霊となり、真実の死を迎えるでしょう。彼が悪霊になれば国を滅ぼすほどの力があるかもしれません。あなたには、人ならざるものを感知し、見て触れて言葉を交わす【見鬼《けんき》】スキルと、対価と引き換えにあらゆるスキルと物を作り出す【創造】スキルを授けます」

「対価？」

「何かを作り、売ってください。その金額と同じだけスキルポイントが入ります。もちろん、ポイントを使ってもお金は消えません。現金が消えては、生活に困るでしょう？」

確かに。せっかく収入を得ても、スキルを使えば消えてしまうのでは、よほど稼がない限り貧乏一直線。日々の生活でいっぱいいっぱいになりかねない。

「いや、でも待って。そういうのは、私より雅兄向きだから！」

雅兄は、異世界転生とか転移とかのライトノベルを山ほど読んでいる。私も読んでいるが、雅兄のほうが異世界で必要なスキルをポンポン思いつくだろう。でもって、運動能力も私より上だ。兄を犠牲に異世界転移を免《まぬが》れようとしているみたいに見えるかもしれないけど、もしも雅兄がこの場にいれば、嬉々として異世界行きを承諾したと思う。昔、行けるものなら行ってみたいとか言ってたし。

「そもそも、もっとファンタジーに通じた人がいそうなのに、どうして私なの？」

「異世界転移に耐性があり、かつ、【創造】と【見鬼《けんき》】に適性がある人を探して、最初に見つけたのがあなたでした」

耐性に、適性か。心当たりは手作りアクセサリーなんかのイベント販売、およびネット販売からの【創造】スキル適性しかないけどねぇ。

……普通はもう少し、候補を出さない？　即決するほど、該当者がいなかったの？

「ある程度のスキルをすぐに作れるよう、元の世界で作った物の売り上げをポイントに反映しましょう。【創造】で作ったスキルは、あなたの魔力で発動します。使えば使うほどスキルのレベルが上がり、威力と性能も上がります。どうか彼が悪霊となって国を滅ぼす前に、助けてください」

深く頭を下げた彼女の体が虹色の光に包まれる。徐々に消えていく女神の姿に、私は焦った。

「ま、待って！　引き受けるなんて言ってない！　ってか、神様ならあなたが助ければ――」

「それはできません」

私の訴えを遮《さえぎ》って答えた女神が、困ったように笑う。

「創造神にできるのは、世界に新たなものを加えることだけ。取り除いたり、なかったことにはできないのです」

「つまり？」

「使者という名の石を水面に投じ、波紋で変化をもたらすしかありません」

「そんな……。って、追加しかできないって、帰りはどうなるの⁉　それだけは例外なの⁉」

「帰りは、彼にお願いしてください。けれど異世界への侵略などをさせぬために、人の子の魔法で異世界に転移可能なのは、転移先にある物と同じ物を持つ者だけ。あなたの場合は、その髪飾りです。くれぐれも、なくさぬようお気をつけて。それでは、よろしくお願いいたします」

その言葉を最後に、女神の姿は完全に消えた。そして周囲は森へと変わる。

そこは深い深い、樹海のような森だった。

第一章　決意

風が梢《こずえ》を揺らし、濃い緑と土の匂いを運ぶ。見事な森だ。樹齢が何百年もありそうな木々が、そこかしこに生えている。そして民家はさっぱり見えない。

そんな所に、私は一人。持っているのは手芸用品を入れたトートバッグと、財布やスマホ——スマートフォンの入ったリュックサックくらいだ。

「なんて所に放り出すのよ、女神。遭難したら、魔道士を助けるどころじゃないぞ？」

それともここに、その魔道士がいるの？

もう一度見回すが、それらしき姿はない。再び遭難の文字が脳裏に浮かんだ時、女神がくれたスキルの存在を思い出した。

「【創造】スキルを使って、【マップ】スキルを作ればいけるかもしれない」

【マップ】スキルは、雅兄に借りて読んだ異世界冒険小説で、定番のスキルだ。

「自分を中心に、人や魔物、獣の有無を把握して、それが敵かどうかも判断可能。有益な素材のみならず、危険な植物の存在まで指摘してくれて、これまでの旅路や現在地が分かる自動マッピング機能付き。これに既存の地図をデータとして取り込んで、重ねられたら便利かもね。あと……」

小説にあったスキルの機能を思い出し、ついでにあれば便利だと思う機能をつらつらと口にして、頷《うなず》く。救助対象を捜すのも大事だが、自分の身を守るのも大事だ。

「うん、【マップ】スキルは必須だね。絶対作らなきゃ」

元の世界で作った物の売り上げがポイント化されているのなら、かなりポイントがあるはずだ。

ふっふっふっ、結構稼いでたんだよね。

でも、どうやったら作れるのか。そう続くはずだった言葉は、突然目の前に現れた小さなウィンドウ――スマートフォンのポップアップ通知に似たそれに驚いて、口の中に消えた。

『【マップ】スキルを作成しました』

「は!?」

ウィンドウに書かれた内容を見て、思わず奇声を発してしまう。

「え、なに？【創造】スキルって、作りたいって思うだけで発動するの？」

意外と迂闊《うかつ》だった女神が作り方を教え忘れたのかと思いきや、こんな簡単操作だったのか。

「……一応、本当にそれでできるのか確認するために、もう一つ何か作ってみようかな」

さて、何を作ろうかと考えた時、スキルの作成報告ウィンドウが消えて、新たに、赤と青の点が表示されたウィンドウが開いた。そして、背後の茂みがガサリと音を立てる。

反射的に振り返ると、一匹のウサギが茂みから飛び出してきた。

可愛い。けれどその額《ひたい》には、一本の鋭い角《つの》。

「……異世界のウサギは、角《つの》が生えているのが普通なのかな？　それとも魔物？」

魔道士がいる世界なのだ。魔物がいたって不思議じゃない。それが危険生物である可能性も高い。

だから身を守るために、【マップ】スキルにサーチ機能も必要だと思ったのだ。

おそらく先ほど新しく開いたのは、【マップ】スキルのウィンドウ。印はサーチ結果だろう。

どっちだ。動物か、魔物か。敵意は？

「【鑑定】スキルがあれば……」

目の前にあるものが何か、知る力が欲しい。

願った途端、またもや小さなウィンドウが開く。今度は二つ。

『【鑑定】スキルを作成しました』

『魔獣：突進ウサギ《ダッシュラビット》。突進に注意』

やっぱり、スキルは思うだけで作れるらしい。それにしても、魔獣か。

注意書きからして、逃げたほうがいいんだろうと考えた時、ウサギがグッと身をかがめた。嫌な予感がした私は、勘に従って右へ飛ぶ。すると次の瞬間、背後でドンッと音がした。

振り返ると、件《くだん》のウサギが背後の木の幹に角《つの》を突き刺している。もしも逃げ遅れていたら、角《つの》は私のおなかに刺さっていたかもしれない。想像して血の気が引いた。

ウサギは木から角《つの》を引き抜こうと、ジタバタしている。奴が動けない今のうちに、逃げよう。

そう思ってウサギに背を向けた私の後頭部に、何かが当たった。ビックリして足を止め、周囲を見たが、原因らしき物は落ちてない。分からないなら、今は逃げるのを優先すべきだろう。

そう判断して走り出したが、いくらもしないうちに、視界の端のウィンドウから消えていた赤が、再び現れた。さっきの例からすると、赤は敵。そしてこれは、たぶんあのウサギだ。

私は逃げるため、必死に走った。デコボコした地面を蹴り、木の根や茂みを飛び越え、全力で。四足の獣――まして木に角《つの》を突き刺すほどの突進力を持つウサギ相手に、無謀だと思う。けれど止まれない。止まったら死ぬ。殺される。そんなのは嫌だ。

もっと……、もっと速く走る力が欲しい！　アレより速く走る力が！

願えばまたウィンドウが表示されたが、内容を読んでいる余裕はない。けれどそのウィンドウが表示されてから、明らかに走る速度が上がった。

身体強化系のスキルが作られた？　これで逃げ切れる？

いや、まだダメだ。ウサギは必死に逃げる私を甚振《いたぶ》るように、つかず離れず追ってきている。

何か、何か武器はないか。それか、攻撃系のスキル。

その時、前方から近づいてくるものに気がついた。キツネだ。しかも、これまた角《つの》が生えている。

「ヒダリ、トブ」

突然聞こえた声に思わず従うと、キツネが火を吐いた。熱い炎が一直線に、私がいた場所を通り過ぎる。そして――

「ギャン！」

背後で悲鳴が上がった。つい立ち止まって振り返ると、煤《すす》けたウサギが地面に倒れている。そこへキツネが襲いかかり、抵抗するウサギを押さえ込んだ。

「も、もしかして、助けてくれたの？」

角《つの》があって、火を吐くキツネだ。ただのキツネのわけがない。なら、しゃべるかもしれない。

タイミング的に、私に左へ跳べと助言したのは、キツネの可能性が高い。でも、サーチ結果だと思われるウィンドウ上の表示は、ウサギと同じ赤だ。赤は敵。

なら、あれは……幻聴かな。

そう結論づけた私は、再び走り出した。キツネのターゲットが私に移る前に、逃げなければ。

けれどいくらも離れないうちに、「ミギ！」と、再び声が聞こえる。

また反射的に従おうとして、足がもつれて転んだ。その頭上を、炎が通り過ぎる。

間一髪。けれど早く起きないと、次の攻撃が来る。

焦る私の耳に、土を蹴る音が聞こえた気がした。反射的に振り返って、硬直する。

極限の集中のせいか、やけに動きが遅く見える視界の中、キツネが私に向かって跳躍した。

食い殺される恐怖に、頭の中が真っ白になる。その時パシッと激しい音がして、すぐ目の前に迫っていたキツネが撥《は》ね飛《と》ばされた。

私は唖然《あぜん》として、数メートル横に落ちたキツネを見る。見えない何かに撥《は》ねられたキツネは死にはしなかったようで、ふらつきながらも立ち上がり、一目散に逃げていった。

……ってことは、助かった？

いや、そうとは限らない。今度はキツネを攻撃した存在に狙われるかもしれないのだ。呆けてないで、逃げなければ。そう思って足に力を入れた時、横合いから声が聞こえた。

日本語じゃなければ、英語でもない。なんて言ったか分からないけど、呼びかけというよりは、独り言のような声だ。

見ると、男の人が近づいてきていた。おそらくこの人が、キツネを追い払ってくれたのだろう。

彼の背は高く、肩幅が広い。少し癖のある髪は金色で、瞳も金。肌は白く、鼻筋がすっと通っている。西洋系の美形だ。

服は黒のロングジャケットに、同色のベストとズボン。白いシャツの首元にはアスコットタイが結ばれていて、貴族的な雰囲気がある。思わず見とれていると、彼は驚いた様子で足を止めた。

無言で見つめ合うことしばし。彼は恐る恐るといった感じで、口を開く。

声もいい。けれど残念ながら、何を言っているのか分からない。

おい、女神。異世界転移に翻訳スキルは必須だよ？　それすら自分で作れと？

まあ、これまでにスキルが作られた状況を思えば、翻訳スキルも作れるはず。

彼の言葉を理解できるスキルが欲しい。

強く願うと、『【音声翻訳】スキルを作成しました』と書かれたウィンドウが表示された。

……あれ？　ちょっと失敗した？

翻訳スキルに、『音声』なんてのが付いている。でもまあ、使えなくはないだろう。

私は立ち上がり、頭を下げた。

「助けてくれて、ありがとうございます」

「……私が、見えるのか？」

「は？」

変なことを訊《き》く人だと思いつつ、首をかしげて彼を見返すと、またもやウィンドウが開く。

『人族（幽体）』

私は目を瞬《またた》かせ、改めて彼をよく見た。言われてみれば、背景がほんのり透《す》けている。

魔法らしきもので、魔獣を攻撃した幽霊。女神が私を送り込んだ森で、最初に出会った人。

「――ひょっとしてあなた、クレフ・リードさん？」

「なぜ、その名を？」

訝《いぶか》しげな彼に、私は笑みを浮かべた。

「私は龍ケ崎寧々。こちらふうに名乗るなら、ネネ・リュウガサキでしょうか。信じられないかもしれませんが、異世界人です。この世界を創ったという女神様に、あなたを助けてと頼まれました」

日本だと中二病と思われそうな内容を、思い切って告げる。すると彼は再び目を見開き、「アシエス様が？」とつぶやいた。

「はい。今さらですが、十年前に毒を盛られたクレフ・リードさんですよね？」

同姓同名の魔道士の幽体が、偶然ここにいたってことはないと思いたい。そんな私の思いが伝わったのか、彼がかすかに笑みを浮かべる。

「ああ、そうだ。あれから十年もの時がたっていたとは知らなかったが、リューガーサキが……すまない、発音が難しいな」

「なら、ネネでいいですよ」

「助かる。代わりと言ってはなんだが、私もクレフでいい」

「いいんですか？　貴族とかじゃ……」

宮廷魔道士長候補だった人だ。そんな地位に昇ろうかという人が、平民とは思えない。

すると案の定、クレフは頷《うなず》いた。

「確かに私は伯爵家の跡継ぎだったが、今はこのような身の上だからな。気にする必要はない。言葉も、楽にしてくれてかまわんよ」

彼は自身の胸元に手を当て、自嘲《じちょう》気味にクスリと笑う。

なんと返すべきか分からないが、砕けた言葉でいいのはありがたい。敬語に変換するためにワンクッション挟まなくていいのは楽だ。どちらにしても、なんちゃって敬語だけど――

「じゃあ、遠慮なく」

お言葉に甘えると、彼はもう一度頷《うなず》く。そして立ち話も何だからと、私の手を引いた。

彼に案内されたのは、近くの倒木だ。「こんな所ですまないが」と言われたが、私は気にせず、乾ききったそれに座る。すると彼も私から少し離れて、隣に座った。

「それで、ネネは創造の女神アシエス様に呼ばれて、私を助けに来たと言っていたが……」

「そう。信じてくれる？」

「ああ。この世界には、時折アシエス様に招かれた異世界人――渡り人と呼ばれる者たちが現れる。そして女神に授けられた膨大な魔力や特殊な力で、人々を助けてくれるのだ」

「そうなんだ。女神様が言うには、今のクレフは少し特殊な状態で、死んだとは言えないらしいよ。でもこのまま恨みにのみ込まれれば、悪霊となって真実の死を迎えるって……」

「そうか。ではやはり、私はまだ死んではいないのだな」

クレフはかすかな笑みを浮かべて、ほっとしたようにつぶやく。

「やはりって、クレフは知ってたの？　特殊な状態って、どういうこと？」

私の問いに、彼は「確信があったわけではないが」と言って、十年前のことを教えてくれた。

——十年前、エイムズ王国と呼ばれるこの地の貴族であり宮廷魔道士だったクレフは、魔法の研究にのめり込むあまり、数日徹夜することが少なくなかった。だから効率よく回復するため、睡眠時に薬草を練り込んだ香を使っていたらしい。それに毒が混ぜられていた。

気がついた時には解毒の魔法薬を取りに動くこともできず、やむなく、研究中で手元にあった魔法符を発動させ、肉体の時間を停止した。

魔法符とは、誰でも簡単に魔法が使えるよう、魔力を込めたインクで特別な紙に魔法文字を書き、魔法を付与した札《ふだ》だ。魔法符が破られるか、込めた魔力が尽きれば魔法は解ける。

クレフは魔法が解ける前に犯人以外の者に発見され、解毒が間に合うことに賭けたのだ。けれどここで、予想外の事態が二つ発生した。

一つは幽体離脱。時間停止魔法が発動した途端、クレフの魂《たましい》は体からはじき出されて戻れなくなった。そして魔力を蓄積する体を失った影響か、魔法が使えなくなったのである。今の彼が多少なりとも魔法を使えるのは、訓練したからだそうな。

もう一つは、時間停止魔法の解除不能。クレフの同僚が魔法符を破ろうとしても破れず、有限であるはずの魔法符の魔力がいつまでも尽きなかったため、魔法が解けなかったとか。

毒物は事件の第一発見者——暗殺の証拠隠滅に、朝一でクレフの研究室に来た犯人に処分され、未発覚。結果として、事件は魔法を暴走させての事故として処理されたらしい。

「犯人は次期宮廷魔道士長候補のライバルで、クレフに暗殺を仕掛けるくらいだから、仲はよくなかったんでしょ？　そんな人が第一発見者って、誰も怪しまなかったの？」

「研究室が隣なのだ。隣室に異常を感じたと言われては、仕方ない。それに、さすが公爵家子息、処世術に長《た》けていて、証拠隠滅に来た彼が悪態をつくまで、私自身、そこまで憎まれているとは知らなかった。おそらく、誰も気づいてはいないだろう」

うわぁ、貴族って、怖い。

「魂《たましい》が体からはじき出された原因は分からないが、魔法が発動したタイミングからして、死んではいないはず。魔法さえ解ければ、体は取り戻せる。そう信じていたが……」

クレフは膝の上の手を握りしめた。きっとこの十年間、ずっと不安だったのだろう。よく、犯人への憎悪で悪霊にならなかったものだ。もしそうなっていれば、彼は死んでいた。理屈は分からないが、女神が言っていたのだから間違いない。

キュッと胸が痛んだ私は、思わず彼の手に自分の手を重ねた。

「大丈夫。すぐに魔法を解くよ。体を取り戻して、犯人を告発してやろう。ね？」

にっこり笑うと、彼はかすかな笑みを返してくれる。

「ありがとう、ネネ。だが渡り人とはいえ、子供のおまえを危険にさらすのは……」

その言葉に、私は思わず笑顔のまま表情が固まった。

「……私、二十二歳だけど？」

「二十二!?」

驚いて目を見張るクレフに対し、改めて微笑《ほほえ》みながら、「で？」と訊《き》く。

「この世界の成人って、いくつなの？」

「……十六だ」

気まずいのか、クレフは微妙に視線をそらしつつ答える。

なるほど、なるほど。つまり私は十六歳以下に見えたと。

日本人は、実年齢より若く見えると聞く。チビで童顔な私は、なおさらだろう。そこに人種どころか、異世界という壁。分からないのも仕方ない。実際、私もクレフの年齢は分からないし。

でもだからって、十六歳以下って……

「ちなみに、クレフはいくつ？」

「あれから十年ならば、三十五と答えるべきか」

「つまり、見た目は二十五なのね」

魔道士長候補だし、若くても二十代後半かと思いきや、意外である。

「まあそれはともかくとして、危険ってどういうこと？」

年齢の件はお互いさまと思って水に流すことにし、気になったことを訊《き》く。すると私に視線を戻した彼は、顔をしかめた。

「……私の体がある場所が、問題なのだ」

「お家じゃないの？」

「違う。両親は、いずれ何かの拍子に魔法が解けるかもしれないと考え、私を屋敷に引き取った。しかし、奴も同じことを考えたのだろうな。ほどなく屋敷に忍び込み、刺殺しようとした。だが時間が止まった体は刃を通さなかったため、この森の地下にある迷宮へ捨てたのだ。迷宮は生き物以外を取り込んで、最下層にある迷宮核の間に送る。つまり私の体があるのは、迷宮の最下層だ」

「……ひょっとして迷宮には魔物がいて、それを生み出しているのが迷宮核だったりする？」

「ああ。地下で澱《よど》んだ魔素《まそ》──大気に含まれる力が凝縮して物質化したのが、迷宮核だ。それが迷宮と呼ばれる亜空間と魔物を発生させる」

「でもって核が壊されると迷宮が消えるから、核を守る存在が迷宮核の間にいたりして？」

「ああ。迷宮核には、守護者と呼ばれる魔物がついている。その迷宮で、一番強い魔物だ。しかし、よく知っているな。ネネの世界にも迷宮があるのか？」

「いや、ないよ。魔法もない。想像で書かれた物語があるだけ」

先の二つは、ダンジョンものライトノベルでよくある設定なのだ。

「そうか。まあ、魔物を倒すことで得られる魔宝石は、今や魔道具の動力源だ。そのため、百数十年前に魔道具が開発されて以来、どこの迷宮核も破壊されていない。だがここの迷宮は、少々事情が異なる」

「事情？」

「不定期に構造が変化するため、発生してから三百年たつ今も、未だに最下層が発見されていないのだ。つまりここならば、迷宮核の間に送られた私の体を、誰かが見つける可能性は低い。加えて、仮に魔法が解けても、自力での脱出は難しいだろう。解毒薬もなく、死に至る」

「なっ……」

なんてひどい。

「本当に、よく悪霊化しなかったね」

そう言うと、彼は苦笑した。

「……認めたくなかったから、だな」

「え?」

「ネネの世界では違うのかもしれないが、この世界では、死後も地上に残る霊は人に害をなす悪霊といわれている。手を出せば悪霊――死者だと認める気がした」

そうか。死んだと思いたくなくて、十年も耐えたのか。すごいな。その精神力のおかげで、女神の救済が間に合った。でも……

「ネネ。迷宮にはさまざまな魔物がいる。浅い階層であれば先ほどネネを襲った炎のキツネ《フレアフォックス》――キツネの魔獣より弱いくらいだ。けれど、深い階層の魔物は強い。魔獣から逃げていたネネは、戦いの経験などないのだろう?　危険だ」

クレフは私が重ねたままだった手を引き抜き、私の手の上に置く。そして笑った。

「私がまだ生きていると、教えてくれて感謝する。私は、自分の力で体を取り戻そう。最寄りの町まで送るから、そこの貴族に渡り人だと明かし、帰還を願って王都へ連れて行ってもらうといい」

「でも、女神様はクレフに頼めって……。それに、役目を果たさないと帰れないかもしれない」

「異世界への転移魔法に適性のある者は少ないが、私以外にも可能な者はいる。そして、かつてこちらの暮らしが合わず、何かをなすことなく病《やまい》に倒れた渡り人を、帰した記録がある。私を助けずとも、帰還できないことはない」

「……そう、なんだ」

確かに私は、戦闘経験なんてない。いざという時の護身術は鉄兄から教えられたが、あくまで対人。それも、逃げるためのものである。

でも、それでいいの？　女神の言葉を伝えて、それで終わり？　魔獣から命を助けてもらったのに、自分は何もできないの？

悔しく思いながら、クレフに握られた手を見た。すると、凝視が【鑑定】スキル発動のトリガーだったのか、ウィンドウが開く。

『異世界人：ネネ・リュウガサキ』

私の情報だ。突進ウサギ《ダッシュラビット》やクレフの時と違って、名前以外にも色々表示されている。

〈能力値〉体力：２２０　持久力：１９０　スピード：１９０　筋力：１５０　器用さ：３００
魔力保有量：５１３０
〈称号〉渡り人

〈職種適性（最大値：10）〉嫁：6　狙撃手：9　魔道士：1　魔闘士：3　魔道技師：4
〈ギフトスキル〉【見鬼《けんき》】レベル99　【創造】レベル99
〈スキル〉【マップ】レベル1　【鑑定】レベル1　【身体強化】レベル3　【音声翻訳】レベル1

改めてクレフを見ても、先ほどの情報に名前が増えたくらいで、能力値などの項目はない。もしかして私より強い相手に、【鑑定】は効かないのかな？　レジストとかいうアレで。

まあ、だから私の数値がすごいのかどうかは分からないが、職種適性が変なのは分かる。

嫁って、職業か？　それに、一番適性のあるのが狙撃手って……

私に狙撃経験なんてない。触ったことのある銃は、割《わ》り箸《ばし》と輪ゴムで作ったゴム鉄砲か、夜店の射的、ゲームセンターのシューティングゲーム程度だ。

ゴム鉄砲で倒した的の数は兄妹間で一番多いし、射的では狙った獲物《おかし》を外したことがない。シューティングゲームは、最高記録を塗り替えたことがあるけれど……それが、適性9の要因？

ともあれ、魔道技師は生産職っぽいし、戦闘職らしき魔道士と魔闘士の適性は低い。迷宮で戦ってクレフの体を取り戻すなら、役に立つのは狙撃手くらいだろう。それを目指すしかない。

スキルの詳細もざっと確認した私は、【創造】スキルの設定ウィンドウを出せることを知り、早速チェックした。そしてスキルの発動を自動から手動・音声操作に変更して、一息つく。

【創造】スキルの初期ポイントとして女神に与えられたポイントはまだあるけれど、欲しいと思っただけでスキルが作られていては、あっという間にポイントを使い切ってしまいかねない。緊急時はいいかもしれないけど、やっぱりね。切り替えスイッチがあったのは、幸いだった。

一度作ったスキルの作り直しはできないみたいだし、条件付けで必要ポイントが変化するらしいから、今後はよく考えて作らないとね。

「ネネ？」

急に黙り込んだせいか、クレフが訝《いぶか》しげに私を呼ぶ。ハッとした私は、まっすぐに彼を見上げた。

うん。やっぱり命の恩人に対して何もしないのは、嫌だな。性に合わない。

「王都には、クレフを暗殺しようとした魔道士がいるんだよね。それも事件から十年たって、宮廷魔道士長として君臨しているかもしれない魔道士が」

「ああ、そう言われれば、そうだな」

「渡り人は、女神様に授けられた膨大な魔力や特殊な力を持つんでしょ？　帰さないで、利用しようと思うんじゃないかな」

私が犯人の所業を知っていても、被害者本人の証言や証拠がない限り、断罪できない。はたからは、言いがかりにしか聞こえないのだ。そして、もしもそいつが私に人助けを求めたら……

そいつに対する周囲の好感度アップに役立つのは嫌でも、断れる気がしない。

これにはクレフも同意見みたいで、フムと頷《うなず》く。

「ないとは言えんな。昔から、渡り人の恩恵を得るために、高い身分や役職を与えて引き留めようとする者はいる。中には渡り人にバレなければ問題ないと、元の世界へ帰るために必要な物――あちらの世界にある物と同じ物が必要なのだが、それを盗む輩《やから》もいた」

「うわ、ひどい」

「そうだな。そして渡り人は、王族の伴侶に望まれることもある。もちろん、当人も望んで婚姻を結んだ者もいるだろうが……」

「帰還に必要な物を失って、仕方なくって人もいたかもしれないね」

「ああ。魔道士長の座に固執した奴が、今度は爵位のために、ネネを王族に献上する可能性は否定できない。奴は次男で、公爵位を継げんしな」

冗談じゃない。献上品にされてたまるか！　私は帰る！

「ならやっぱり、王都行きはナシで。それにクレフは自力で体を取り戻すって言ったけど、何かあてがあるの？　私なら、確実に魔法を解除できるよ。女神様にもらった【創造】スキルで、【魔法無効化】スキルを作るの。【状態異常無効化】スキルを作れば、即座に解毒も可能だよ」

「【創造】？」

「うん。私が作って売った物に応じて発生するポイントと引き換えに、あらゆるスキルと物を作り出すスキル」

「あらゆる……。ではその力で、異世界転移のスキルを作ることも可能なのではないか？　それなら、王都に行く必要はない」

「た、確かに！　でもそれ、さすがに作れないようにされてるんじゃ……」

女神は使命を果たしてほしいはずだ。

そう思いつつも、念のために調べた結果は――

「……できるみたい。必要ポイントが百万で、現状だとまったく、ぜんっぜん足りないけど」

ってか、ヒット商品でも作らない限り、百万なんてなかなか貯まらないだろう。

なら、クレフの体があるはずの迷宮核の間へ転移するスキルは？　と思って調べてみると、行ったことのない場所への転移は不可能と出た。その場の状況を知らなければ、危険だかららしい。

じゃあ、千里眼で見通してと考えたものの、これまた途方もないポイントだった。

私はうなり、そして上目遣いにクレフを見る。

「スキルだと、かなりの日数がかかると思う。でも私は、できれば二ヶ月以内に帰りたい」

「二ヶ月？　何かあるのか？」

「うん。友達と遊ぶ約束をしてるんだよ。その数日後には、大学の授業も始まる」

友達には誠心誠意謝れば許してもらえるだろうし、大学は卒業制作のドレスと出席日数だけ。最悪、一週間程度は欠席しても大丈夫だと思う。今まで真面目にやってきたから、ドレスさえしっかり作れば、ゼミの教授も少しくらい大目に見てくれると思うんだよね。……たぶん。

幸い今日の買い物で、ドレスのレースを編む材料も買い、持っている。迷宮攻略の合間に時間があれば、それを編もう。でもって元の世界に帰ったら、とにかく頑張る。卒業できなかったら、せっかく内定をもらった手芸クラフト店で働けない！

「だからお試ししない？　確かに私は戦いに慣れてない。でも転んで逃げ遅れるまでは、魔獣に怯《おび》えて動けないなんてことはなかった。備《そな》えてから挑めば、魔物とも戦えると思う」

「しかし……。ならば、魔道具の作り方を教えよう。物によるが、そこそこの値で売れるぞ」

「や、さすがにそんな手伝いをしてもらっておきながら、何もせずに帰るなんて恩知らずなことはできないよ。むしろそれで得たポイントは、クレフを助けるのに使わなきゃ。命の恩人に加えて、帰還の手伝いまでしてくれるって人を放置して帰るなんて、人としてどうかと思う」

「だが……」

「それに、女神様のクレフへの目のかけっぷりからして、助けずに帰るのは許してもらえない気がする。女神様にできるのはこの世界に加えることだけで、他の形での介入は一切できないって言ってたから帰還阻止はできないとしても、帰還後即座に再召喚されたら、意味がないでしょ？　使命を果たしたほうが、確実に帰れるんじゃないかな」

私の主張に、クレフはとうとう沈黙した。そして――

「……無茶はしないと約束してくれるか？　私のせいでネネが傷つくようなことになれば、悔やんでも悔やみきれない」

しばらくしてそう言ったクレフに、私はもちろん頷《うなず》いた。

「せっかくだから戦う手段として、魔法の使い方とかも教えてくれる？」

魔法が使えるなら使ってみたいとウキウキする私に、クレフは苦笑しながらも了承してくれた。

その時、私の背後で何かがピシッと割れる音がする。直後に、「ピィ」と、可愛らしい鳴き声が聞こえた。

「フードの中だ」

クレフに言われた私は慌ててパーカーを脱ぎ、フードの中を確かめる。

そこには、白い卵があった。ほんのり光っているそれは、結構大きい。Ｌサイズの鶏卵《けいらん》以上の大きさがある。

「なんでこんな所に卵が……。ああ、あれか。ウサギから逃げる時、上から落ちてきた」

よく頭で割れず、しかも、フードの中に入ったものである。

感心していると、卵にさらなるヒビが入った。そしてあっという間に広がって、パカンと割れる。

「ピィ！」

全身フワフワの産毛に包まれた雛《ひな》が、元気に鳴いた。そして、つぶらな黒い瞳で私を見上げる。

ほんのり光る体は、冬のシマエナガのように白く、小さくて丸い。頭には、オカメインコみたいにクルンとカールした冠羽《かんう》があった。はっきり言って、めちゃくちゃ可愛い。

「ママ！」

「……しゃべった」

しかも、魔獣から逃げていた時に聞いた声と同じだ。

この世界には魔物がいて、魔法も使える。なら、しゃべる鳥が生まれる前からしゃべっても、おかしくないよね。そしてそれだけ知能のある鳥なら、刷り込みの訂正が可能かもしれない。

「違うよ、雛《ひな》ちゃん。私は寧々。人間だから、雛《ひな》ちゃんのお母さんじゃないよ」

「ネーネ？」

「そう！　で、こっちはクレフ。幽体だけど、見えるかな？」

彼の前に差し出すと、雛《ひな》は「パパ！」と叫んだ。言われたクレフは目を見張り、苦笑する。

「私が見えたことにも驚いたが、まさか聖魔鳥《せいまちょう》にお気に入りの認定をされるとはな」

「聖魔鳥《せいまちょう》？　お気に入り？」

「その鳥だ。ほのかに光る白い卵に、同じく光る白い体毛。間違いない」

クレフ曰《いわ》く、聖魔鳥《せいまちょう》は守護魔法を得意とする聖なる鳥。しかし憎悪などの負の感情で羽が黒く染まった場合は、すべてを破壊する魔鳥《まちょう》となるそうな。

聖魔鳥《せいまちょう》の卵は気に入った人の前に突然現れて、孵化《ふか》する。選ばれた人は、聖魔鳥《せいまちょう》が命を共にするお気に入り。その人の魔力を糧《かて》として、その人が生き続ける限り、聖魔鳥《せいまちょう》も生きる。ただし魔鳥となった場合は、その限りではない。

お気に入りに選ばれるのは男女各一名で、一度に選ばれることもあれば、一人ずつの時もある。パパ、ママと呼ばれた相手がそうらしい。ちなみにこの呼び名は、希望すれば変えられるという。

私はさっき、ネーネと呼び直してもらったので、それでよしとした。クレフはクーと変更する。

私に出会うまでのこの十年、クレフの姿を見ることができる人はいなかったらしい。なので聖魔《せいま》鳥《ちょう》が呼びかける先にクレフの姿を見る人はなく、悪霊がいると騒ぎになりかねないとのこと。

クーなら、鳴き声としてごまかせるのではないかと彼が真顔で言った時は、思わず笑った。

困ったのは、聖魔鳥《せいまちょう》の名前。雛《ひな》ちゃんと呼びかけたのを、名付けとして受け取られていた。しかも私たちへの呼び名と違って、変更を受け付けてくれない。まあ、安直だけど可愛いし、いいか。

気を取り直した私は、ヒナちゃんに写真撮影をお願いした。

「家族に事情を説明しておきたいの」

私は家族とグループ登録しているメッセージアプリで、毎日、おはようとか行ってきますとか、メッセージを送っている。独り暮らしのため、生存確認的な感じだ。

その送信がないと、行方不明がバレる。そうなったら捜索願なんかが出されて、無事に帰還できても色々めんどくさい。それに、心配させるのは不本意だ。

「でも心に直接話しかけるスキルだと、幻聴と思われかねないんだよ。だから物的証拠を残したい。あっちの世界に光る鳥はいないから、その写真で異世界転移を信じてもらえるかもってわけ」

スマホを見せて写真がどんな物か説明し、許可を取った私はヒナちゃんを手に乗せて、森を背景に写真を撮った。続いて【創造】スキルのウィンドウを出して操作し、家族への連絡手段作成に取りかかる。

材料や代償があると消費ポイントの削減が可能だったため、通信時にスマホの電力を犠牲にすることにし、【メッセージ】スキルの作成を実行した。

『現在地、異世界。友達と約束したイベントまでには帰れるように、頑張る。捜索願は出さないで。あと、冷蔵庫の中の生もの、処理よろしく』

早速文章を入力し、写真と共に送信する。バッテリー残量が一気に半分近く減ったものの、無事に送れたようでほっとした。その直後、ピロンと音がして、返事が来る。雅兄だ。

CG加工もこなす兄には、写真があっても信じがたいらしく、『マジで?』と書いてある。

『マジです。通信手段は電力が代償。連絡はこれが最後と思って。でも、絶対に帰るから』

『……あほう。当たり前だ。ちゃんと帰ってこい』

その着信を最後に、画面がブラックアウトした。バッテリー切れだ。

「ん。ちゃんと帰るから」

スマホをぎゅっと握った私は、元の世界とのつながりが切れた不安を振り切って、スマホをリュックサックに突っ込んだ。

第二章　迷宮都市カグラ

聖魔鳥《せいまちょう》は生まれたてでも、種族固有の守護魔法である結界や、障壁を展開できるらしい。ただし、大きなものや長時間は不可能とのこと。

私は衝撃を吸収する結界で自身を守ったヒナちゃんを、マントのフードに入れて森を走っていた。

目的地は、ここから最も近く、かつ、クレフの体が捨てられた地下迷宮への出入り口がある町。

迷宮の魔物と戦うハンターとなって、私をこの世界に送り込んだ女神が願った通りクレフの体を取り戻し、後顧《こうこ》の憂《うれ》いなく元の世界に帰るためである。

帰還目標は二ヶ月以内。早ければ早いほどありがたい。

トラブルは避けたいので、私が渡り人だということと、クレフの存在は秘匿することにした。

なぜなら渡り人は、創造の女神がこの世界の人を助けるために、異世界から招いて力を与えた存在だと知られている。渡り人だとバレたら、何かと頼られかねない。元の世界に帰れる日が、著《いちじる》しく遠のいてしまうだろう。

一方クレフは、バレたら存在消滅の危機だ。何せこの世界では、地上に残る霊は人に害をなす悪霊だと思われていて、討伐対象なのである。特に創造の女神を祀《まつ》る神聖教会は、悪霊祓《ばら》いを職務の一つとしているので、注意しなければいけない。

それにしても、突進ウサギ《ダッシュラビット》に追われて作った【身体強化】スキルは、意識して使うとすごい性能だ。一蹴りで巨大な倒木に飛び乗れるし、下りる時にもあまり衝撃を感じない。そこそこ広い川や崖《がけ》も、軽々と飛び越えられた。

そのたびに翻《ひるがえ》るマントが、私をゲームのキャラクターになった気分にさせる。

フルダイブの感覚共有ゲームなんかができたら、こんな感じかな？　正直、楽しい。

ちなみにこのマントは、【創造】スキルで作った。魔獣狩りや素材採集で森に来たハンターに出くわした際、日本の服を見られないようにである。

クレフによると、私のシャツやパーカー、ジーンズはデザイン的には問題ないけれど、庶民にしては質が良すぎるらしい。訳あり貴族のふりをしてもいいが、設定を考えるのがめんどくさい。かといって、全部【創造】で作るのはポイントがもったいないので、マントで隠すことにしたのだ。

町に着いたら、服を買って着替えるつもりである。その際の軍資金は、ヒナちゃんが孵《かえ》った卵。割れたあともほんのり光っている聖魔鳥《せいまちょう》の卵の殻は、多少魔除《まよ》けの効果もあって、需要が高いらしい。その上そう簡単には手に入らないため、高値で取り引きされているとか。

ヒナちゃんはフードの中で孵《かえ》ったので、ひとかけらも漏らさず回収できている。これ以上砕けないよう亜空間保存の【アイテムボックス】に入れたから、保存状態もバッチリだ。

そう、【アイテムボックス】。温かい食べ物は温かいまま保存して、大きな荷物を抱えることなく旅ができる便利スキル。私はこれを、移動開始前に作った。だってそのほうが移動しやすいし、大事な物をなくさないですむもの。

女神によると、元の世界に帰るには、あちらにある物と同じ物が必要だ。私の場合、それが自分で作ったシュシュらしい。

確かに、自宅にもう一つある。だから絶対になくすわけにはいかないのだ。

私は道案内するクレフを追いかけながら、【マップ】の表示に気を配りつつ、ゴムのみで結ったポニーテールを揺らして森を走った。しばらくして、突然クレフが立ち止まる。

「ネネ、ここに麻痺《まひ》解除の薬草がある。このまま売ってもいいし、調薬してから売れば、【創造】スキルのポイントになるだろう。摘んでいこう」

クレフが指し示した先には、小さな白い花が咲いていた。葉っぱは黄色。群生地を根絶やしにしない程度に摘んで、【アイテムボックス】へ入れる。

移動しては摘み、また移動して——

途中、薬草をつまみ食いしたヒナちゃんが、あまりの苦さにパニックを起こしたのが、かわいそうながらも可愛かった。しばらく「ピィィ」と情けない声を出していたけれど、クレフが口直しに甘い果実を探してくれて、ようやく落ち着いたんだよね。

この世界へ来て早々に、突進ウサギ《ダッシュラビット》や炎のキツネ《フレアフォックス》に立て続けに襲われたのに、クレフに出会って以降は、そんなのどかな時間が続いていた。

ところが、何度目かの薬草採取中、クレフが叫んだ。

「ネネっ、上だ！」

警告に反応して、私はとっさに後ろへ飛ぶ。直後、目の前に大蛇《だいじゃ》が落ちてきた。大蛇《だいじゃ》は太くて長い体をうねらせ、角《つの》の生えた頭をもたげる。そして素早く私に飛びかかった。

「ピィー‼」

大蛇《だいじゃ》の牙が私に届く寸前、ヒナちゃんが鋭く鳴く。そのひと鳴きで、私の前に光る盾が現れた。

大蛇《だいじゃ》は空中でそれにぶつかり、地面に撥《は》ね返《かえ》される。そこへ、クレフが三日月型の光を放った。

一抱えはある太いヘビの体に、三分の一ほど切り込みが入る。続けて放たれた二つの三日月が、残りを切り落とした。

「かつては一撃で落とせたのだがな」

クレフはそう言って、ため息をつく。

直径二十センチはありそうなヘビを、一撃で？　とんでもないな。

ドキドキと激しく脈打つ心臓を抑えるように、私は胸元に右手を置く。その手がかすかに震えていた。

澱《よど》んだ魔素《まそ》の影響で変異した生き物が、魔獣になるらしい。ちなみに魔獣には必ず角《つの》があり、強ければ強いほど、その角《つの》は立派なものだとか。

この森には魔獣がたくさんいると聞いていたけど、さすがにあんな大蛇《だいじゃ》が出てくると、怖い。

私は震える手を握りしめ、意図して大きく呼吸する。

落ち着こう。まずはお礼を言って、それから……

「クレフ、ヒナちゃん、助けてくれてありがとう。にしてもこのヘビ、なんで【マップ】に表示されなかったんだろう。まさか上は、サーチ範囲外とか？」

「ソーナノ？」

フードの中から出てきたヒナちゃんが、肩口で首をかしげる。

「いや、静寂の蛇《サイレントスネーク》だからかもしれんぞ。これは探査魔法でも感知が難しく、ヘビ故《ゆえ》に、巨体であっても忍び寄るのを得意としている」

「厄介なのがいるんだね。でも難しいってだけで、絶対に見抜けないわけじゃないんだね？」

「ああ。今の私では不可能だがな」

なら【マップ】スキルのレベルが上がれば、探知可能かもしれない。レベルアップに期待しよう。

「さて、この魔獣は魔石である角《つの》の他に、肉と皮にも需要がある。【アイテムボックス】に入れられるか？」

「え……、本体も入れるの？」

私は思わずクレフを見返した。

休憩の時に教えてもらったので、魔石に需要があるのは知っている。魔石は、魔宝石ほどの力が必要ない生活魔道具に使われているらしい。二つの違いは出力の差。例えるなら電動自転車と、自動車みたいな感じかな。馬力が違うという。

そんなわけで、魔石も売れる。せっかく魔獣を倒したなら、採取すべき素材だ。でもヘビそのものは……正直遠慮したい。遠慮したいが、入れなきゃいけないのか。

そんな思いを込めた私の問いに対して、クレフが無言で頷《うなず》いた。

……よし。ヘビだと思うからいけないんだ。これは肉。

「クレフ。鮮度で【アイテムボックス】がバレちゃいけないし、氷づけにしてもらえる？」

この世界には一般的に、アイテムバッグというのが流通している。見た目以上に物が入るのは【アイテムボックス】と同じだが、時間停止機能がなく、鮮度は保持してくれないそうだ。

渡り人の遺産としてなら、時間停止機能のあるアイテムバッグがあるらしいが、渡り人だとバレたくないのはもちろん、その末裔《まつえい》と勘違いされても困るので、偽装は大切である。

そんな私の主張により、クレフはヘビを凍結してくれた。ただし一度に使える魔力が少ないため、ぶつ切りにして。私はそれを、【アイテムボックス】に入れる。何の肉か意識してはいけない。

ちなみにこれらを人前で虚空から出すわけにはいかないため、とりあえずトークバッグでごまかして、迷宮に潜《もぐ》る前には、ウエストポーチ型のアイテムバッグを買うつもりである。

その後も私たちは薬草を摘み、キノコや果物、花なども採取しつつ、休憩を挟んで森を走った。

ヘビ以降に出たのは、青いクリスタル状の角《つの》を持つ突進ウサギ《ダッシュラビット》。

白い角《つの》は普通の魔石だが、色付きで透明度が増した角《つの》は魔晶石と呼ばれていて、より強い魔獣から採取できる。これも魔道具の動力源だ。出力は、魔石と魔宝石の間。スクーターってところかな。

この突進ウサギ《ダッシュラビット》も、クレフが狩る。そしてまた移動し、もうそろそろ次の休憩を入れようかと思った頃、彼が言った。

「渡り人の【身体強化】スキルはすごいな。もうすぐ森を抜けるぞ」

「え、本当に？」

「幸い、手に負えない魔獣との遭遇がなかった上に、地形による迂回《うかい》もほとんどしなかったしな」

子供の頃、外で遊ぶのが大好きな長兄に連れられて、アスレチックで遊んだからねぇ。人生、何が役に立つか分からないものだ。

「なら、出口までは休憩なしで行こう」

街道で休んでいれば、乗せてくれる馬車に出会うかもしれない。まあ、来るかどうか分からない馬車を待ち続けるわけにはいかないので、しばらくしたらまた走るけどね。

勢いを増して走ること数分。進行方向の木々がまばらになり、視界がひらけ始めた。どうやら最後は崖《がけ》らしいが、高さの確認のため先行したクレフの制止はない。なら問題なしってことで、ジャンプ。そして着地。

さて、と立ち上がった私の背後で、どよめきが起きた。

ギョッとして振り向くと、【マップ】スキルのサーチ範囲外――およそ十メートルほど向こうに、馬車を囲む集団がいる。こぎれいな格好の人たちだから、野盗なんかじゃないだろう。でも気は抜かない。まれに、非合法な奴隷商がいるらしいしね。

それにしても、止まれの指示、見逃したかな？

そう思った時、クレフが「すまん」と言った。

「しかし上からは、木の陰で分かりにくかったのだ。気づいて制止しようとした時には、ネネは既に飛んでいた」

……ごめん。出口だと思って、スピードを上げすぎたかもしれない。

「こんな崖《がけ》を飛び下りてくるなんて、お嬢ちゃん、身体強化魔法の使い手かい？」

笑みを浮かべたおじさんが、訊《き》いてくる。

「ええ、まあ」

魔法じゃなくて、スキルだけど。

「一人かい？　女の子一人で旅とは不用心だと思うが、よっぽど腕に覚えがあるのか？」

そう言いつつ、おじさんは何かを探るみたいに崖《がけ》の上を見た。

ん？　もしかして、私が野盗の手先じゃないかと疑われてる？

そう思った時、ヒナちゃんが「ツイタ？」と訊《き》きながら、肩口に上ってきた。

「白い鳥……。まさか聖魔鳥《せいまちょう》の幼体か!?」

驚いたように言ったおじさんが、警戒も忘れて走り寄ってくる。

「え、ちょ、あげませんよ!?」

思わずヒナちゃんを手の中に包んでかばう私に、慌てて立ち止まったおじさんが苦笑した。

「いや、失礼。聖魔鳥《せいまちょう》はめったに見れん存在だし、興奮しちまって」

おじさんは最初に見せたのとは違う、にこやかな笑みを浮かべる。

「白い聖魔鳥《せいまちょう》は、善人をお気に入りに選ぶと言われているから、信用できる。賊の手先と疑って悪かった。俺はドレイク商会のパルス・エイリー。この行商隊の責任者だ」

おじさんが出した木札を見て、クレフが頷《うなず》く。

「本物の行商鑑札だ。ドレイク商会は王都の大店《おおだな》で、城にも出入りしている。信用していいぞ」

その言葉に安心して、私は肩の力を抜いた。そして名乗り返す。

「ネネ・リューガーです」

おじさんに信用してもらったのに悪いけれど、偽名である。

渡り人の名前は、この世界の人にとって発音しにくいことが多いらしいからね。もしかして……と、疑われる可能性すらつぶしておきたい。かといってまったく違う名前だと、呼ばれても反応できないかもしれないため、クレフが発音できる部分で切ってみた。

まあ、私がなろうとしているハンターは、ファーストネームで呼び合うのが一般的だそうだけど。仕事の評価を家格で左右させないようにだと言われているが、お忍びの貴族や、訳ありがいるからでもあるそうな。ハンターギルドは魔物や魔獣を狩るため、どんな人でも受け入れている。

「実は、馬車の車輪がぬかるみにはまった拍子に歪《ゆが》んじまってな。直すのに手間取っているんだ。よければ力を貸してくれないか？　礼はするよ」

「いいですよ。代わりに目的地が迷宮都市のカグラなら、馬車に乗せてほしいんですが……」

「お安いご用だ」

交渉成立である。


修理の終わった馬車が、ガタゴト音を立てて進んでいた。馬車は全部で三台あり、雇われの護衛四人が、その前後左右を守っている。

この護衛たちは身体強化魔法が使えたが、立ち往生していた馬車は下手に押せば脱輪しそうな状態で、かといってぬかるみの中で持ち上げて修理するには、力が足りなかったらしい。でも私が加わったことで、あっさり持ち上がった。あともうちょいだったんだね。

乗せてもらった馬車は集団の先頭で、パルスさんの他には御者《ぎょしゃ》を務める従業員が一人いた。

この状況では何か疑問があったとしても、クレフに話しかけられない。他の人には見えないし、悪霊がいるなんて騒ぎになったら、困る。そこで私は、スキルを作ることにした。

『おーい、クレフ。聞こえる？』

早速試しに呼びかけてみると、クレフがギョッとした顔で私を見る。

『人前で話すわけにはいかないでしょ？　だから、心の中で話す【念話《ねんわ》】ってスキルを作ってみたの。ヒナちゃんも交えて、同時通信も可能だよ』

「私からもか？」

『うん。レベル1だと半径一メートル以内の仲間とだけだから、今のところこういう状況でもなきゃ、意味ないけどね。距離が延びれば役に立つと思うよ』

現在の仕様を伝えると、クレフがなるほどと頷《うなず》く。

『次はヒナちゃんに話しかけてみようと思うんだけど、その前にクレフから、ヒナちゃんに説明してもらってもいい？　驚いて声を出したら、パルスさんたちが奇妙に思うでしょ？』

「ああ、そうだな。ヒナ――」

会話の片方だけを聞いて不思議そうにしていたヒナちゃんは、説明を聞き、期待のこもった目で私を見上げた。私はそんなヒナちゃんと、【念話】で内緒話を始める。ヒナちゃんはピルピルとさえずって、楽しげにお話ししてくれた。そうとは知らないパルスさんが、私に話しかけてくる。

「ところで、ネネ。もし聖魔鳥《せいまちょう》の卵の殻を持っているなら、ぜひ買い取りたいんだが……」

「殻、ですか？」

慌てて内緒話をやめた私は、チラリとクレフを見た。すると、彼が頷《うなず》く。

「殻はギルドで売る予定だったが、この商会ならば、買いたたくことはないだろう。殻が丸ごとあるのはまれだし、ついでにぶつ切りにしたヘビも、多少色をつけて買い取ってくれるやもしれん」

クレフ、意外と抜け目ないな。私としては、損さえしなけりゃそれでいいんだけどね。

迷宮都市に入るには、市壁の門で税金を払う必要がある。そのお金を用意するため、街道か門で出会った商人に、森で採取した素材の一部を買い取ってもらう予定だった。

ただしその場合、運が悪いと買いたたかれる。だから卵の殻だけは売らないようにと言われていたが、ここですべて片づくならありがたい。

「ついでに他の素材も買い取ってもらえます？」

「意外と抜け目ないな、嬢ちゃん」

言い出しっぺはクレフだけどね。私も賛同したけど。

「いいぞ。状態にもよるが、相場に少し色をつけてやろう」

「じゃあ、お願いします」

私はマントの陰で、【アイテムボックス】からトートバッグを取り出した。そしてそのバッグから、各種素材を取り出すふりをする。

「って、殻が丸ごとあるように見えるんだが？」

「はい。丸ごと一個分ありますよ」

「マジか。なら復元できるな。貴族に高く売れそうだ。ウサギのは上物の魔晶石だし、ヘビのは……半透明で少し色がある。魔晶石になりかけか」

無意識なのか、パルスさんはブツブツつぶやきながら、日本のと同じそろばんをはじく。

「全部で五千六百ルツ！　これでどうだ？」

えーと、クレフに教えてもらった物の値段から考えると、一ルツは確か、百円くらいだったよね。

つまり……五十六万円⁉

「そんなにいいんですか⁉」

「ああ。殻は貴族に売るつもりだからな。魔晶石に傷はないし、薬草の質もいい」

驚く私にパルスさんはそう言って、クレフも頷《うなず》いた。

「この品質に色をつけてなら、それくらいが妥当だろう。しかし、余裕があるわけではないぞ。迷宮に挑むためには武器や防具が必要だし、宿代や食費など、今後の出費は多い」

ああそうか。――働かなきゃ。


それから約三時間後。ついに私は、迷宮都市カグラにたどり着いた。

身分証を持っていない私が町に入るための税金は、仮の身分証発行代も含めて三十ルツ。ハンターの身分証を手に入れて仮の身分証を返却すれば半額戻ってくるし、今後の仕事で出入りする時は格安の一ルツとなるが、初回は結構高い。それを、なんとパルスさんが出してくれた。

「成人祝いだ。ハンターの仕事、頑張れよ」

「……私、二十二ですよ?」

明かした年齢に、沈黙が落ちる。

「あー、若く見えるのは、いいと思うぞ。それよりギルドへ登録に行くなら、店が近くだから馬車で送ってやるよ。途中におすすめの宿《やど》もあるから、なんなら先にチェックインするか?」

しばらくして口を開いたパルスさんは、気まずさをごまかすためか、さらなる親切を発揮した。

なんというか、いい人だ。買い物は今後、ドレイク商会でしよう。


再び馬車に乗って、門の前を出発する。

クレフ曰《いわ》く、この大きな壁と門は、迷宮で増えすぎた魔物があふれ出してきた際、町の中に閉じ込めて被害を抑えるための物らしい。その現象は暴走《スタンピード》と呼ばれ、一国が滅びることもあるとか。

実際、百数十年前に魔道具が発明され、その動力源として魔宝石の需要が高まった結果、他国の迷宮を得るために戦争が勃発《ぼっぱつ》。それにかまけたせいで魔物の間引きがおろそかになり、暴走《スタンピード》が発生して、滅びた国もあったらしい。バカだねぇ。

でもってそれをきっかけに、当時元の世界に帰っていなかった複数の渡り人が中心となって、どの国にも属さないハンターギルドを創設。迷宮の管理権限を国からぶんどったそうな。

各国王家の威信と求心力は、それを機に軒並《のきな》み低下しているというが、仕方ないよね。

そんな歴史のある町の一つ、迷宮都市カグラには、暴走《スタンピード》が起きた時のために、門と同様、頑丈そうな建物がいくつかある。でも基本的には、木の骨組みがアクセントとなった明るい色の漆喰《しっくい》の家が多い。道には石畳が敷かれていて、童話の世界みたいな町並みだ。広場には綺麗な水の噴水まであるし、水が豊かで、上下水道が整備されているのかもしれない。

「ここがおすすめの宿、春風亭《しゅんぷうてい》だ」

馬車が止まってパルスさんに案内された宿は、白漆喰《しろしっくい》の木造五階建て。一階は食堂になっているのか、開け放たれた扉から大勢の食事客が見えた。

「ここは小型の従魔《じゅうま》なら、一緒の部屋に泊まれる宿なんだ。だから聖魔鳥《せいまちょう》も大丈夫だぞ」

パルスさんの言葉に「そうなんですか」と返しながら、私はチラリとクレフを見る。

「従魔とは、屈服させた魔獣に専用の首輪を与え、従わせた存在だ。主人《あるじ》であるハンターの責任において、行動を共にすることが許される」

察したクレフの説明に、私は小さく頷《うなず》いた。解説、ありがとう。

早速中に入ると、カウンターに美女がいた。先のとがった少し長い耳の、金髪の美人さん。

「珍しい。エルー族と人族のハーフか」

クレフの言葉に、私はこの世界に存在する種族について思い出す。

この世界には、クレフが属する人族の他に、三つの種族がいるらしい。

風魔法と弓が得意で、先のとがった長い耳が特徴のエルー族。

平均身長が百センチ程度で、男はヒゲ面、女は童顔、指先が器用なワーフ族。

血を介した魔力の補給が可能で、不死のごとき回復力を持ち、怪力。魔法全般得意なヴァン族。

なんとなく、それぞれエルフとドワーフ、ヴァンパイアを彷彿《ほうふつ》とさせる種族だ。

ちなみに人族の寿命は百年ほどで、一番人口が多い。平均二百年ほど生きるワーフ族は人族より少なく、五百年以上のエルー族とヴァン族は、さらに少ない。

カウンターの彼女は、その希少な種族の血を引いているわけだね。

ついつい彼女に見とれて凝視した結果開いた【鑑定】ウィンドウにも、種族はハーフと表示された。あと、おなかは目立ってないけど妊婦さんである。

「女将《おかみ》、客を連れてきたぞ」

「あらあら、ありがとう。いらっしゃい、お嬢さん。あら、肩にいるのは聖魔鳥《せいまちょう》？　可愛いわぁ。聖魔鳥《せいまちょう》連れのお客さんなんて縁起がいいし、パルスさんの紹介だし、サービスしちゃう」

私の肩口を見て驚いた女将《おかみ》さんは、にっこり笑って宿帳らしきノートを開いた。

「一泊素泊まりは、前払いで三十ルツ。朝食付きなら三十五ルツなんだけど、三十ルツでどう？」

「よろしくお願いします」

「じゃあ、ここに名前を。文字は書けるかしら？　代筆する？」

「大丈夫です」

私がペンを持つと、クレフが大きな手で私の頭に触れる。少しして、頭の中に文字らしきもののイメージが流れ込んできた。

これは転写という魔法で、流し込まれた情報は反復しなければ忘れてしまうものの、手っ取り早く大量の情報を与えるには最適な魔法らしい。

私がクレフとの会話のために作った【音声翻訳】スキルは、あくまで会話用。スキルを作る際にうっかりしたため、文字は対象外だった。

そういえば、【見鬼《けんき》】は人ならざるものと言葉を交わせるスキルだったはずだけど、【音声翻訳】を作るまでクレフの言葉を理解できなかったのは、なぜだろう。

女神のミスか？　なまじ自分が、そんなのなくても会話できるから……。うん、あり得る。

生まれる前のヒナちゃんの言葉が理解できたのは、ヒナちゃん自身の力かもね。

それはともかくとして、この世界には字を書けない人が結構いるらしい。でも書けたほうが渡り人だとバレにくいかと考えた私は、スキルを作ろうとしたんだけどね。クレフが必要に応じて魔法で教えてくれると言ったから、お言葉に甘えることにした。ポイント消費削減である。

私は脳裏に浮かんだギリシャ文字っぽいそれを、宿帳に書き写した。これでチェックイン完了。

そのあとは再び馬車に乗せてもらって、町の中心にあるというギルドへ向かう。

クレフから教えてもらった情報によると、迷宮都市は大抵円形で、中央の迷宮前広場から放射状に道が広がっている。ピザのピースみたいな感じだ。その縦の道をつなぐように、横道がある。馬車は迷宮前広場までは行けないとのことなので、一つ手前の道で降ろしてもらった。

「知っているかもしれんが、広場には迷宮脱出用魔法陣が描かれている。利用者以外が突っ切るのは禁止されているから、歩道を歩けよ。ギルドはあれだ」

広場までついてきたパスルさんが指さした先には、レンガ造りの建物があった。入り口の上に、看板が掲げられている。たぶん、ギルドの支部名が書かれているのだろう。

そのギルドの正面、かなり広い広場を挟んだ反対側には、町を囲む外壁に負けず劣らず立派な門があった。そこから武装した人たちが何人か出てくる。広場の石畳に描かれた円形の幾何学《きかがく》模様からも、時々光と共に人が現れた。

「あの門が迷宮の入り口だ。広場の魔法陣は、脱出専用」

クレフの説明に、私は小さく頷《うなず》く。目指すは、あの扉の向こう。その最下層だ。

「じゃあ、頑張れよ」

励ましの言葉をくれたパルスさんが、馬車に向かって歩き出す。私はお礼を言って、ギルドに向かった。

開けっぱなしの扉から、中をのぞく。ちょうど仕事を終えた人たちが戻ってくる時間帯だったのか、ギルド内は混み合っていた。

「新規登録受付は、あれだな」

言って、クレフが銀行の窓口に似たカウンターの一つを指さす。ちょうど手続きが終わったのか、三人組の少年たちがその窓口を離れた。私は前を横切る人々の合間を縫って、そこへ向かう。即売会イベントの人波に慣れているため、こういうのは得意だ。

窓口の前に立つと、ヒナちゃんを見た受付嬢が驚いた顔をする。けれどすぐに私に視線を移して、笑みを浮かべた。

「こんにちは。お仕事の依頼なら、隣のカウンターよ？」

「いえ、ハンター登録をしに来ました」

「あら、十六歳だったのね。ごめんなさい」

「いえ、二十二です」

未成年は、ハンターギルドに登録できない。私をギリギリ成人と間違えた受付嬢は、しばらく沈黙したあと謝罪した。

こうも間違われると、めんどくさいから十六歳ってことにしてしまいたくなる。でも六歳もさばを読むのは、ちょっと抵抗があるんだよね。

内心ため息をつきつつ、登録用紙に名前などを書き込んだ。年齢は、やっぱり二十二とする。

人間、正直が一番よ。偽名を使っといてなんだけど。

「身分証を発行しますので、少々お待ちください」

ギルドカード発行手数料を添えて提出すると、受け取った受付嬢はそう言って、書類を金属製の箱のスリットに差し込んだ。続いて付属の水晶玉に触れると、それがかすかに青く光る。そして、箱の下からドッグタグみたいな銀色のプレートが出てきた。

受付嬢はそのプレートにシルバーチェーンを通し、針と一緒にカウンターに置く。

「お待たせいたしました。こちらがハンターの身分証です。あなたの血を一滴つけて、最終登録をお願いします」

血か。痛いのは嫌だけど、仕方ない。

私は左手の小指を軽く刺し、ぷっくり出てきた血をプレートにつけた。一拍おいて、金属がうっすら青い光を放つ。すると、血が金属に吸い込まれるようにして消えた。

「登録が完了しました。身分証は首から提げて、肌身離さず所持してください」

私が言われた通りにそれを身につけると、受付嬢は再び口を開く。

「ハンターのランクはFから始まります。掲示板に張り出されている依頼票には推奨ランクが書かれており、受注可能なのは自分のランクの一つ上まで。Cランクまでは、上位ランクの依頼十個達成で、そのランクへ昇格します」

「標的外の魔獣と遭遇した場合は？　二つ以上ランクが上のとか」

「討伐可能であれば討伐し、魔石など証拠になるものをギルドに納品してください。ランク差によっては、数ランク昇格することもあります。ですが無理はしないでください。どのランクでも、受注した依頼の失敗には違約金が発生しますし、続けば降格となりますので」

無理をした結果の昇格は、その後の苦労につながるのね。

「それから神聖教会にも所属すると、あちらでの仕事――悪霊討伐なども、ギルドのランクに反映されます。ただ、悪霊は討伐後に残る核を調べないと、正確な強さが分かりません。ですので推奨ランクがなく、誰でも討伐依頼の受注が可能ですが、リスクが高いことをご承知ください」

「悪霊討伐の依頼は、教会に所属しないと受けられないんですか？」

「ギルドに依頼があれば、可能ですよ。それと遭遇戦なら、所属は関係ありません。話を戻してCランク以上の昇格ですが、依頼の達成数の他に、戦闘試験があります。そしてAランクより上のSランクに至るには、複数のパーティーで狩るSランクの敵を、少人数のパーティー、あるいは一人で狩るなどの偉業が必要です」

「Sランク、いるんですか？」

「ええ。当ギルドにはお一人」

それはつまり、単独で討伐したってこと？　それともその後、パーティー解散でお一人様に？

「なお、迷宮探索はランクに関係なく、探索許可試験に合格すれば可能ですが、受験するには討伐ポイントを貯めていただく必要があります」

「討伐ポイント？」

「魔獣などを討伐した際、ギルドから付与されるポイントです。対象は依頼の案件でなくてもかまいません。ある程度戦えなくては、第一階層に多いスライムやゴブリン相手でも危険ですから」

受付嬢の説明を一緒に聞いていたクレフが口を開く。

「死者が出れば、それを取り込んだ迷宮が成長し、魔物も増えるからな。私の体は時間停止魔法のために吸収できず、迷宮核の間に残っているだろうが……。魔物が装備できるものでもないし」

装備してたら、逆に怖いわ。

思わず、そう心の中で突っ込む。

それにしても、なるほどねぇ。今は魔道具の動力源として狩られている魔物だけど、本来は暴走抑制《スタンピード》のために減らすのだ。無駄に人材を失った上に、暴走《スタンピード》発生のリスクを上げるわけにはいかない。ポイント制度と試験で篩《ふるい》にかけるのは当然か。

受付嬢は迷宮入りにランクは関係ないと言っていたけど、討伐ポイントを貯める関係上、試験を受ける時にはランクアップしているだろう。実質、Fランクの人はいまい。

「それからギルド内での戦闘、暴力行為は禁止されております。破ればペナルティー。情報交換の場として酒場を併設しておりますが、そこでも同様ですので、絡み酒にはお気をつけください」

受付嬢の忠告に、私は力いっぱい頷《うなず》く。酒は飲んでも呑まれるな、だよね。

「また、当ギルドは調薬や魔道具の作製に必要な道具を含めて、作業場の貸し出しもしております。ご用の際は、受付でお申し込みください」

「え、そんな施設もあるんですか？」

「はい。さすがに鍛冶場はありませんが、ご紹介は可能です」

至れり尽くせり。すごいな、ギルド。


数十分後、ドレイク商会で着替えなどを買って宿に帰ってきた私は、賑やかな声の聞こえる扉をくぐったところで、驚いて立ち止まった。

食堂の一番手前の席、その下に、ダイヤモンドみたいに煌《きら》めく角《つの》を持つ、大きな灰色オオカミが寝そべっていたのだ。角《つの》ありってことは、魔獣である。しかも角《つの》の状態からして、かなり強い。

「ネネ、あれが従魔だ。銀色の首輪をしているだろう？」

『あ、本当だ』

クレフの言葉に【念話】で返した私は、どんな人が主人《あるじ》なのか気になって、従魔が侍《はべ》る人に視線を向ける。途端、その青年と目が合った。

彼はすっと鼻筋の通った綺麗な顔立ちをしていて、髪は黒く、瞳は赤。その目を楽しげに細めて、薄い唇に笑みを浮かべている。人なつっこい笑顔だが、妙な色気があった。

私が軽く頭を下げて挨拶《あいさつ》すると、彼は笑みを深める。そして手にしたグラスを揺らして、挨拶《あいさつ》らしきものを返してきた。グラスの中の赤いそれは、ワインだろうか。絵になる光景だ。

「赤い瞳……。主人《あるじ》は、ヴァン族のようだな」

なるほど、これがヴァン族。総人口が少ないため、めったに遭遇しないと聞いていたのに、あっさり会えたねぇ。

「お帰りなさい、ネネさん。食事をするなら、手前のカウンターが空《あ》いているわ。メニューは、煮込み肉丼かステーキ、焼き魚から選べるわよ」

ホール係の女将《おかみ》さんに声をかけられた私は、「煮込み肉丼？」とつぶやいて、首をかしげる。

もしかすると、もしかするかもしれない。そう思って注文すると、牛丼が出てきた。味も、間違いなく牛丼である。

日本人の渡り人、異世界で食の伝道師にでもなったのか？

ともあれ、なじみのある食事がとれるのはありがたい。私は心の中で先人に感謝を捧《ささ》げつつ、ご飯を食べた。

おいしかったと店員さんに伝えて、部屋に戻ろうとした時、ワインボトルを運ぶ女将《おかみ》さんを見つけて足を止める。

気のせいかな？　なんだかさっきより、顔色が悪いような……

そう思ったその時、ヴァン族の青年にワインを渡して、きびすを返した彼女がふらつく。

「支えて！」

とっさに叫ぶと、賑やかな店内でもその声が聞こえたのか、ヴァン族の青年が動いた。倒れかけた女将《おかみ》さんを受け止めて、しっかりと支える。

何事だとどよめくお客さんたちの間を縫って、私は女将《おかみ》さんに駆け寄った。

【鑑定】には、めまいって出てるけど……

「大丈夫ですか？　めまいや吐き気はありますか？　おなかが痛いとかは？」

「……いえ、めまいだけ」

「オーナー。女将《おかみ》さん、めまいがするってさ」

ヴァン族の青年が、慌てた様子で駆けつけてきた男の人に伝える。その人が宿のオーナーで、女将《おかみ》さんの旦那さんらしい。エプロンをしているってことは、厨房《ちゅうぼう》にいたのだろう。

「顔色が悪いですし、お医者さんを呼んで、診《み》てもらったほうがいいと思います」

私がそう言うと、女将《おかみ》さんは「大げさよ」と、かすかに笑った。

「今日はちょっと忙しかったから、少し疲れただけで……」

「なんにしろ、診《み》てもらうに越したことはないだろ？　な、オーナー」

私に賛同したヴァン族の青年が、女将《おかみ》さんを説得しつつ、彼女を旦那さんに渡す。

「じゃあオレ、医者を呼んできてやるよ」

客の一人がそう言って、店を飛び出した。こうなると、待つしかない。オーナーはお客さんたちに頭を下げてその場を従業員に託し、女将《おかみ》さんを自宅へ運んだ。

「俺たちは、ここで待とうか。無事なら無事と教えてくれるだろうし」

ヴァン族の青年に促《うなが》された私は、その場の流れで同じテーブルに着く。

「俺はブラムス。ソロで迷宮に潜《もぐ》っているハンターだ。君は？」

「ネネです。今日、ハンター登録したところです」

とりあえず名乗り合い、落ち着かない様子の従業員に飲み物を注文して、私たちも落ち着かない時間を過ごした。しばらくすると医者が来て、さらに数十分後、オーナーの家につながっているドアが勢いよく開く。

「おめでただ！　祝い酒だ！」

食堂に飛び込んできたオーナーが、満面の笑みで叫ぶ。客は一拍おいて、歓声を上げた。

「ありがとう！　医者を呼べと言ってくれてありがとう！」

祝いの言葉をかけられ背中をたたかれながらこちらにやってきたオーナーが、私の手を取ってぶんぶん振って、お礼を言う。ちょっと照れくさいけど、うれしい。

大きな酒樽《さかだる》が開けられて、その夜は宿に陽気な歌声が響き渡った。


――ふと喉の渇きを感じて、目を覚ます。慣れ親しんだ自分の部屋じゃないことに一瞬焦るも、枕元でほのかに光る小さな鳥を見て、私は現状を思い出した。

「……異世界、か」

麗《うるわ》しく、そして強引だった女神の力で送り込まれた世界。

魔獣がいて、魔道士がいて、まるでゲームの世界に入り込んだみたいだけど、現実である。

魔獣に襲われたのは怖かったが、森を駆け抜けるのは楽しかった。

優しいクレフを暗殺しようとするような怖い人もいる世界だけど、今日私が出会った人たちは、皆気のいい人たちばかり。

「お酒もご飯も、おいしかったなぁ」

嫌な人のいない世界なんてないのだから、いい人との出会いを喜ぼう。

そんな人たちに偽名を名乗っている罪悪感がないわけではないが、この世界ではよくある話。訳あり貴族なんかが頻繁《ひんぱん》に使う手だと聞いている。私は貴族じゃないけど、いいよね。

酔いのせいか、再びやってきた眠気のせいか、思考がとっちらかる。水を飲んで寝よう。

サイドテーブルに置かれた水差しから水を飲み、私は再びベッドに横になった。

クレフは廊下にいる。男の自分がいては休めないだろうからと、部屋を出たのだ。

真面目で気配り上手で優しくて、紳士。それに、自分を毒殺しようとした同僚を恨んで悪霊になってもおかしくない状況で、十年も堕《お》ちなかった人だ。その自制心は尊敬に値する。

うん。ああいう人は、好きだな。好きな人は、助けたい。命の恩人でもあるし。

クレフを助けて、私は帰って、犯人が牢屋に入れば万々歳だ。

「……がーんばろ」

私はウトウトまどろみながら、つぶやいた。

翌朝の異世界生活二日目。朝食をとった私は、迷宮都市の外にある平原に来ていた。

元の世界に帰るため、一日も早くクレフの体を取り戻したいのは山々だが、迷宮に潜《もぐ》るには探索許可試験に合格しなくてはいけない。そしてその試験を受けるには、魔獣などの討伐実績を挙げる必要がある。つまり戦うすべが必要だ。

無茶はしないとクレフと約束したので、まずはあまり強い魔獣が出ない平原で、魔法の使い方から学ぶつもりである。

大掃除と同じだ。まずは手近なところ、できるところからコツコツ片付けていかないとね。

「じゃあ魔法の使い方について、ご教授お願いします」

頷《うなず》いたクレフは、魔法を使うのに必要な魔素《まそ》について話し始めた。

曰《いわ》く、この世界の大気には、魔素《まそ》と呼ばれるエネルギーが含まれている。人は呼吸で取り込んだそれを無意識に魔力へ変換し、体へ蓄積。保有可能な量を超えた魔力は、超過魔力として体外へ自然放出される。

この変換・放出を意図して大量に行い、世界を構築している理《ことわり》——物理法則などに干渉して望む現象を起こすのが、魔道士だ。

ちなみに身体強化魔法は魔力を放出せず、体内に巡らせて発動させるので、内魔法《うち》と呼ばれている。対して、魔力を放出しての魔法は外魔法《そと》。

「魔法によって必要な魔力量は違うが、その威力は魔力量によって変化する」

そう言ったクレフが軽く手を一振りすると、そよ風が吹いた。続いて、少しためを入れてから手を振ると、強めの風が吹き抜ける。

「これが転移魔法であれば、転移先が遠いほど必要な魔力は多い。魔石などの補助媒体で補うことは可能だが、それでも異世界転移は桁違いの魔力が必要だ」

さもありなん。世界が異なっているのだし、そんな気はしていた。移動距離が長いほど、電車賃が高くなるようものだね。他の魔法もそんなふうに、料金設定があるんだろう。

「体を失った私は、魔力の蓄積ができない。魔素《まそ》を魔力変換した直後にそのまま放出しているため、一度に変換可能な魔力が、使える魔法の限界だ。繰り返し魔法を使い、その量を増やしているとはいえ、まだまだ少ない」

「でも、魂《たましい》だけでも魔力変換できるなんて、よく気がついたね」

私の問いに、クレフは苦虫をかみつぶしたような顔をした。

「……悪霊は、瘴気《しょうき》を発する。それは悪霊にとってはそちらへの変換が容易なだけで、瘴気《しょうき》の元は魔力と同じく魔素《まそ》ではないかという説があるのだ。澱《よど》んだ魔素《まそ》は獣を魔獣に変え、迷宮や魔物の発生にもつながるからな」

「なるほど。つまり使う者次第？」

「ああ、私はそう考えた」

「そっか。ありがとう、クレフ。クレフがそんなふうに考えて、頑張ってまた魔法を使えるようになってくれていたおかげで、私は魔獣から助けてもらえたんだね」

ニコリと笑ってお礼を言うと、彼は少しほおを赤くして、視線をそらす。

「それより、蓄積魔力の放出訓練を始めるぞ。超過魔力程度では、戦闘に使えない」

照れ隠しかな？　まあ色々教わる立場だし、突っ込まないであげよう。

私は目を閉じて深呼吸し、クレフの指示に従って、魔力の流れをイメージした。

始点は胸元。続けて腕、指先とぬくもりが移動して、外に流れ出すイメージを繰り返す。けれど数十分たっても、私の手から魔力らしきものが放出される気配はなかった。

「……難しい」

「そうだな。魔道士でもない限り、この世界の者でも、そう簡単にはできないのが普通だ」

そうなんだ。でも、早く魔法を使えるようになりたい。でないといつまでも迷宮に潜《もぐ》れず、クレフを助けて元の世界に帰れない。

「うーん。他の人の魔力を体に流してもらって、感覚をつかむとかはできないのかな？」

なんだかそんな感じで、魔法使いとして覚醒《かくせい》する漫画か小説があった気がする。

私の独り言みたいな問いに、クレフは考え込んだ。

「他者へ魔力を流す、か。それができるのは、他者へ治癒魔法を施《ほどこ》せる者くらいだが……」

「え？　治癒魔法って、魔道士なら誰でも使えるものじゃないの？」

首をかしげる私に、クレフは「少し違う」と言う。

「治癒魔法には、二つある。どちらも体内で魔力を巡らせ、自己治癒力を上げる魔法なのだが、魔力を操れる者なら誰でも使えるのが、自己治癒魔法。他者を癒やす他者治癒魔法は、相手の魔力に合わせて自分の魔力を送り込める資質がなくてはならない。でなければ患者に拒絶反応が起こり、かえって体調が悪くなる」

「そ、そうなんだ」

「だが治癒魔法を受け、自分の魔力の流れを理解したという話は聞かんぞ」

「そっか。じゃあダメだね」

それができれば手っ取り早いと思ったんだけど、そう簡単にはいかないか。

残念に思っていると、「しかし――」と、クレフが続けた。

「発動に必要な魔力量の多い魔道具を使用した際、ズルリと力が抜けるような寒気に近い感覚がしたという話なら、聞いたことがある」

「もしかしてそれ、自力で放出可能な魔力じゃ足りなくて、魔道具に引きずり出された感覚!?」

「おそらく」

「じゃあ魔道具を使えば……って、そんなに魔力を消費する魔道具は高いか」

ヒナちゃんの卵の殻を売ったお金はあるが、魔力放出の訓練のためだけに、高価な魔道具を買えるほどの余裕はない。

「ジャア、ヒナガヤル?」

「え？」

「ヒナ、チビチビタベテタ。ソロソロ、ガッツリイケル。ネーネノマリョク、ヒッパレルヨ」

聖魔鳥《せいまちょう》であるヒナちゃんの主食は、お気に入りに選んだ人の魔力だ。今のクレフは魔力を蓄積していないため、私の担当である。もっとも、意図した魔力の放出なんてしていないが。

「本当に平気？　無理しなくていいんだよ？」

「ヘーキ」

そう言って、ヒナちゃんは私の指先を咥《くわ》えた。途端、温かい感覚が指先をくすぐる。って、これは舌先か？　でも、ムズムズした感じは指先だけじゃなく、腕を通って胸元まで広がっている気がする。

「どうだ、ネネ」

「うん。寒気じゃなくて温かい感じだけど、なんとなく分かったかも」

クレフの問いに答えると、ヒナちゃんがプハッと息を吐きながら、くちばしを離した。

「じゃあもう一回、放出してみるね」

私はヒナちゃんが魔力を食べた時の感覚を思い出しつつ、魔力の流れをイメージする。しばらくして、「よし」と、クレフの声がかかった。

「少ないが、超過魔力以上の魔力放出が確認できた。繰り返せば、放出量を増やせるだろう」

「おお、やっと。ところでどうやったら、魔力の放出って確認できるの？」

「目視だ。今の私は何もせずとも見えているが、通常は魔力を目に集中させることで光として認識可能になる。魔力の操作が不可欠なため、魔力放出前に本人が見ることはできんが」

なるほど。魔法の練習中に魔力が見えていれば、放出具合が確認できて便利だし、クレフみたいに常時見えたら、魔法攻撃の前兆なんかが分かっていいかもしれない。

常に見るように癖づけてみようかな、などと思いつつ、早速魔力を目に集中する。するとオレンジ色の光が、陽炎《かげろう》みたいに自分の体を覆《おお》っているのが見えた。光の端っこはゆらゆらと揺れ、大気と混ざって消えていく。すっごく綺麗だ。

「これが……魔力？」

「実際に魔法を使ってみるか？」

「え、できるの？」

魔力が見えた感動は、すぐさま魔法への好奇心に置き換わる。

「先ほどの放出量なら、コップ一杯程度の水を出せるだろう。どこにどの程度の水を出現させるか明確にイメージしながら、魔力を放て。必要な魔力量を満たせば、そう感じる瞬間がある。その時、発動を念じろ。イメージが慣れないうちは、言葉で補足してもいい」

「分かった。やってみる」

「ネーネ、ガンバ」

ヒナちゃんの声援を受けて、私は魔力の放出を始めた。両手のひらを上に向けて器《うつわ》にし、そこに水が満ちる光景をイメージする。少しして、今だと感じた。

（いでよ、水！）

ちょっと中二病チックに、心の中で叫ぶ。

結果としてイメージ通り、手の中に水が湧いた。鑑定してみると、『魔法で出した水。飲用可』とウィンドウに表示される。

「本当にできた。しかも飲めるやつ」

「ああ、飲料水をイメージしていれば、問題ないぞ」

私のつぶやきに反応して、クレフが教えてくれる。

魔法を使う際、そこまで意識していなかったけど、水と言えば水道水な環境で育ったため、そうなったのかな。もしくはクレフがコップ一杯程度の水と言ったので、影響されたのか。

私、結構単純だしね。でも洗ってない手に出した水を飲むのはやめておこう。

水を捨ててハンカチで手を拭き、さてと考える。

「これで魔力がある限り水の心配がないのはいいとして、攻撃魔法が使えるようにならないとね」

最終的には、龍をかたどった水で攻撃とかしてみたい。

「そのためには、もっと大量の魔力を一気に放てるようにならなくてはならん。量は攻撃力に影響し、早さは発動速度に関わる。攻撃魔法において、発動速度の差は大きい」

クレフの説明に、私は大きく頷《うなず》いた。同じ威力の魔法なら、早く放出し終わったほうが、先に攻撃できるもんね。攻撃回数も増やせて、早いに越したことはない。

「ん、頑張る」

決意した私は、魔力の放出を続けた。

そしてお昼休憩を挟み、数時間後。

「……風の刃《やいば》とか炎の球とか出せるようにはなったけど、発動までの時間、かかりすぎだよね？」

「そうだな。これだけ魔力を放出しても魔力切れを起こさないあたり、魔素《まそ》の魔力変換やその保有量は、上級魔道士並みだ。だが出力が弱い。これのみ難《なん》があるのは、まれなのだが……」

そう言って、クレフは眉根を寄せた。でも実際に、問題ありとしか思えない結果なのだ。認めるしかないだろう。私は魔力放出力が弱い。

「だがここまで長く、魔法のイメージを維持できるのは素晴らしいぞ。時間さえかければ、発動できる。攻撃まで間が開くと、イメージを維持できずに発動を失敗する者が意外に多いからな」

「そうなんだ」

「魔力の放出量にムラがなければ、いい魔道具職人――魔道技師になれる」

「って、職人じゃあ【創造】スキルのポイントは稼げても、戦闘できないじゃない」

「自力で素材確保に出る職人もいるぞ？」

「世間一般じゃなく、私のこと。私が戦えなくちゃいけないの」

クレフを助けて、元の世界へ帰してもらう。それがベストな結末だ。帰るための手伝いだけしてもらって、彼を助けずに帰るわけにはいかない。そんな自分は許せない。なのにクレフは私を職人にして、安全に帰そうとしているのではないかと思える。

ふくれっ面《つら》の私に彼は苦笑し、ポンポンと私の頭をなでた。

「ならば魔道具や魔法符をメインにして、戦うしかないな。道具に付与された魔法以外は使えんし、魔法符は消耗品で、残数に注意が必要だが」

「出費が増えそうだね」

「作ればいい。魔道具は、慣れなければ剣などの大物に魔法文字を刻むのがやっとだろうが、魔法符ならば、正確な魔法文字とイメージの付与で、ある程度なんとかなる。出来《でき》がよければギルドにも売れるだろう。そうすれば【創造】スキルのポイントが増え、現金は魔道具を買う足しになる」

「おお、一石二鳥！　でも、うまく作れるかな？」

初めて作る物。しかも魔法の道具だ。正直、自信がない。そんな私に、クレフが笑った。

「大丈夫だろう。ネネの【鑑定】スキルは、魔道士の適性を1とした。これが魔力放出力の問題を示しての結果なら、適性4だった魔道技師の仕事ができないわけがない。実際、繊細な魔力の放出が必要な魔道技師は、放出力が弱い者が多い。ちゃんと作れるまで指導してやる」

「うん、よろしくね。じゃあ予定より早いけど、訓練終了。材料費のためにも薬草を摘もう」

ヒナちゃんの卵の殻のおかげでそこそこお金はあるけれど、宿代なんかで日々少しずつ消えていく。薬草はギルドで常時買い取りをしているので、ありがたい。

私はマップウィンドウを二つ出し、一つは広範囲の索敵用。もう一つは近くの素材探索用にした。

素材は、薬草や食用植物はクローバー、動物素材がハート、鉱物はダイヤで表示される設定だ。

これで場所に当たりをつけてからそこへ向かって、採取しつつ鑑定する。広範囲の【鑑定】は情報過多で疲れるし、これなら勉強にもなるからね。

「ん？　何これ」

薬草の群生地を見つけ、ほくほくしながら採取していた私は、気になるものを見つけた。

白地にピンクの筋が入った花に見えるが、植物にしては妙な違和感がある。

じっと見つめていると、【鑑定】スキルが自動発動した。

『モモハナカマキリ。ただの昆虫』

なるほど、花に擬態した虫だったのか。

そう思った瞬間、ポンッと音がして、ウィンドウが開いた。

『【看破《かんぱ》】を習得しました。罠・隠蔽《いんぺい》・偽装・擬態を見破ります』

「え!? ちょ、作ってないよ?」

慌てて【創造】スキルの設定を確認するが、発動は手動・音声操作のままだ。ポイントも減ってない。スキルは自然習得もできるらしい。

……かくれんぼでもすれば、気配を消すスキルとか手に入るかな?

【マップ】スキルで索敵していても、敵との遭遇を回避できないことってあると思うんだよね。勝てそうにない相手や、多勢に無勢はきつい。そんな時、隠れてやり過ごせたら助かる。そしてその効果が、私以外にも適用できたらありがたい。

さすがに私以外にもとなると、【創造】を使わなくちゃ無理かな。

自然習得は今後もあまり期待しないで、何か取れたらラッキー的なスタンスでいよう。

そう決めた私は薬草採取を再開し、日が暮れる頃には町へ帰還した。

ギルドで薬草を売り払い、ドレイク商会で魔法符作りに必要な物を買って、宿に戻る。中に入るやいなや、食堂のほうから声をかけられた。

「や、お帰り」

「ブラムスさん」

ワイングラスを手にした彼は、今日も昨日と同じ席に座っている。

「こんにちは。ひょっとして、いつもそこなんですか?」

「そう。大型魔獣を連れて奥に行ったら、通路を塞《ふさ》いじゃうだろう? こいつも小さく丸まっているのは窮屈だろうし、万一尻尾を踏まれたらかわいそうだ」

ブラムスさんがそう言って視線を向ければ、テーブル下の魔獣は軽く尻尾を揺らした。

「それはそうと、ネネは二日酔いになってないようだな。かなり飲んでたのに」

「こう見えて、お酒に強いんですよ」

若干ふわふわした気分になって思考がとっちらかり、笑いやすくなるが、顔色は変わらない。そして二日酔い知らずである。記憶がなくなったこともないね。

「ブラムスさんも、強いんですね。今日も飲んでるし」

「主食だから」

「え、そうなんですか?」

さすが異世界、そんな種族がいるんだと思ったら、ブラムスさんが「冗談」と言って、クツクツ笑い出した。

「っちょ、からかわないでくださいよっ。本気で信じたじゃないですかっ」

「ワルイ、ワルイ。これで許して」

ブラムスさんが、まったく悪いとは思ってなさそうな口ぶりで謝罪しつつ、私の口元にチョコレートを差し出す。私はそのビターな香りに誘われて、思わず食いついた。

「イチジクのコンポートも食べるか？」

「いえ、これだけで。ってか、甘いものばかりですね」

「好物なんだ。俺、ワインと甘味《かんみ》があれば生きていける」

「だめですよぉ、ご飯も食べてくださいね？」

「あとでな。まあ座りなよ」

促《うなが》された私は相席させてもらって、店員さんに料理の注文をした。今日はカレーである。異世界料理改革の定番だね。マヨネーズや唐揚げもありそうだ。

「酒は飲まないのか？」

「今日はまだ、もうひと仕事あるんで」

そう答えると、彼は首をかしげた。

「夜間討伐？」

「いえ、魔法符を書くんです」

「へぇ、得意なの？」

「さあ、どうでしょう。もしかしたら、買ったほうがいいかもしれません」

適性はあるらしいが、書くのは今日が初めてだからね。

「じゃあ今度、書いた魔法符を見せてくれよ。いい出来《でき》なら指名依頼を出すから、俺にも書いて」

「ブラムスさんに？」

魔法全般得意なヴァン族なのに、魔法符がいるの？

疑問が顔に出ていたのか、ブラムスさんが笑う。

「ヴァン族だって、魔法符や魔道具を使うぞ。手札が増えるからな」

「手札……。分かりました。お眼鏡にかなったら、その時はよろしくお願いします」

そのあとは届いた料理を食べつつ、迷宮についての話を聞いた。新人に教えるのは、先輩の役割の内らしい。けれど下心を隠して近づいてくる輩《やから》もいるので、注意するようにとの警告も受ける。

「二人きりになろうとする奴は、要注意な。しつこかったら、俺の名前を出していいよ。Sランクの知り合いを食おうって奴は、そうそういない」

「ありがとうございます」

いや、本当にありがたい。そしてその手の奴は、滅べばいい。

しかしブラムスさんが、例のSランクか。この地のギルドに所属するハンターで、唯一のSランク。そんな人が気に入る魔法符が書けるだろうか？

またちょっと不安になりつつも、カレーを食べる。

なお、香辛料が安定供給されているらしく、カレーはスパイシーでおいしかった。

翌朝、私たちが向かったのは森である。夕べ作った攻撃魔法符を使う練習のためだ。

誰でも簡単に魔法が使えるのがコンセプトな魔法符だけど、さすがに攻撃魔法符は、結界魔法符や明かりなどの生活魔法符のように、発動キーである「発《はつ》」という言葉の詠唱《えいしょう》による超過魔力の自動吸収では発動しない。でないと、物騒極まりないもんね。

攻撃魔法符は、発動キーを唱えつつ、少量とはいえ自分で魔力を流す必要がある。それも、戦闘中に使いたい魔法符を素早く取り出して。だから練習が必要だ。

ちなみに普通の魔法符使いは、空間拡張魔法を付与したポケットを服などにたくさん作り、そこに魔法符を収納しているらしい。私はこれを、【アイテムボックス】で代用することにした。どこにどの魔法符を収納したか覚える必要がないし、素早く取り出せるからね。

とりあえずやってみることにして、【アイテムボックス】から魔法符を取り出す。

「発《はつ》！」

——風刃《エアロブレード》。

発動キーを唱えつつ、少量の魔力を流して魔法符を放つと、それは魔力の光に包まれた。光は三日月の形に変わり、飛んだ先の枝を数本切り落として消える。先日、クレフがヘビの魔獣に放った魔法の魔法符版だ。

「よし！」

「ネーネ、スゴイ！」

ヒナちゃんが興奮して、私の肩口で羽ばたく。

「他の聖魔鳥《せいまちょう》なんて知らないけど、間違いなくうちの子が一番可愛いね！」

「……何を突然、親バカなことを」

「えー、クレフはヒナちゃんが可愛いと思わないの？」

「……否定はしない」

「素直じゃないなぁ」

クスクス笑った私は、練習に戻った。

魔獣も何匹か狩り、徐々に森の奥へ進む。すると、だんだん魔獣の強さが増していった。一発じゃ仕留めきれず、魔法符を数枚使うことになる。

「消費枚数を抑える工夫が必要だね」

「クフウ？」

首をかしげるヒナちゃんが可愛いなと思いつつ、考えるのは手っ取り早く敵の息の根を止める方法だ。正直ヒナちゃんだけに集中したいが、そうもいかない。攻撃の効率化は重要である。

そしてとある案を思いついたその時、接近してくる敵を【マップ】上に見つけた。クレフとヒナちゃんにそれを伝え、敵が茂みを抜けたところで魔法符を放つ。

「発《はっ》！」

――風弾《ウィンドブレット》。

ボッと音を立てて空気の弾丸が発射され、敵をはじき飛ばした。敵は木の幹にぶつかり、地面に落ちる。ダメージを受けても立ち上がろうとしているのは、角《つの》の生えたイノシシだ。

私は容赦なく、追撃の魔法符を放つ。

「発《はつ》！」

――浮遊水球《フロートウォーターボール》。

今度は水。鼻と口が水の塊《かたまり》で覆《おお》われた魔獣は、やがて動かなくなった。肉の需要は高いし、結構いい値段で売れるだろうなぁと思いつつ、それを【アイテムボックス】に収納する。

「なるほど、窒息か。しかし、いけすの魔法にこのような使い道があるとは……」

「まあ普通は、魚なんかを活かしたまま持ち運ぶための魔法を、攻撃に使おうとは思わないよね。やっといてなんだけど、結構えげつないから、最初の一撃ですむと助かる」

「現状では難しいな。ネネの魔法符は、ネネが正しい魔法文字の形と意味を理解しているからか、この世界の者が作った物より威力が大きい。だがしょせんは魔草紙製だ。インクも魔石。一定以上の強さを持つ相手には、複数枚必要になるだろう」

そう、私は魔法文字の正しい形と意味を理解している。なんと、魔法文字は日本語だったのだ。ただし、草書。習ったことがあり、読み書きできたのはラッキーだったね。

そんなわけで、魔法符の開発者も日本人の渡り人……と言いたいところだが、ちょっと言い切れない。なぜなら名前はアキト・シンドーで日本人っぽいものの、出身がヤマト。

女神が召喚する時間軸がバラバラでかなり昔の日本人なのか、それともパラレルワールドか。あるいは中二病って可能性も……。まあ本人に聞けない以上、答えは出ないんだけどね。

「威力不足の原因が材料なら、紙は魔獣皮紙、インクには魔晶石か魔宝石を使えばいいんだろうけど、高いからなぁ」

魔法符に使う紙の原料は、魔力を含む草か、魔獣の皮。後者は自分で魔獣を狩って加工しない限り、高い。そしてインクは……魔石や魔晶石ならともかく、まだ迷宮に潜《もぐ》れない私が、自分で魔宝石を用意するのは不可能だ。

ごく小さいのなら買えなくもないが、やっぱり高い。インクにするのは簡単だから、その加工代だけは浮くけどね。

総じて魔石類と呼ばれている三つの石は、ゆっくりと一定の速度で魔力を注ぐと液状化する。そんなふうに魔力を注ぐのは難しいらしいが、私的には簡単だった。

魔法符の専用インクは、液状化した魔石類にその限界まで魔力を込めて、普通の色インクを混ぜれば完成である。

「予算的には厳しい。でも、安全のためには買うべきか」

悩む私の頭を、クレフがポンポンと軽くたたく。

「だが浮遊水球《フロートウォーターボール》をあのように使うアイデアは、素晴らしいと思うぞ。ほぼ一撃ですむだろう」

「うん。ただ、倒すのに時間がかかるし、肺呼吸じゃないとあの手は通じない。結局数で攻めることになって、魔法符が切れるかもね。……いっそ、【創造】で複製できないかな」

「複製？」

「うん。【創造】は望むものを作れるスキルだから、魔法符も作れないかなって」

そう言いつつ、私は【創造】の操作ウィンドウを開いた。魔法符の複製が可能かどうか。そして可能であれば、どの程度ポイントを消費するのか調べる。

「あ、できそう。でも結構高い。確か材料があれば、消費ポイントは下がったはずだから……。お金はかかるけど紙とインクはこっちで用意して、複製元の一枚を消費すれば……。よし、一度に百枚まで、一枚一ポイントでいける！」

「随分《ずいぶん》安いな」

「紙もインクも、こっちの持ち出しだからじゃない？　しかも一枚、直筆を代償に使うし」

「ヨクワカンナイケド、ヨカッタネ」

ヒナちゃんがそう言って、甘えるように体をすり寄せてきた。私はそれに応じて、笑って頷《うなず》く。

「とりあえず、これで費用はさておき、惜しみなく魔法符を使えるね。しばらくは数でカバーだ」

「そうだな。あとはやはり、魔道具も作るか買うか。確か、近々公園で魔道具市が開催されると、ギルドの掲示板に告知が張り出されていたな」

「魔道具市？」

首をかしげた私に、クレフが楽しそうに教えてくれる。

「有名な職人から無名の新人まで参加する、魔道具専門の大市だ。職人の中には、商会には卸《おろ》さない者もいて、そこでしか手に入らない物もある。いい物があれば買うといい」

「ってことは、それまでに十分資金を稼がなきゃね」

私は薬草や素材を採取しつつ狩りをして、夕方、迷宮都市へ帰還した。

戦闘訓練と採取による資金稼ぎ、そして魔法薬の調薬などで数日たち、今日は休日。ハンターになると決めた際、クレフと約束したお休みの日だ。

できれば三、四日に一度。最低でも、五日に一度は休まなくてはいけない。そうしなければ疲労が蓄積し、ミスをする。戦闘ではそれが命取りだ。

そう言われては、休まないわけにはいかない。で、本来なら宿で卒業制作のドレスに使うレースを編むところだけど、今日は魔道具市の日のため、お出かけすることにした。

会場である公園には各工房のテントが立ち並び、さまざまな魔法が付与された剣や盾、魔道士が魔法を使う際の補助や武器にする杖《つえ》なんかが売られている。フリーマーケットや即売会イベントみたいな雰囲気で、なんだかわくわくした。見ているだけでも楽しい。

私はちょっと浮かれながら、賑やかな公園内を歩いた。

しばらくして、ふと、クレフが立ち止まる。彼の視線は、装飾品型の魔道具を扱っている店に向けられていた。

『何か気になる物でもあった？』

【念話】で問いかけると、彼は指輪を指さす。銀の台座に、小さな魔石が埋め込まれた指輪だ。

「あのアリアドネの指輪と書かれた魔道具だが……」

「アリアドネ？」

この世界で聞くとは思っていなかった単語を出されて、思わず声に出してつぶやく。

アリアドネといえば、ギリシャ神話だ。怪物退治のために迷宮へ入るテセウスに、アリアドネが糸を与えたお話である。テセウスは、これをたどって迷宮を脱出した。

異世界に同じ名称の話が偶然あるとは思えないし、地球からの渡り人が教えたんだろう。名称から考えるに、この指輪から糸でも出るのかもしれない。

「わずかだが、偽装と認識阻害の魔法を感じる。わざわざ魔石の魔道具にかける魔法ではない。偏屈職人がハンターに課した試験で、掘り出し物ではないかと思うのだが……」

それならと、私は指輪に対して【鑑定】と【看破《かんぱ》】のスキルを発動させた。

『アリアドネの指輪。魔晶石使用。魔力を糸とし、自在に操る。魔石偽装・認識阻害状態』

『うん。魔晶石を魔石と偽装した上に、認識しづらくされているね』

鑑定結果をクレフに伝えた直後、店番のワーフ族の女の子に、「気になる物があったら、手に取って見ていいよ」と、声をかけられる。

「じゃあ、この指輪を見せてもらってもいいですか？」

「指輪ね。ところでお客さんは、ハンターかな？」

頷《うなず》くと、「ならよし」と返される。

何がよしなのか知らないが、彼女はケースから外した指輪を渡してくれた。

間近で見ると、石は魔石の乳白色ではなく、薄黄色がかっている。

「あれ？　ちゃんと魔晶石に見える。しかもリングのこれ、魔法文字じゃなくて模様だ」

「お客さん、魔法文字が読めるの？」

首をひねる私に、女の子が満面の笑みを浮かべる。

「ええ、まあ。勉強中ですけど」

「へー。新人ハンターは、読めなくても効果さえ知っていればいいってのが多いのに、珍しいね」

「必要に迫られまして。ところで、この魔道具の魔法文字はどこに？」

「中よ。本体が多層構造になっているの。使っているのは、クモの魔晶石。表面にある分以外は溶かして、指輪に混ぜてる。効果は糸。装着者の魔力を糸に変換して、自在に操れるんだ」

「自在って、強度や粘度、動きもですか？　それなら、対象の切断や捕縛に使えそうだけど……」

「いけると思うよ」

私の疑問をあっさり肯定した彼女は、そのまま立て板に水のごとく話し出した。

「それを作ったうちのおじーちゃん、偏屈でさ。この程度の魔法が見抜けないハンターに、この魔道具は売らんなんて言って、偽装と認識阻害まで指輪のケースにかけちゃったんだよ。掘り出し物は魔道具市の売りだからって、ハードル上げてどうすんのよね。売れなかったら損じゃない」

なるほど、クレフの予感的中だったらしい。

思わず乾いた笑みを浮かべた時、これぞドワーフって感じのおじいさんが、テントの裏口をめくって顔を出した。ギロッと効果音がつきそうな眼光が、店員の女の子を射貫《いぬ》く。

「おい、何をくっちゃべってる。買う気のある客が見抜いたなら、さっさと裏に回せ。使いこなせるようなら、売ってやる」

叱《しか》られた彼女は、「はーい」と返事をして肩をすくめ、私に向かって苦笑した。

「今のがうちのおじーちゃんで、魔道技師のドルトイ。買うのにもう一つ条件がついちゃったけど、どうする？　これ、かなりお買い得だよ。もし予算を超えたら、ギルド経由の分割払いもできる。手数料は取られるけど」

クレジットカードの分割払いか。

「さっき言ったこと、試してみてもいいですか？　できたら仕事に使えそうだし」

「いいよー」

了承を受けた私は早速テントの間を通って裏に回り、キセルを吹かすおじいさんと対面した。

「好きな指にはめて使ってみな。魔道具の起動は、『望む糸を紡《つむ》げ、アリアドネ』。『発《はつ》』で必要な魔力を吸収し、イメージした強度、粘度、太さの糸として紡《つむ》ぎ出す。糸を消すときゃ、『解《かい》』。魔道具の停止は、『終《しゅう》』だ」

左手の人差し指に指輪をはめた私は、矢継ぎ早に教えられた言葉で魔道具を起動し、鞭《むち》をイメージして糸を放つ。標的は、テント裏の林に落ちていた板きれだ。

細めのロープ状の魔力糸をたたきつけた板は、ヒビが入った。それを確認した途端、ポンッと音がしてウィンドウが開く。

『【操糸】を習得しました。糸状のものを操る技能に補正が入ります』

おお、いいスキルが手に入った。

その後、その指輪を購入した私は、とある魔道具の作製についてもおじいさんに相談し、魔道具市をあとにした。

第四章　ドレイク商会の娘

魔道具市に行った日からさらに数日たち、今、私がいるのは宿ではなく、ドレイク商会カグラ支部長のお屋敷である。そこの娘さん――アイリーン・ドレイク嬢と知り合い、招かれたのだ。

彼女と出会ったのは、数十分前。魔道具に慣れるために行った森での戦利品をギルドに納品して宿に帰る途中、神聖教会から侍女を連れて出てきたのが彼女だった。

なんだかあの黒髪ロングの美人の周りだけ、妙に薄暗いと思って見ていたら、突然ふらついた彼女が階段を踏み外したんだよね。

教会の階段はたった三段だけど、無防備に落ちれば怪我をする高さだ。慌てて飛び出した私はなんとか彼女を受け止め、怪我の有無を尋ねたついでに肩の煤《すす》汚れを払った。

……まさかそれが、瘴気《しょうき》だったなんて。

瘴気《しょうき》とは、人に害をなす悪霊の発したものである。濃い瘴気《しょうき》は誰の目にも見える一方、薄いものは悪霊などを見る力にかなり適性がある人でないと見えないそうな。

薄暗さと煤《すす》という形で見えたのは、【見鬼《けんき》】のおかげだろう。さすがレベル99。

さて、なんでも彼女は四日前に悪霊と遭遇し、高熱を出して寝込んだらしい。その日のうちに教会所属の魔道士――聖魔道士を屋敷に呼んで浄化してもらい回復したが、なぜか翌日にはめまいとだるさに襲われた。

今度はひどくなる前に教会へ来たが、「悪霊は憑《つ》いてない。今回は瘴気《しょうき》も見えない」と言われたという。

なので回復魔法だけかけてもらったものの、教会を出ると徐々に症状がぶり返す。仕方なく毎日通っていたが、今日は教会から出た途端に強いめまいに襲われて、階段から落ちた。そこを、私に救われたってわけね。

彼女は今までになく体が軽くなり、めまいも消えたと喜んで、それまでの事情を話してくれた。

私はそれに耳を傾けつつ、瘴気《しょうき》が見えた理由に当たりをつけたが、同時に疑問が湧く。

【見鬼《けんき》】はお祓《はら》いもできたっけ？

疑問を解消すべくステータスを確認すると、スキルに【祓《はら》い（物理）】がいつの間にか追加されていた。物理的に払って消滅させる、【見鬼《けんき》】ありきのものらしい。私は内心頭をかかえた。

今後、迂闊《うかつ》にクレフに触れないじゃないか。

そのクレフ曰《いわ》く、この世界では体調が悪いと、縁もゆかりもない悪霊に絡まれることがあるらしい。なので私の祓《はら》った瘴気《しょうき》が、教会が浄化しきれずに残ったものか、通り魔的悪霊のものかは分からない。彼女にもそう伝えたんだけど、彼女はどのみち私が祓《はら》ったことに変わりはないので、階段落ちから救われた件も含めてお礼がしたいと言い出した。で、現在に至る。

彼女の家は広い庭のある洋館で、さすが大手商会一族の家って感じだ。けど……

私はクレフとヒナちゃんに【念話】で相談したが、結論が出る前に応接室に通された。

「屋敷中に、瘴気ですか？」

「はい、うっすらとですが……」

どう言えばいいのか分からなかったのでそのまま伝えると、案の定驚かれた。

私には霧《きり》みたいに見えているけど、クレフとヒナちゃんには、わずかに黒い影が見える程度。この瘴気《しょうき》はそのくらい薄いので、ドレイク家の人たちに、まったく見えていなくてもおかしくない。

しかし、見えないものを信じてもらうには、どうすればいいのか。

困っていると、アイリーンさんがふわりと笑う。

「信じます。あなたは瘴気《しょうき》を祓《はら》い、私を悩ませていた症状を完全に消してくださった方ですもの。聖魔道士様は屋敷も浄化してくださいましたが、私の体同様、不十分だったのでしょう。あなたをお招きしたのはお礼をするためだったのに申し訳ないのですが、家族にも影響が出る前に、瘴気《しょうき》を祓《はら》っていただけませんか？」

「私どもからもお願いします。もちろん、ギルドには今すぐ指名依頼を出させていただきます」

彼女の父親もそう言って、母と娘、家族そろって頭を下げた。

「……私でよければ」

この状況で、断れるわけがない。少なくとも私には無理だ。

ってわけで依頼を受けた私は、退魔《たいま》の光魔法の一つ、浄化《ピュリフィケーション》の魔法符を書くことにした。

瘴気《しょうき》の霧《きり》は屋敷全体に広がっているため、アイリーンさんの時のようにたたいて祓っても、すぐに周りの瘴気《しょうき》が流れ込んで元に戻ってしまう。なら、周りも消せばいいでしょ？

応接室の机は書きものをするには低いので、ライティングデスクのある別室を借り、まずは各自に持ってもらう魔法符を書いた。そのあとは、屋敷に貼る分。ある程度書きためると、使用人が貼りに行ってくれる。

極端に枚数が多いと不自然だから、コピーはせずに手書き。地味にキツイ。

ちなみに以前私がドレイク商会のパルスさんに売った聖魔鳥《せいまちょう》の卵の殻——魔除《まよ》けの効果があるそれは、もうここにはなかった。間の悪いことに、アイリーンさんが悪霊に襲われたのは、あれを王都に送ったあとだったそうな。

「妙だ。瘴気《しょうき》は間違いなく魔法符で浄化されているのに、またどこかから流れ込んでくる」

クレフの言葉に魔法符を書く手を止めた私は、周囲を見回した。確かに、瘴気《しょうき》の霧《きり》はかなり薄れてきているものの、まだそこらにポツポツと浮かんでいる。

「ピィ。ジットリ、キエナイ。ナンデ？」

私の肩の上で、ヒナちゃんが嫌そうにつぶやいた。

「そうだねぇ。祓《はら》い残しの瘴気《しょうき》なら、もうとっくに浄化しきっていてもおかしくないよね。……もしかして、悪霊がまだ屋敷にいるとか？」

「それにしては、瘴気《しょうき》が薄すぎる。いつまでたっても消えないのも、おかしいが」

「ならやっぱり大元の悪霊が消えてなくて、隠れてるんじゃないかな。アイリーンさんが教会で一時的に回復するのも、聖魔導士に見つからないため。その時だけ瘴気《しょうき》が消されているのかも」

「それが確かだとすれば、かなり狡猾《こうかつ》な悪霊だな」

「だね。本当に隠れていないか確認するために、瘴気《しょうき》の流れをたどってみようか？」

薄くまんべんなく瘴気《しょうき》があった時は分からなかったが、まばらな今なら、その流れが見える。

私たちは顔を見合わせて頷《うなず》くと、退魔の光魔法——光弾《ライトブレット》の魔法符を書き、浄化の魔法符を取りに来た使用人さんに仮説を話して、部屋を出た。そして瘴気《しょうき》の流れをたどる。

結果、瘴気《しょうき》は扉や窓の開閉、その隙間などを通って外から入り込んでいるのが分かった。

玄関を出ると、空は既に夕暮れに染まっている。もう少しすれば、真っ暗だ。捜しものには向かない。でも、ギリギリまで捜してみよう。

アイリーンさんはあの時急にめまいが強くなって、教会の階段から落ちたのだ。私が瘴気《しょうき》を祓《はら》った途端にそのめまいは治まったが、元を絶たない限り、また同じことが起きるだろう。今度は助けがなく、階段も三段どころじゃないかもしれない。

刻一刻と暗くなる空に焦りながら、私は目をこらした。庭師が手入れした前庭に、瘴気《しょうき》は見当たらない。なら、横手か裏か。

左右どちらから回るか考えた私は、勘で右手に向かった。そして通りに近い植え込みに、ゆらゆらと煙のように立ち上る瘴気《しょうき》を見つける。

「あった！　そこの茂み！」

駆け寄ろうとした私を、クレフが止めた。

「突っ込むな。魔道具を使え。攻撃に備《そな》えろ」

「あ、そうだった。——望む糸を紡《つむ》げ、アリアドネ」

左手の人差し指にはめた指輪型魔道具を意識して、起動の言葉を口にする。続いて形状などをイメージして発動すると、手のひらから魔力の糸がまっすぐ伸び、特殊警棒サイズになった。右手には光弾《ライトブレット》の魔法符を用意して、植え込みににじり寄る。

「茂みは人型の悪霊が潜《ひそ》める大きさではないが、獣型の場合もある。油断するなよ。ヒナは障壁の準備を」

私とヒナちゃんは、クレフの言葉に頷《うなず》いた。

ヒナちゃんは茂みを見つめて身構え、私はそっと、魔力の特殊警棒で茂みに触れる。けれど反応がない。そのまま茂みをかき分けて中をのぞき込んだ私は、目を丸くした。そこにあったのは、土に汚れた指輪だったのである。

瘴気《しょうき》が出ているから、原因はこれで間違いない。でも、悪霊が取《と》り憑《つ》いている様子はなかった。

首をかしげていると、クレフが口を開く。

「悪霊にゆかりのある品――遺品だな。だがこういう物が出てくるケースでは、もっと瘴気《しょうき》が濃くなるものだ。……不十分ながらも、一度聖魔道士が祓《はら》ったからか？」

「本来は、そんなに濃いものなの？」

「ああ。恨みのある相手の土地に仕込んでおき、自殺して祟《たた》るタイプに多いからな」

うわぁ、呪《のろ》いか。でも、今回はそれにしては瘴気《しょうき》が薄いと。

「とりあえず、祓《はら》っちゃう？」

「いや、これを祓《はら》えば瘴気《しょうき》の噴出《ふんしゅつ》は止まるが、悪霊自体は祓《はら》えない。遠隔で祟《たた》る手段を奪われた悪霊が、直接攻撃ではなく、潜伏してこちらが油断するまで待つことを選んだ場合、指輪を祓《はら》ってしまったあとでは、居場所が捜せん。やめたほうがいい」

「捜せるの？」

「悪霊が活性化する夜にしかできんのが難点だがな。瘴気《しょうき》のある遺品に持ち主のもとへ返す魔法をかけて追えば、悪霊本体にたどり着く。そのまま戦闘になるから、ネネには準備が必要だ」

「え、なんで私？　神聖教会に、以前来た聖魔道士より強い人を派遣し直してもらえば……」

「ここに、教会が祓《はら》いきれなかった娘の瘴気《しょうき》を祓《はら》い、屋敷の瘴気《しょうき》も見抜いた者がいるのにか？」

「あー。でも教会が失敗したのは、標的がしっかり定まってなかったせいじゃないかな。適当に武器を振ったって、当たらないでしょ？」

「それはそうだが、心証は悪い。とりあえず報告に行こう」

促《うなが》されて歩き出す。

「しかしこうなると、聖魔道士が瘴気《しょうき》を浄化しきれていなかったのは、僥倖《ぎょうこう》だな。おかげでこちらから打って出られる。ドレイク家が指輪の主に心当たりがあれば、なおいいが」

「どうして？」

「悪霊は、自身にゆかりのある場所にいることが多い。心当たりがあれば、昼間にそこを捜せる」

「なるほど。魔法で捜すより手間はかかるけど、危険度の高い夜間討伐をしなくていいのね。あ、それなら持ち主が分からないか、鑑定してみる？　指輪とだけ表示されるかもしれないけど」

私の提案に、少し考えたクレフは首を横に振った。

「やめておこう。ネネのスキルは魔力で発動するが、魔法ではないのだろう？　そのような力を、私は知らない。それを悪霊の遺品に使って、ネネの身に害がないとは言い切れん」

「……そっか」

心配されての反対に、こんな時だけどちょっとうれしくなる。つい緩みそうになる口元をきゅっと結んで、私は屋敷に戻った。


早速一家に説明し、使用人たちも連れて指輪のもとへ案内する。けれど心当たりのある人は、誰もいなかった。分かったのは、これがおそらく婚約指輪だということ。銀の台座に一粒ダイヤの縦爪は、婚約指輪に多いデザインらしい。

つまり悪霊は、プロポーズを断られた人の可能性が高いということだ。けれどアイリーンさんにそんな相手はおらず、他のドレイク家関係者にも該当者はなし。

「もしかして、ストーカー？」

私がぽつりとこぼした言葉に、門番がハッとした顔をした。

「数週間前までの話ですが、屋敷の周辺で頻繁《ひんぱん》に魔道士の男を見かけました。フードをかぶっていたので、顔までは分かりませんが」

その話に記憶が刺激されたのか、御者《ぎょしゃ》も手を挙げて発言する。

「三週間ほど前、このあたりの道で、他家の馬車が若いハンターの魔道士と接触事故を起こしております。もしかしたら、その男かも……」

「でも接触事故で、死亡事故ではないんですよね？」

そう訊《き》くと、彼は頷《うなず》いた。けれどその際に指輪を落とし、見つけられないまま仕事中に死亡していたら……とのこと。

その場合、確かに未練たらたらで出てきそうではある。しかもストーカー独自の思い込みで、彼女に指輪を渡したのに、はめてないと思ったら？

可愛さ余って憎さ百倍とかありそうだ。

もっとも、この程度の情報じゃあ、個人の特定は難しい。結局、相手は魔道士の可能性が高いという情報だけで、戦う準備をすることになった。

なぜって？　当主が聖魔道士を呼ばず、私に討伐依頼を出したからだ。彼らが見えなかった瘴気《しょうき》を見て祓《はら》い、その発生元を見つけた功績を買ってのものらしい。クレフの予想が当たった。

というわけで、戦闘に備《そな》えて魔法符を量産すべく、またもや部屋を借りて書きまくる。そこへ当主がやってきた。

「私どもにできることはありませんか？」

「えっと、じゃあできればツケで、魔獣皮紙と魔宝石インクを購入させてください。あと、筆も」

大量の魔力を含む魔宝石インクに耐えるため、筆も特殊だったことを思い出して付け加える。

これらは魔草紙製魔法符より威力のあるものを作るには必須の材料だが、高いからまだ買えていなかった。魔道具市で買い物をしたため、手持ちのお金も少ない。

ツケがダメなら最低限の魔獣皮紙とインクだけ買って、ギルドに走ろう。先日魔法薬作りで作業場を借りた時、レンタル可能な備品一覧に筆があったはずだ。

「とんでもない。そのくらい、必要経費として提供させていただきます。相手は祓《はら》われたふりをするほど狡猾《こうかつ》で、しかも元魔道士の悪霊かもしれないのです。存分に使って、どうかあなたも無事に戻ってきてください」

そう言って頭を下げた当主に、私も頭を下げた。

「ありがとうございます。ありがたく使わせていただきます」

そして時が過ぎ、夜の九時頃――

ドレイク家の皆さんには安全のため、瘴気《しょうき》や悪霊などを阻《はば》む結界魔法・聖域結界《サンクチュアリ》の魔法符を発動させた部屋に、使用人共々こもってもらうことにした。

魔法符に宿した結界を維持する魔力は、結界を破ろうとする力に比例して消耗するが、今回使ったのは魔獣皮紙製。相手がドラゴンでもない限り、一瞬で破られることはない。念のため、同じ魔法符を予備として二十枚渡してあるしね。

四枚ひと組で、五回分。それだけあれば、異変に気づいたハンターが救援に駆けつけるまでもつだろうと、クレフが言っていた。

そんな時は事前に受けた依頼じゃなくても、倒せるなら倒す。それがハンターらしい。

まあ何事もなく、私たちが元凶を排除できたら問題ないんだけどね。

一方私は、クレフの指導で耐衝撃などのさまざまな魔法を付与した防具とマントをまとい、彼とヒナちゃんと一緒に例の指輪のもとへ。

クレフが指輪に右手をかざすと、光の輪がそれを囲った。光がくるっと回って球体となり、やがて鳥の形に姿を変えて上昇。まっすぐ北へ向かって飛ぶ。

クレフが「追うぞ」と言って空へ飛び、屋敷を囲う柵《さく》を越えた。ヒナちゃんも翼を広げ、そのあとを追う。一方飛べない私は、ジャンプして柵の上へ。

クレフは幽体だからか飛べるけど、私を抱えて飛ぶことはできない。意識すれば、物をすり抜けることなく触れられるから、私を抱き上げることだけならできるんだけどね。魔法じゃないため、重力に負けるのかもしれない。

そんなわけで、私は自力で追う。柵の上で再びジャンプして、お隣さんの屋根の上へ移動。そしてそこを走り、次の屋根に飛び移る。

まさか、異世界でどこぞの義賊よろしく、屋根の上を走ることになるとは思わなかったよ。

瓦《かわら》のずれと雨漏りを心配しつつ走っていると、光る鳥が市壁を越えた。この先は墓地である。

ひらりと市壁を越えて着地し、さらに鳥を追って走ると、一番奥の共同墓地に出た。ここに埋葬《まいそう》されているのは主に身寄りのないハンターで、小さな遺品か遺髪が収められている。迷宮で死んで何も回収できなかったハンターは、ギルドの書類だけ。

光の鳥は共同墓地の大きな墓石《ぼせき》へまっすぐ向かい、次の瞬間、墓石の下から勢いよく伸びてきた黒い触手に握りつぶされた。そして、声が聞こえる。

「なぜ……。なぜこれが、ここにある」

悪霊のお出ましだ。

警戒する私たちの目の前で、墓石の下からしみ出すみたいに黒い水が地面に広がり、盛り上がる。いや、訂正しよう。水ではなく、瘴気《しょうき》だ。ひどく濃い瘴気《しょうき》が人の姿を形作り、一人の男となった。そいつは澱《よど》んだ目で私たちを見て、クレフに視線を止めた。

浅黒い肌に、長い黒髪。私とよく似た装備を身に着けた、おそらく魔道士の悪霊。

「貴様がアイリーンから指輪を奪ったのか！」

突然叫んだ男の前に、バスケットボールサイズの瘴気《しょうき》の塊《かたまり》が現れる。そしてそれは猛スピードで、クレフに向かって飛んだ。私はとっさに、光弾《ライトブレット》の魔法符で迎撃する。クレフなら自分でなんとかしたかもしれないが、つい、体が動いたのだ。

「邪魔をするなぁ!!」

男の怒りが私に向けられ、今度はこちらに五つの瘴気《しょうき》弾が放たれる。私は後ろに飛んで、アリアドネの指輪を発動し、魔力糸を振るった。打ち据《す》えた瘴気《しょうき》の塊《かたまり》は、パンッとはじけて消える。

よし。これで、魔道具が瘴気《しょうき》に有効なのは分かった。あとは悪霊にも効くかどうか。効くなら、もう一つの魔道具であるアレが、私の武器では一番速い。

「邪魔をするな、小娘！　私は、私のアイリーンから指輪を奪ったあの男を殺さねばならんのだ！ああ、かわいそうに、愛《いと》しのアイリーン。婚約指輪を取り上げられ、さぞ悲しんでいるだろう。すぐに奴を殺して、再び指輪を届けよう」

私の思考を遮《さえぎ》るように殺害予告と気持ち悪い勘違い台詞《せりふ》を並べ立てた悪霊は、ニタリと嗤《わら》った。

「――いや、迎えに行こう」

まさか、アイリーンさんを殺しに行く気⁉　させるか！

「小銃《ハンドガン》、装填《ロード》！」

私は右手の人差し指にはめた魔道具を起動し、素早く指先を奴に向けて発砲する。

魔道具、魔弾の指輪。アリアドネの指輪の作者に相談し、作ってもらったのがこれだ。

銃を持つ渡り人がいたのか、この世界にも銃はあった。けれど弾は鉛《なまり》ではなく、道具自体に込めた魔力か魔法。自分の魔力が切れた際の予備扱いで、メイン武器ではない。私はそれを、魔力が多くて回復が早い、私仕様にアレンジしてもらったのである。

アイデア料分、安くしてもらえたこの魔道具の弾丸は、自動で吸い上げた私の魔力を圧縮したもの。小銃《ハンドガン》モードなら一度の装填《そうてん》で六発、散弾銃《ショットガン》モードなら二発撃てる。トリガーは舌打ちだ。

二発の魔力弾は、狙い通り悪霊の頭と胸に向かって飛ぶ。けれど奴は、それを瘴気《しょうき》の渦《うず》で斜めに打ち払った。

私は驚いて、目を見開く。

弾丸をはじくなんて、非常識な。

仕方ない。それなら魔弾より速度に劣るけど、悪霊の弱点である光魔法を使おう。

メインは魔法符で、魔弾は牽制《けんせい》。そう考えた時、奴がすさまじい速さでクレフに襲いかかった。

鉤爪《かぎづめ》となった瘴気《しょうき》の刃《やいば》が、振りかぶられる。

「死ね！」

次の瞬間、閃光《せんこう》が走った。悪霊が悲鳴を上げて、クレフから離れる。

「ふん。幽体の身でも、私は魔法が使える。そう簡単に消滅させられると思うなよ」

「幽体？　貴様も私と同じか？」

クレフの魔法に頬を焼かれて墓石の前まで後退した悪霊が、訝《いぶか》しげに問うた。

「違う。私はまだ死んではいない」

「何を証拠に？　この世にある霊はすべて、未練にしがみつく者。貴様は生《せい》に執着し、死んでないと思い込んでいるだけではないのか？」

嗤《わら》う悪霊が癪《しゃく》に障《さわ》った私は、思わず口を挟んだ。

「違うね。クレフはまだ死んだとは言えない。女神様がそう言ってたもの」

ただし、このまま恨みにのみ込まれれば悪霊となり、真実の死を迎えるとも言っていた。

つまり、今は幽体離脱した生き霊みたいな状態で、恨みを晴らすために手に入りやすい力——悪霊の力を求めれば、肉体と魂《たましい》のつながりが切れ、死ぬんじゃないかと思われる。

「女神だと？」

悪霊がピタリと嗤《わら》うのをやめて、私を見た。

「私は渡り人。女神様の要請を受け、クレフを助けるために来た」

こいつは悪霊だから、バラしても問題ない。信じる人はいないし、倒せば口封じになる。

「証拠は？　膨大な魔力、特殊な力、どちらでもいい、見せてみろ」

「ヤだね」

ってか、膨大な魔力を示そうにも出力が弱くて、素早く大きな魔法は使えない。そして特殊な力は……【創造】以外は他人が認識できないスキルと、魔法で代用可能なスキルだ。それらは見せても意味がないし、【創造】はポイントがもったいない。

「話にならん。どうせ騙《かた》りだろう。そんな嘘にすがってまで、死を認めたくないとは愚かな」

悪霊はまた嗤《わら》う。それに対し、クレフも嗤《わら》った。

「おまえに信じてもらう必要はない。私は彼女の力を知っている。仮にその力が渡り人の証明にならないものだったとしても、私は彼女を信じた。なぜなら嘘をついてまでして、悪霊を救う意味などないからだ」

悪霊は救われない。ただ討伐されるのみ。そう、クレフは言外に言う。

もし、彼が既に国を滅ぼすほどの悪霊となっていたら、女神はクレフを討たせるために私を呼んだだろうか？　――それは嫌だな。

勝てる勝てないの話ではなく、感情的に嫌だと思う。それは悪霊じゃないクレフに助けられ、言葉を交わしたからだろうけど、戦いたくない。今後も悪霊にはならないでもらいたい。

まあ、大丈夫だと思うけどね。だって彼は十年もの間、堕《お》ちなかった人だ。

そう思って、私も口の端を上げる。そして悪霊に向かって言ってやった。

「たとえ私がこの世界の一般人で、女神様の保証がなくても、勘違いストーカー野郎の言葉より、宮廷魔道士長候補だったクレフの見立てを信じるね」

「なんだと⁉　私がストーカー？　バカを言うな！」

怒りで顔を歪《ゆが》めた悪霊に、墓地に漂《ただ》う瘴気《しょうき》が集まる。すると焼けただれていた頬が、みるみる元に戻っていった。瘴気《しょうき》で回復可能らしい。これは、倒すのが大変そうだ。

それにしても、すごい剣幕。ストーカー呼ばわりが、よほど頭にきたらしい。私を睨《にら》む目は、クレフを殺すと言った時と同じだ。

その視線を遮《さえぎ》るように、クレフが私の前に立つ。

「事実、ストーカーだろう。アイリーン嬢は、おまえと婚約などしていない」

「嘘だ！」

いや、本当。だけどお願いだから、今すぐアイリーンさんに確かめに行かないでね？

体のない悪霊は一直線に屋敷へ向かえるが、私は最短でも屋根の上を走らなきゃいけない。とてもじゃないが、追いつけないだろう。そしてクレフは追いつけるが、力が足りない。

ドレイク家の人たちには聖域結界《サンクチュアリ》の中にいてもらっているし、万が一結界を破られた時に備《そな》えて、同じ魔法符を二十枚も渡している。でも、行かせないのが一番だ。

奴が私たちに殺意を向けているのは、好都合。何よりも、私たちの排除を優先するはず。

ひょっとしてクレフはそれを確実にするために、悪霊の神経を逆なでする発言をしたのかな？

あと……もしかしたら私を殺意から守るため？

私はクレフを見上げた。そのクレフは悪霊をまっすぐ見据《みす》え、さらに真実を突きつける。

「嘘ではない。指輪があったのは植え込みの下で、誰にも心当たりはなかった。アイリーン嬢と面識などなく、ただ周囲をうろつき、指輪は事故で落としただけなのだろう？」

「違う！　アイリーンはいつも、窓辺から微笑《ほほえ》んでくれた。私たちは愛し合っていたのだ！」

悪霊の言葉が本当なら、アイリーンさんはとんだ悪女だ。けれどどちらが信用できるかと訊《き》かれれば、アイリーンさんに軍配が上がる。悪霊の言動は、完全にストーカーだ。信じられない。

「……嘘だ。嘘に決まっている。嘘だ、嘘だ、嘘だ、嘘だぁぁぁ!!」

悪霊が絶叫し、大量の瘴気《しょうき》が地面から噴き出した。空に上がったそれが、禍々《まがまが》しい闇色の巨鳥となる。人ひとり、掴み上げられそうな大きさだ。

「え、魔法!?」

「違う、瘴気《しょうき》だ！」

クレフが否定したが、どちらにしても厄介そうだ。私は魔法符を三枚用意して、上空からの攻撃に備《そな》える。けれど音を立てることなく羽ばたいたそれは、私たちの頭上を通り過ぎた。

私は一瞬あっけにとられ、次の瞬間ハッとする。あっちはドレイク邸だ。

「ネネ！」

クレフがいきなり私を抱えて横に飛んだ。直後、目の前を丸太みたいに太い瘴気《しょうき》の塊《かたまり》が通り過ぎる。巨鳥の進路に気をとられた私に振り下ろされるはずだったそれが、地面にたたきつけられた。舞い上がった土砂が、私たちを襲う。けれど空に飛び立ってこの攻撃を回避していたヒナちゃんが、「ピィ！」と鳴いた。途端、大きな光の盾が空中に生じて、私たちを守る。

「この、クソドリがっ！」

当然悪霊は激怒し、瘴気《しょうき》の丸太がヒナちゃんへ向かった。

「ヒナちゃん！」

「ピィ！」

ヒナちゃんが鳴き、光の繭《まゆ》に包まれる。それを瘴気《しょうき》の丸太が勢いよく打った。光の繭《まゆ》はあっという間に、墓地を囲む木々の向こうへ消えて見えなくなる。

「大丈夫だ、ネネ。ヒナは結界を展開していた。無事に戻ってくる。だから今は、奴に集中しろ」

「……うん」

クレフの言う通りだ。今は悪霊に集中しないと。巨大な質量を伴うあの瘴気《しょうき》の丸太は、かすめただけでも命取りになる。

私は震える手を握りしめ、悪霊を睨《にら》み据《す》えた。

「フ、フフフ。貴様らの嘘は、アイリーンに訊《き》けばすぐに分かる。そう、今すぐにここへ呼ぼう。その前に、貴様らは半殺しだ。彼女に謝罪すれば、苦しまないよう殺してやる」

悪霊は、再び瘴気《しょうき》の丸太を私たちに振り下ろした。クレフは私を横抱きに抱え直し、跳躍してそれを躱《かわ》す。そしてそのまま駆けて、再び舞い上がった土砂から逃れた。

「あれだけ煽《あお》れば、私の排除を優先すると思ったのだが……。まさかあちらへも力を割《さ》くとはな」

「やっぱり、わざとだったんだね」

「ついでにネネからも気がそれればよかったのだが、どちらもうまくいったとは言えん。まあ巨鳥を出したことで、奴の力は大分そがれたと思うが」

「聖域結界《サンクチュアリ》は、もつと思う？」

「もつ。それに、言っただろう？　ここはハンターの町だ。あれだけ濃い瘴気《しょうき》であれば、誰の目にも見える。すぐさまハンターたちがドレイク邸へ駆けつけ、倒すだろう」

「なら、アイリーンさんは大丈夫だね」

「ああ。そして悪霊を倒せば、奴が放った瘴気《しょうき》も消える」

よし。なら気負わず、でも可及的速《すみ》やかに倒そう。まずは、当たるとまずい丸太を……

私は【アイテムボックス】から数十枚の魔法符を取り出した。そしてそれをすべて、振り上げられた丸太に向けて放つ。

「発《はっ》！」

——光弾《ライトブレット》。

大量の魔法符が光の弾となって瘴気《しょうき》の丸太へ次々着弾し、炸裂した。それは周囲を真昼のように照らしながら、丸太をちりぢりに吹き飛ばして消滅させる。

「なんだと!?」

悪霊が驚愕《きょうがく》するのに、私はほくそ笑んだ。余裕をかましている悪党の鼻を明かすのって、楽しい。

けれど悪霊は、すぐに気を取り直した。丸太の消失に足を止めたクレフが私を下ろすと、再び地面から瘴気《しょうき》を湧き立たせる。

また、巨大な鳥や丸太を出すつもりだろうか？　それは嫌だから、邪魔してやろう。

「発《はっ》！」

——光弾《ライトブレット》。

迎撃されることを見越して、魔草紙三枚。悪霊はイバラに似た瘴気《しょうき》を足元から伸ばし、光弾《ライトブレット》を貫《つらぬ》いた。光弾《ライトブレット》は自らを刺した瘴気《しょうき》だけを消滅させて、消える。

呼吸なんて関係ないはずの悪霊が、ゼイゼイと息を乱しつつもニィッと嗤《わら》った。

ドヤ顔、うざっ！　でも大技はキャンセルさせたし、途中で技を変えたことがあの息切れの原因なら、私のもくろみは、予定外の成果を上げたと言える。結果は上々だ。

『ネネ。ヒナの守《まも》りがないのは危険だが、当初の予定通り、二手に分かれて奴の力をそぐぞ』

『了解』

目は合わせず、【念話】だけを交わして、私たちは悪霊へ向かって走り出す。

「はっ！　単純に突っ込んでくるとは、やけにでもなったか？　二人まとめて貫《つらぬ》いてくれるわ！」

悪霊が嬉々として瘴気《しょうき》のイバラを伸ばし、鞭《むち》みたいに操った。勢いよく突き出されるそれを、二手に分かれて躱《かわ》す。イバラも分かれて追ってきたが、動きが少し鈍い。奴は威勢のいいことを言ったけど、バラバラに動く二人を同時に追うのは、難しかったのだろう。

私が思わず笑ったのに気がついたのか、悪霊が舌打ちし、イバラの動きを変える。

クレフが悪霊に近づこうとすると攻撃するが、深追いはしない。一方、私へ向かってくるイバラの動きは鋭くなった。丸太を消し飛ばした私を先に片付けることにしたらしい。

奴は一度、クレフの攻撃を至近距離で受けている。けれど傷は小さく、瘴気《しょうき》を取り込んで回復可能だった。その程度なら、さして脅威じゃないと判断したのかもしれない。

でもその判断、後悔するよ。

もう一度、今度はひっそり笑った次の瞬間、パパパッと閃光《せんこう》がひらめいて、悪霊がよろめく。攻撃の主は、もちろんクレフだ。

クレフは魔力を蓄積する体がないため、魔素《まそ》を魔力に変換した端から使うしかなく、その量はおよそ一呼吸分。だから大した威力の魔法は使えないらしいが、その分、発動はとんでもなく早い。

いくら一つ一つのダメージが小さくても、積み重なれば無視できないでしょ？

「このっ、クソが！」

悪霊は苛立《いらだ》たしげに叫んでイバラを操り、クレフに攻撃する隙《すき》を与えまいとした。けれどクレフはこれをひらりと躱《かわ》して、小さな光弾《ライトブレット》をさらに撃つ。

悪霊の意識がクレフに向いたため、私を追うイバラの動きがまた鈍くなった。これ幸いと大量の魔法符を出すと、多少鈍いながらも攻撃の矛先《ほこさき》が戻ってくる。イバラの迎撃に魔法符を使わせて、大技を使わせまいって魂胆《こんたん》だろう。さっきの逆だ。

私は仕方なく、イバラにも魔法符を放つ。そう、イバラにも。イバラと悪霊、三対七だ。

目を見開く悪霊に、私はニィッと笑ってやる。

巨大な丸太ならともかく、この程度で焦って全魔法符をつぎ込むわけがないでしょ？

でも削られたのは確かだから、追加してやろう。

私は三枚の魔獣皮紙製魔法符を悪霊に放ち、それに向けて、魔力の弾丸を一発ずつ撃った。

撃たれた光弾《ライトブレット》は一回り大きくなり、加速する。そして、先行する光弾《ライトブレット》が悪霊を守るイバラを消し去ったところへ、まずは一発。攻撃を払おうとした悪霊の左手を吹き飛ばした。

残り二発は残念ながら、悲鳴を上げてのけぞった悪霊に避けられる。

「再装填《リロード》」

私は内心舌打ちしつつ、魔力の弾丸を再装填《さいそうてん》する言葉を口にした。先のものがまだ残っているが、フル装填《そうてん》しておく。弾が切れた時に、装填《そうてん》する暇があるとは限らないからね。

悪霊は残ったイバラをかき集めてクレフの攻撃を防ぎながら、私を睨《にら》みつけた。

「おのれ、小娘が……。調子に、乗るなぁぁぁ!!」

悪霊が吼《ほ》える。その瞬間、すべてのイバラが爆散した。

自分から武器を破壊して消すなんて、あり得ない。なら……再構築!?

「後ろだ！」

思い至ったその時、クレフが叫んだ。

振り返ると、先の丸太と大差ない瘴気《しょうき》の塊《かたまり》。あれは、奴の足元以外からも出せたのだ。

横へ飛び、高速の打ち下ろしから辛《から》くも逃れる。そこへ、横薙《よこな》ぎの追撃が来た。避けきれないと判断して身構えた私の体に、すさまじい衝撃が走る。

ふと、意識が浮上した。重く感じるまぶたをわずかに開くと、クレフが見える。どうやら私は、膝をついた彼の腕に抱えられているらしい。

迂闊《うかつ》だった。これまで瘴気《しょうき》で作られたものは、すべて奴の足元から出ていた。だからまさか、後ろから来るとは思わなかったのだ。

険しい表情で正面を睨《にら》むクレフは、私の意識が戻ったことに気がついてない。つまり警戒すべき敵、悪霊がそこにいる。

立たなくちゃ。立って、私も戦わないと……

けれど体が動かない。ひどいめまいもする。それでも体に力を込めれば、痛みが走った。

「つく……」

「ネネ⁉」

「目が覚めたか。これで悲鳴が聞ける」

クレフの声とは別にゲスな台詞《せりふ》が聞こえて、私は目だけを動かし、悪霊を睨《にら》みつけた。

「ふん。動けもしないくせに、生意気な女だ。まあ、動けても逃げられはしないがな」

悪霊が鼻を鳴らし、周りを見ろとばかりに顎《あご》をしゃくる。

めまいに耐えて確認すると、私たちの背後には大きな木があった。左右には瘴気《しょうき》のイバラ。正面の悪霊は、私を殴り飛ばした瘴気《しょうき》の塊《かたまり》を携《たずさ》えている。なるほど、確かに逃げ場はない。——私には。

クレフだけなら、木をすり抜けられる。でも、彼はしないだろう。私を置いて逃げる選択をする人なら、現状はない。だって私が気を失った時、彼は悪霊の向こう側にいたのだ。逃げようと思えば逃げられたのに、こちらに来てくれた。

「時間稼ぎは無駄だぞ。私の力が弱まる夜明けは遠く、助けも来ない。聖魔鳥《せいまちょう》を排除したその時から、ここは瘴気《しょうき》で閉ざしているからな。入れるのは、私の使い魔とアイリーンだけだ」

追い詰めた獲物を甚振《いたぶ》るみたいに、悪霊が一歩近づく。クレフは無言で光弾《ライトブレット》を撃ったが、悪霊は防ぐことなくそれを受け、瘴気《しょうき》を取り込んで回復してみせた。

「貴様の攻撃はうっとうしいが、無意味だ。そんな程度で、逃げる隙《すき》ができるとでも？」

悪霊は首をかしげ、馬鹿にしたように問いかける。そして何か思いついたのか、ニタリと嗤《わら》った。

「気が変わった。逃げたければ、逃げてもいいぞ。ただし女は置いていけ」

「断る！」

言下に拒絶したクレフは、私を強く抱き締める。

痛い。けれどそれがどうでもよくなるくらい、うれしい。クレフがそんなことをする人じゃないと分かっていても、実際、見捨てないと言われたことが、すごくうれしかった。

「なんだ、貴様はその女を殺したかったのか」

は？

悪霊の言っている意味が分からず、私はあっけにとられて奴を見上げる。一方クレフは怒りのこもった声で、「どういう意味だ」と詰問《きつもん》した。

「私は愛するアイリーンを迎えるために、殺したい。貴様もそうなのだろう？　逃げる貴様を殺し、捨てられた女を絶望の中で殺してやろうと思っていたが、そういうことなら協力してやる。最後までそばにいれば、その女は死後も貴様を拒絶すまい」

言って、奴は瘴気《しょうき》の塊《かたまり》を振りかぶった。

奴の言い分は意味不明だが、このままではまずい。せめてクレフだけでも……

そう思った私の耳元で、クレフが「すまん」とささやいた。そしてみるみる姿が消えていく。

「ははっ！　結局逃げるのか？　貴様は捨てられたようだぞ、女！」

「……違う」

私は高笑いする悪霊の言葉を否定して、ゆっくりと立ち上がった。

「何が違う！　奴は消えた！　貴様を見捨てて逃げたのだ！」

「違う。借りたのだ」

否定した私は、次の瞬間膨大な魔力を一気に放出する。魔法が発動し、閃光《せんこう》が墓地の闇を切り裂く。悪霊は断末魔を上げる間もなく消滅し、瘴気《しょうき》も何もかも圧倒的な聖光《せいこう》の前に消え去った。

静かな闇が戻った墓地の片隅で、クレフが私のそばに姿を現す。そして、足元から崩れるように倒れた私の体を抱き留めた。

「クレフ、言い訳があるなら聞こうか？」

「すまん」

ジト目の私に、彼が神妙な顔つきで謝罪する。

「人に取り憑《とつ》くなど、悪霊のすることだ。他に手が思いつかなかったとはいえ、すまない。気持ち悪かっただろう？」

眉を寄せて悔やむ彼に、私はため息をついた。それはもう、盛大に。

「違う。クレフが悪霊的行動に忌避感があるのは仕方ないけど、あんなことができるなら、もっと早く言ってほしかった。そしたら、あんなに焦らずにすんだのに。そりゃあ、自分の意思に関係なく体が動くのはビックリしたし、変な感じだったけどね。別に怖くはなかったよ」

私は、珍しくぽかんとしているクレフに笑いかけた。

「クレフは私の体を操って、悪さなんてしないでしょ？　悪霊じゃないんだから」

「ああ、もちろんだ」

「ならよし。ってわけで、あれは最終手段。切り札《ふだ》ね」

「なっ、それは――」

「きこえませーん」

反論しようとするクレフの声を、耳を塞《ふさ》いでシャットアウトする。その時、頭上から羽音がした。

「ネーネ！　クー！」

「ヒナちゃん！　よかった、無事だった」

「聞こえているではないか！」

「いやー、でもクレフはいざとなったら、取《と》り憑《つ》いてでも私を守るでしょ？　今回みたいに。だから聞かない。いいじゃない、本人がいいって言ってるんだから。気にしない、気にしない」

私の言葉にクレフは絶句し、そしてため息をついた。

クレフが嫌がっているから本当に最後の手段にするけれど、取《と》り憑《つ》かれてもいいと考えるくらい、私は気にしてないって分かってほしいな。

第五章　迷宮探索許可試験

ストーカー的悪霊を討伐した日から、二日。

……誰か、嘘だと言ってほしい。私が昨日一日、寝ていたなんて！

そう、一日無駄にしてしまったんだよ！

あの日、あのあとの私は立つことすらできない状態で、墓地で一夜を明かす覚悟を決めなければならなかった。そこへ現れたのは、ブラムスさんである。

彼は瘴気《しょうき》の巨鳥出現の知らせを受け、ドレイク家に駆けつけたハンターの一人。あれを退治したあと、それでも結界から出てこない当主に結界越しに話を聞いて、私を捜してくれていたそうな。

ちょっとうれしい。

だって、ドレイク家当主はSランクハンターが来ても私との約束を守り、私が帰るか夜が明けるまで、結界から出ようとしなかった。そしてブラムスさんは依頼されたわけでもないのに、私を気にかけて捜してくれたのである。

ドレイク家は商家だから、商売同様契約を守っただけかもしれないが、相手が新人ハンターだからって、ないがしろにされなかったのはうれしいよね。そして初めての悪霊討伐を心配してくれたブラムスさんには、感謝である。でもそれだけに、だましているみたいで気が引けた。

だってブラムスさん、動けない私を背負ってドレイク家に運んでくれた時、言ったのよ。

「だいぶ無茶をしたな。でも瘴気《しょうき》の巨鳥なんて作るレベルの悪霊を一人で倒すなんて、大したものだよ。この前売ってもらった結界魔法符もよかったし、すごい新人だ、ほんと」って。

……ごめんなさい！　魔法符はともかく、戦闘能力は違うんです！

そもそも一人じゃないし、体と魔力を貸したとはいえ、あれにとどめを刺したのは私じゃない。でも言えないんだよね。クレフの存在は、隠さなくてはいけない。

まあそんなわけで、ブラムスさんによってドレイク家に届けられた私は、一家に悪霊討伐完了の報告をして、その証《あか》しにこぶし大の黒い玉を提出したのである。

悪霊は負の念で魔素《まそ》を澱《よど》ませ、迷宮核に似たものを己の内に作り出すらしい。それがその玉。悪霊を討伐すると、実体化して残る。復活の手段になるんじゃないかと考えられていて、討伐証明に使ったあとは、焼却処分される品だ。

そんな物だから、とっととギルドへ提出しなくちゃいけないんだけど、疲労困憊《ひろうこんぱい》の私を見かねた当主が代行すると言ってね。その上ゆっくり休んでくれと、部屋まで用意してくれた。

宿に帰る気力がなかったから、お言葉に甘えることにしたんだけど……。まさか丸一日以上寝てしまうとは……

私はドレイク家の皆さんがどんなに声をかけても、目を覚まさなかったらしい。心配になって医者まで呼んだ結果は、過労。疲れて寝てるだけ。けれどクレフはそれすら自分が取り憑《とつ》いたせいではないかと自分を責めていて、目覚めてすぐに謝罪された。

でも【鑑定】の結果に後遺症のようなものはないし、たとえ実際にクレフが取り憑《とつ》いたせいでも問題ないだろう。

さて、私もいい加減、寝過ごしたのは仕方ないと割り切らないとね。で、今日からまた頑張る。

そして一日も早くクレフの体を取り戻して、元の世界へ帰してもらうのだ。

最近、魔法の練習や魔法符作りが楽しくて、こちらの世界をそれなりに満喫してはいるものの、目的を忘れてなんかいないからね。

決意を新たにした私はギルドの扉をくぐり、足取り軽く受付へ向かった。

討伐報酬の確認をお願いし、一部を生活費として下ろして、あとはそのままギルドの口座に預けておく。その手続きの終了後、ハンターランクの昇格を告げられた。

「討伐された悪霊の核を調べたところ、相手は元Bランクの魔道士でした。悪霊としての力も強く、討伐難易度もB。ネネさんは辛勝だったようですから、とりあえずDランクへの昇格です」

「あのストーカー、Bランクだったんですね」

そりゃあ強いはずだ。元々戦い慣れているんだもの。クレフがいたからこその勝利だね。

「彼の死因は、迷宮で受けた毒です。らしくないミスをして強力な毒を受け、解毒が間に合わなかったとか。油断すれば、高ランクのハンターでもそうなります。ネネさんもお気をつけて」

「え？」

唐突な忠告に、首をかしげる。すると、受付嬢が笑った。

「今回の件で討伐ポイントが一気にたまって、迷宮探索許可試験の受験資格を満たしました。受験、希望されてましたよね？」

「はい！」

私は力いっぱい頷《うなず》く。そして早速、今日のお昼から行われる試験に申し込んだ。

「では、試験の説明をさせていただきます」

書類を机に置いた受付嬢は、箇条書きされたそれをペンで示しつつ読み上げる。

「試験内容は、迷宮第一階層の探索です。Cランク以上のハンターが、試験官として同行します。スタート地点は迷宮前広場にある門。帰還時は、迷宮内に設置している転移魔法陣を使っていただいてかまいません。あ、魔法陣の説明も必要ですか？」

「いえ、大丈夫です」

それについては以前、クレフやブラムスさんに教えてもらった。

この魔法陣、ようするにゲームなんかでよくある、探索済みの階層をスキップできるやつだ。自力でたどり着いた階層までなら、次からその階層へ転送してもらえるし、帰りも使える。各階層が広いため、同階層にいくつも魔法陣が設置されていて、横の探索にも使われているそうな。

ただし設置しているのはギルドに依頼された魔道士だから、未踏エリアにはない。その場合、自分で転移魔法が使えない人は魔法陣まで戻るか、転移の魔道具を使う必要がある。

私は緊急時の脱出を考えて、帰還専用の魔道具——帰還の腕輪を買うことにした。

ここの迷宮は、不定期に内部構造が変化するためめんどくさい。かつてはそれで、大量の死者が出たそうな。でも魔道具が普及し、国の支援で腕輪が安く売られるようになって、被害が激減したらしい。今では大抵のハンターが、腕輪を持っている。転移魔法が使える人も、万が一のために持っているそうな。

ちなみに帰還の腕輪は、魔法発動範囲を示す半径一メートルの光の輪の中にいれば、未着用者も一緒に転移できる。だからクレフとヒナちゃんも、私と共に転移可能だ。

「試験続行が不可能だと思えば、無理をせずに撤退してください。試験官が危険と判断すれば、強制転移させます。失格でも、ランク落ちや罰金はありません。再度討伐ポイントをためれば、何度でも受験可能です。よろしければこちらの書類にサインを」

私は最近書き慣れてきたサインをさらさらと書いて、その後、資料室に向かった。最新の迷宮情報を読んで、公開されている地図を【マップ】スキルに取り込む。

このスキルは、既存の地図も取り込めるのだ。サーチ機能と重ねれば、具体的な位置も判別可能である。ただ残念なことに、地図は第三階層までしかなかった。

「タイミングが悪いよねぇ。大規模な構造変化が、先月末に起こってたなんて」

「まったくだ」

「ネェ」

私のつぶやきに、クレフとヒナちゃんが同意する。

迷宮が変化したせいで、その前に設置されていた転移魔法陣は使い物にならない。一から攻略し直しだそうな。現在その最前線が、第三階層である。

いくら不定期だからって、こんな時に変化しなくたっていいのにね。おかげで楽ができるのは、たった三階層のみ。まあ、ゼロじゃないだけマシだけど。ハンターたちに感謝しなくては。

で、迷宮変化が起こると地図としては意味がなくなる過去の情報だが、どこにどんな魔物が出たのかの参考にはなる。その記録によると、最大攻略階層は第二十階層だった。

迷宮が発生してから三百年もたつのに、たったそれだけ？　って思うけど、それより下に降りる道は、未だに見つかっていないらしい。かといって、そこが最下層とは断言できないそうな。なぜなら、最下層に必ずあるはずの迷宮核の間——迷宮を発生させた迷宮核と、それを守る守護者のいる部屋が見つかっていないからだ。

困ったことに、そこが私の目指す場所である。クレフを殺そうとした奴は、本当に面倒な所に彼の体を捨ててくれたよ。

私はため息をついて資料を片付け、鍛錬所へ移動した。

試験に備《そな》えて、ちょっと体を動かそう。昨日一日、寝っぱなしだったしね。

運動後、軽く食事をしてから集合場所の迷宮門前に行くと、受験者は私以外に三組いた。

剣士二人と魔道士一人の男子三人組。それと同じ武装メンバーに、弓使いを足した女子の四人組。

それから私と同じく、ソロの青年。

まあ、私はヒナちゃんとクレフがいるので実質三人組なんだけどね。クレフは他の人に見えないし、ヒナちゃんは鳥だからカウントされないのだ。

ところで私が注目されているのは、やっぱり聖魔鳥《せいまちょう》を連れているからかな？

この町に来て結構たつけど、まだ初見《しょけん》の人がいるようだ。

「や、ネネ。今日はよろしく」

聞き覚えのある声に驚いて振り返った先には、従魔の灰色オオカミを連れたブラムスさんがいた。

「よろしくって……。え、まさかブラムスさんが私の試験官？」

「そう、そのまさか」

確かにブラムスさんは、Cランク以上という試験官の条件を満たしている。けどこれって、Sランクが受ける仕事なの？　はっきり言って、人材の無駄遣いだと思う。

その思いが顔に出ていたのか、彼が笑った。

「受付は渋ったけど、Sランクが受けてはいけない決まりはないしな。ちょっと気になることがあったから、立候補した」

「気になること？」

首をかしげると、ブラムスさんは私の横――クレフのいる場所に視線をずらして、また私に視線を戻す。そして人差し指を唇の前に立て、「ナイショ」と、つぶやいた。

……い、今のは、どういうこと？　クレフが見えているなら、討伐しようとするはずだよね？　だってこの世界では、地上に残る霊はすべて悪霊扱いだもの。

見えているのかいないのか、不安でドキドキする私をよそに、試験の開始が告げられた。ギルドに試験を申し込んだ順で、門の中に入るよう促《うなが》される。その間隔は、およそ五分。私は最後だった。

ええい、気にしても仕方ない。今は試験に集中、集中！

私は一度かぶりを振り、鉄扉《てっぴ》の向こうに足を踏み入れた。

中は岩がむき出しの洞窟《どうくつ》で、地面がボコボコしている。それがそこそこ急な坂道となって、奥に続いていた。自然と早足になる私の左肩には、ヒナちゃんが止まっている。ブラムスさんとその従魔が左後方をついてくるため、クレフは右後方を歩いていた。

「第一階層は、スライムが多い。岩に隠れて入り口付近まで近づく個体もいるから、気をつけろ」

『うん、分かった』

クレフの忠告に、【念話】で答える。

スライムとは、半透明の水玉みたいな魔物だ。主な攻撃手段は、体当たりと酸。個体としては弱いが、うっかり酸をかぶれば大怪我だ。魔法で治せるとしても、油断大敵。痛いのは嫌だから、しっかり索敵しよう。

というわけで、遠近両方の【マップ】を常に視界の端に設置する。

取り込んだ地図と最大範囲のサーチで、こちらへ向かってくる敵を警戒。半径五メートルほどの近距離サーチで、敵の位置を把握した。

スライムのステルス能力は、どのくらいだろう。念のため、【看破《かんぱ》】も常時発動しておくか。

【鑑定】は……その都度でいいね。常時広域鑑定をすると、情報過多で疲れる。どうせこのあたりだと、ほぼ岩としか出ない。いや、光る苔《こけ》の情報も出るかな。

洞窟《どうくつ》内には光る苔《こけ》があちこちに生えていて、ほのかに明るい。おかげで明かりの魔法符は、今のところ必要なかった。

必要ないと言えば、魔力消費増大に備《そな》えた【魔力回復上昇】と、疲労対策の【体力回復上昇】も、今のところ出番がない。

スキルを作らなくても、この世界には体力や魔力の回復に使える魔法薬があるんだけどね。連続服用すると、効果が落ちるという。実際クレフは仕事で三日ほど徹夜した際、体力回復薬を合計六本飲んで、最後はほとんど効かなかったとか。

魔法薬が効かなくなる本数は個人差があるらしいが、いざという時に効かないと困る。だから普段はスキルに頼り、【創造】スキルのポイント稼ぎで作った魔法薬の一部は、緊急用にした。

ちなみにクレフがした三徹は、彼が研究にのめり込んだせい。

浄化魔法で体を清め、食事兼水分補給に魔法薬って、馬鹿だと思う。だから睡眠時に精神を鎮《しず》めるお香なんかが必要になって、毒を仕込まれる隙《すき》になったんだよ、きっと。

体を取り戻したら、その生活は改めてもらわないとね。私が元の世界に帰れば、ヒナちゃんが命を共にするのはクレフだけだ。ヒナちゃんのためにも、元気に長生きしてもらわないと。

……大丈夫かな？　なんか、すっごく心配なんだけど。いっそ元の世界に帰ってからも、週末のお休みごとに、こっちの世界に来られないかな？

自由に行き来できるなら、この世界での暮らしも悪くない。ヒナちゃんは可愛いし、魔法が使えるし、クレフに会える。

本来なら十歳以上年上で、貴族のクレフを友達と言っていいのか分からないけれど、関係は良好だ。二度と会えなくなるのは寂しいと思う。

クレフに召喚してもらおうかな。でもって帰還だけは自力でできるように、スキルを作っておく。でないと彼が宮廷魔道士に復職した場合、王様の命令を無視して私を元の世界に帰せないだろうからね。勝手に帰る手段を用意しておかないと。

でも今は、迷宮探索に必要なスキル作りすら、間に合ってないしねぇ。

解除方法不明の時間停止魔法を解くには、どんな魔法も無効化する【魔法無効化】スキルが必要だ。クレフの体を取り戻した際、このスキルを作るだけのポイントがないと意味がない。だから最優先で作った結果、クレフの解毒と探索中の安全に必要な【状態異常無効化】スキルは、ポイント不足で作れなかった。毒は解毒薬が頼りな状態で、探索に関係ないスキルを作る余裕はない。

「ネーネ。ミチ、ワカレテル。ドレススム？」

考えながらも進んでいると、最初の分かれ道にたどり着いた。ヒナちゃんに問われた私は、【マップ】スキルに取り込んだ地図を見て確認する。

「とりあえず、しばらくは公開地図の通りに行くつもりだから、この三叉路《さんさろ》は右だよ」

言って、警戒しつつ道を曲がった。敵がいるのはここより少し先だけど、無警戒なのは変だしね。

あ、武器も用意していたほうがいいか。

「望む糸を紡《つむ》げ、アリアドネ」

魔道具を起動させて、道を進む。そして近距離サーチの【マップ】に敵性反応が現れたのを見て、洞窟《どうくつ》内に視線を走らせた。

「いた」

天井付近の壁に、青いスライムが張りついている。フルリと揺れたそれに嫌な予感がした私は、とっさに飛びすさった。

直後、先ほどまで私がいた場所をスライムが通過して、地面に落ちる。ジュッと音がして、酸の臭いがした。

マントと防具には耐酸性の魔法も付与してあるが、かからないに越したことはない。

「発《はつ》！」

私はスライムが再び体当たりを仕掛けてくる前に、左手を振る。

魔力糸が鞭《むち》のようにしなり、スライムを切り裂いて中心部の核を真っ二つにした。スライムはポリゴンが砕けるように、はじけて消える。まるでゲームエフェクトみたいな光景だ。

「ア、マホウセキ！」

小さな青い魔宝石が地面に転がったのを見て、ヒナちゃんがうれしそうに私の肩から飛ぶ。そしてそれを咥《くわ》えて戻ってきた。

「ありがとう、ヒナちゃん」

受け取った私は、それを腰のポーチに入れると見せかけて、【アイテムボックス】に収納する。

小さすぎて、一山いくらでしか買い取ってもらえないクズ魔宝石だけど、放置すると迷宮に取り込まれてしまう。魔物の再生に使わせないため、持ち帰り推奨なのだ。

魔物は魔宝石があるとあっという間に再生するが、一から生み出すとなると、時間がかかるらしい。つまり、魔物が暴走《スタンピード》を起こすだけの数へ至りにくいってわけね。

それにこのクズ魔宝石の買い取りが安いからこそ、帰還の腕輪が安く買える。クズ魔宝石は、国の支援金で雇った魔道技師の手で、すべて出口固定の転移魔道具に加工されるのだ。

まあ迷宮に入るハンターにとっては、基本的に苦戦しない相手から取れるのだし、妥当でもあるんだろう。

『スライムは、下手を踏まない限り楽勝って聞いてたけど、本当にあっけないね』

「あれの脅威は不意打ちと、数の多さだからな。【マップ】の表示を見逃しさえしなければ、問題ないだろう？」

『うん。距離によっては、魔法が間に合うね』

魔力の放出力が弱い私でも、敵と遭遇するまで時間があれば、準備できる。いざとなれば魔法の発動まで、魔道具や魔法符でもたせればいい。幸い、同時使用の才能はある。

「へぇ、地面まで切れてる。すごい威力だ」

【念話】を使ってクレフと話していると、スライムを切った跡を見に行っていたブラムスさんが、感心したようにつぶやいた。

「ひょっとしてこの威力の魔道具を振り回すから、ソロなのか？　仲間を巻き込まないために」

「えーと、ヒナちゃんがいるから厳密にはソロじゃないんですけど、厳しいですか？」

「そうだなぁ。元Bランク魔道士の悪霊を倒しているくらいだし、かなり深くまでいけると思うよ。でも、第二十階層にはワイバーンが出る。あれを単独で討伐したのは、今のところ俺だけだ」

そういえばSランクになる条件が、そんな偉業の達成だったっけ。

ワイバーンはドラゴンの一種で、討伐推奨ランクはS。尻尾のトゲに毒があり、すごく凶暴な魔物だと聞く。そんなのを一人で倒すなんて、ブラムスさんはやっぱりすごいんだね。

でも、そうか。私が渡り人であることと、クレフの存在を隠すために、できれば自分たちだけで迷宮を攻略したいが、難しいのか。

だけど短期間で信用できる人を探すのは、もっと難しい。クレフとヒナちゃんは特殊な例外だ。強《し》いて言えば、ブラムスさんなら信用できると思うけど、ランクに差がありすぎてダメだろう。寄生、よくない。

「とりあえず、現状で行ける所まで行ってみます」

「ああ。パーティーを組む相手選びは、慎重にな。ネネと組めば聖魔鳥《せいまちょう》のお気に入りになれるかもしれないと、狙っているのもいるらしい。いっそ、ギルドに紹介してもらうのも手だぞ」

「分かりました。検討します」

神妙に頷《うなず》いた私は、探索に戻った。以降、一匹ないし二、三匹で飛びかかって来るスライムを躱《かわ》しては真っ二つにして、迷宮を進む。

魔宝石拾いはヒナちゃんがしてくれるけど、私も魔力糸の練習がてら、回収することにした。糸に粘性を持たせて、魔宝石をくっつける。いちいち糸を出し直すのではなく、性質だけ変える技だ。魔宝石を手元に運んだら、粘性を解除して魔法石を回収するんだけど、これが結構難しい。

そしてようやく慣れてきた頃、広域サーチの【マップ】の端っこに、それが現れた。

敵を示すたくさんの赤い点と、敵ではないけど仲間でもない人を表す白い点が二つ。戦闘中なのか、それらは激しく動き回っている。スキルに取り込んだ公開地図情報によると、場所は――

「ここって確か、ゴブリンの巣とか呼ばれている場所だよね」

「ここ？」

しまった！　ブラムスさんに聞かれた！

つぶやきを拾われたことに焦りつつ、ごまかす台詞《せりふ》を一生懸命考える。

「あ、いや、……ここからって確か、ゴブリンの巣とか呼ばれている場所を通って、下層に行くんでしたよね？」

ちょっと苦しいかもしれないが、微妙に言い回しを変えて質問だったことにした。それに対してブラムスさんは、一度首をかしげてから頷《うなず》く。

「まだまだ先だけど、そうだな」

「ソレ、ドンナトコ？」

ヒナちゃんが訊《き》くと、彼はそれにも丁寧に答えてくれた。

「木々の合間に、高い石の柱が乱立している空間だ。別名、石柱の森。一歩足を踏み入れた途端、次から次へとゴブリンが現れて襲ってくる。でも巣を抜ければ追ってこない」

ゴブリンは群れるし、武器や魔法を使う奴もいる。そんなゴブリンに囲まれると、スライム以上に厄介だ。だからここは一気に駆け抜けるのが吉と、ギルドの資料にもあった。魔宝石は、回収する手段がないなら諦めるしかない。命のほうが大事だからね。

でも、大きな群れほど上位個体がいるらしい。魔法を使えたり、群れを統率したりする奴だ。その魔宝石だけは、正直もったいないと思う。敵に追われているっぽい【マップ】上のこの人たちも、そのせいで長居してしまったのかな？

「それで、ネネ。どうしていきなり、ゴブリンの巣なんだ？」

ブラムスさんに訊《き》かれて、私の意識が【マップ】から引き戻された。

「えーと、先行している人たちに追いついてしまうとしたら、そこかなと思ったんです。どうしても通りたい場所が戦闘で塞《ふさ》がっている場合は、どうしたらいいんでしたっけ？」

「それなら、助けを求められたら参戦。不要と言われ、その場を通り抜けられそうな時は、そのまま行く。もし魔物に襲われて撃退した場合は、手助けした時と同じだ。分け前は要相談。あと一応、魔物の押しつけには警戒するように」

「一応？」

「脱出専用転移魔道具の普及で、被害は減ったんだけどな。他人を囮《おとり》にして魔物から逃げる奴が、たまにいるんだ。もし自分じゃ勝てない相手を押しつけられたら、即座に転移で逃げろ。告発すれば、ギルドの調査が入る。嘘が分かる魔道具があるから、そいつらが否定しても無駄だ」

それって嘘発見器？　魔法世界のものなら、すごそうだ。

それはそうと、赤と白の点の動きが巣の出入り口付近で止まったけど、二人は窮地なのかな？　受験者なら、試験官がいる。そうでなくても、いざとなったら転移魔道具を使うはずだ。心配する必要はない。

でも、もしそれをなくしたとか、壊したとか、あまつさえケチって買ってなかったら？

ハンターの行動は自己責任。だけど……

「ゴブリンの大群に追われている者でも、見つけたか？」

私は驚いて、クレフを見上げた。すると彼は、ふっと笑う。

「元の世界へ帰るために、迷宮へ潜《もぐ》って私の体を取り戻すなどという、一番リスクの高い選択をしたお人好しのことだ。気になるのだろう？」

その評価には反論したいところだが、確かに気になる。よくお分かりで。

「ならば行け。先日の悪霊に比べれば、第一階層のゴブリンなどネネの敵ではない。試験官に実力を示すといい」

背中を押す言葉をもらった私は、小さく頷《うなず》いた。自信も出てくる。

そうだね。どうせ下層への通り道だし、行ってみよう。

「ネネ？　急に天井を見て、どうしたんだ？　俺には何も見えないが、そこに何か……」

「え!?　いえ、何もないですよ？」

ブラムスさんに声をかけられた私は、慌てて否定した。

迷宮の入り口で、クレフに気がついているようなそぶりを見せたブラムスさんだったけど、そのあとは特に反応していない。本人も今、何も見えないと言った。そんな彼からすれば、私の様子はさぞ奇妙だっただろう。

この世界では、地上に残る霊はすべて悪霊扱いだ。たとえ話せば分かってくれそうなブラムスさんでも、確実じゃなければ教えるわけにはいかない。

「ちょっと気になることがあるので、ここからは走らせてもらっていいですか？」

「ああ。試験官は、受験者の命に関わると判断しない限り、その行動を妨《さまた》げない。まあ、ペース配分を間違ってバテた上に、回復手段がなければ強制送還。失格って忠告はしておく」

それを聞いてどう行動するかも、試験かな？　でもバテなきゃいいなら、大丈夫だね。

「分かりました。じゃあヒナちゃん、ちょっと本気で走るから、フードの中にいてくれるかな」

「ハーイ」

返事をしたヒナちゃんが、身の回りに衝撃吸収の結界を張る。そしてぴょいと、マントのフードへ飛び込んだ。私はそれを確認し、深呼吸する。

「行きます」

言って、いきなりトップスピードで走り出した。ブラムスさんが驚きの声を上げるが、そのまま突っ走る。あっという間にT字路の壁が近づいてきたけれど、速度を落とさず、突き当たりの壁を蹴って左の通路へ曲がった。途端、【マップ】からゴブリンの巣が消える。

この道は巣から離れる方向に伸びているため、スキルの圏外になったのだ。

直線距離だと、さっきの場所が一番巣に近い。でもそこに至る道は、曲がりくねった遠回り。非常にめんどくさい。けれど壁に穴を掘って進むよりは、こっちのほうが早く着く。

ブラムスさんが追いかけてきている足音を聞きながら、私は魔道具を構えた。

「発《はっ》！」

飛びかかってきたスライムを魔力糸の一閃《いっせん》で切り払い、落ちた魔宝石は無視する。もったいないし、せっかく倒した魔物の魔宝石が迷宮に取り込まれるのは癪《しゃく》だけど、今は例の二人が優先だ。

頭ではそう思っていても、拾えないのは地味にストレスがたまる。なのに……

ええい！　空気を読まないスライムどもめ！　さっきから進路を邪魔するみたいに、ぽこぽこ湧いてきやがって！

私は苛立《いらだ》ち混じりに、魔力糸を振るった。大きめのスライムがしぶきを上げて吹っ飛び、ポリゴンが砕けて消える。私は魔宝石が落ちるより早く、その場を通り過ぎた。

きっとあれ、今までのより少し大きな魔宝石が落ちてるよね。ああ、もったいない。

でも、それももう終わりだ。この角を曲がれば、あとは一直線。

目的地が視界に入ったその時、出入り口から見える複数の人影も、こちらを見ていた。

【マップ】上の表示は赤。ゴブリンだ。

あちらも私を敵と認識したようで、耳障りな声で鳴く。すると赤い点が、さらに出入り口付近へ集まってきた。私を迎撃するつもりらしい。でも通路に向かって攻撃してこないのは、巣の外まで追ってこない習性と関係しているんだろうか？　分からないけど、こちらとしては都合がいい。

私は走る速度を落として魔力を放出し、広範囲攻撃魔法の準備を始めた。

……でも待てよ。魔法が届く範囲に例の人たちがいたら、危ないよね。

念のため【マップ】で確認すると、人を表す白い点は出入り口の左側、敵のさらに向こうにいる。

出入り口をゴブリンたちに塞《ふさ》がれて、立ち往生ってところかな。

うん。やっぱり突入時に魔法をぶっ放すのは、ダメっぽい。でもこのまま無防備に中へ突っ込めば、その瞬間を狙ったゴブリンたちに攻撃される。なら……

私は予定を変更して魔力の放出をやめ、【アイテムボックス】から魔法符を取り出した。

「ヒナちゃん、対魔法防御結界、よろしく」

「ピィ！」

ヒナちゃんが応えるように鳴いた途端、光が私を包み込む。

対魔法防御結界は、聖魔鳥《せいまちょう》固有の魔法である。文字通り、外からの魔法をはじく結界だ。残念ながら無効化するわけじゃないため、クレフの時間停止魔法解除には使えない。でも人目のある場所で【魔法無効化】スキルは使えないので、すごく助かる。

「発《はっ》！」

――対物防御結界《アンチマテリアル》。

ゴブリンの巣に飛び込む寸前、私は手にしていた魔法符を発動させた。札が青い光となって消え、ヒナちゃんの結界の内側に、もう一つ結界を作り出す。次の瞬間、無数の石や矢が飛んできて、内側の対物質用結界に当たった。魔法こそなかったものの、案の定である。

このまま正面のゴブリンたちに突っ込んでもいいけれど、敵陣の真ん中で二つの防御魔法が切れると危ない。なので私は出入り口近くの地面を踏みしめ、急ブレーキをかけた。そして素早く視線を走らせ、状況を確認する。

ゴブリンは、およそ五十体。出入り口近くの開《ひら》けた場所に弧を描いて私を囲んでいる。

巣の内部は広く、天井は高い。石の柱が乱立し、その隙間を埋めるように木々が生い茂っている。

奥のほうは霧《きり》のせいもあって、見通せない。でも大丈夫。【マップ】スキルで敵の増援なんかはすぐに分かる。

確認した結果は、反応なし。ゴブリンのさらなる増加を心配する必要は、今のところなかった。

私はそのことに、少しだけ安堵《あんど》する。やっぱり五十は多いからね。

うん、多い。そしてうるさい。

ゴブリンたちは攻撃が通じなかったのが不満なのか、「ギィギィ」と鳴いていた。思わず耳を塞《ふさ》ぎたくなるが、我慢する。これだけの数の魔物を前に、聴覚と両手を封じるのは危険だ。

そんな騒音の中、「君は!?」と、叫ぶ声が聞こえた。

見ると、私と同じ受験者である。先に入った二組とは違い、ソロだった青年だ。彼のそばには、彼の試験官もいる。

「どうやら、無事のようだな」

『みたいだね』

クレフの言葉に【念話】で返したその時、対物防御結界《アンチマテリアル》の青い光が明滅して消えた。

時間切れだ。ヒナちゃんの結界は残っているけど、これももういいな。

「ヒナちゃん、対魔法防御結界、解いて」

「ハーイ」

返事をしたヒナちゃんが、肩口からぴょこっと顔を出す。その次の瞬間、結界が消えた。

さて、手を出す前に確認しておきますか。

「助けはいりますか？」

「え⁉」

「助けはいりますかって訊《き》いたの！」

聞き直した青年に、私は大きな声でもう一度問いかける。

「あ、ああ。頼む！」

よし。これで、乱入して邪魔されたとか、獲物を横取りされたとか言われない。

私は改めて、ゴブリンたちを見た。

身長は、およそ百センチ前後。ボロ布をまとった肌は緑色で、血走った目はギョロリとしている。長い鼻は鷲《わし》のくちばしみたいに折れ曲がっていて、口には牙。そんなのが五十体くらいいる光景は、はっきり言って気持ち悪い。

「あまり見たくないけど、仕方ないよね」

動く敵を見ないで攻撃を当てるのは、さすがに難しい。あとで美形《クレフ》と可愛い小動物《ヒナちゃん》を見て、目の保養をしよう。

そう決意したところで、右のゴブリンたちが動いた。腐った棍棒《こんぼう》や錆《さ》びた剣を振り上げ、私に向かって走ってくる。

防御魔法が消えたから、チャンスと思ったのかな？　でも残念。ゴブリンのターンは来ない。

『クレフとヒナちゃんは離れてて。万が一の時は、サポートよろしく』

「分かった」

「ピイ」

【念話】に対してひと鳴きしたヒナちゃんが、私の肩から飛び立ち、それにクレフも続く。

彼らを見送った私は、押し寄せるゴブリンたちに魔法符を放った。

「発《はっ》！」

――牢獄結界《プリズン》。

魔法符が発動し、ゴブリンたちを光の檻《おり》に閉じ込める。そこへ、魔法符を追加した。

「発《はっ》！」

――爆裂炎球《ボムフレアボール》。

次の瞬間、爆発と共に炎が炸裂し、結界内を焼き払う。けれど結界の外には、爆風も熱も一切漏れ出ない。先の結界は、敵を閉じ込めつつ攻撃可能なものなのだ。

私は結界にぶつかる魔宝石を尻目に、左のゴブリンの群れに向かって走る。そして敵が攻撃を避けられないだろう距離まで詰めて、網状の魔力糸を射出した。

バッと広がった網が、七体のゴブリンを捕らえる。私は即座に【身体強化】の出力を上げ、その場で回転した。

「ギュア!!」

振り回されたゴブリンたちが、悲鳴を上げる。いい感じに勢いがついたところで魔力糸を消せば、放り出されたゴブリンたちは、逃げるのも忘れて立ち尽くしていたゴブリンたちのもとへ。

かくしてゴブリンたちはまとめて吹っ飛び、ポリゴンが砕けるように消滅した。あとに残ったのは、魔宝石のみ。

さて、次は……

中央に残っているゴブリンたちに視線を向けると、ひときわ大きなゴブリンが、「ギャ！ギャ！」と鳴いた。途端、ゴブリンたちは蜘蛛《くも》の子を散らすみたいに逃げ出す。

って、えぇー!? 逃げるの？ 人を見たら襲いかかるって魔物が!?

「ネーネ！」

あっけにとられていると、戦闘終了と見なしたヒナちゃんが帰ってきた。私は手を差し出して、それを迎える。

「お帰り、ヒナちゃん」

「ネーネ、ケガナイ？」

「ないよー」

無双したからね。

ひとしきり、ヒナちゃんとのほのぼの会話で和《なご》んだあと、私はクレフを見上げた。

『お帰り』

「ただいま。やはりここのゴブリンは、ネネの敵ではなかったな」

クレフはそう言って目を細め、私の頭を軽くなでる。そこへ、私の暴れっぷりを見ているだけだった青年が、近づいてきた。

「確か、ネネだっけ？ 俺はライオット。助けてもらって感謝する」

「どういたしまして。ところでこっちに来てたってことは、引き返すんですか？　なら、どうぞ」

出入り口を指し示すと、ちょうどそこで私の戦いを見ていたブラムスさんが、従魔と一緒に歩み寄ってくる。そしてその時、遠くで岩の崩れる音がした。

「あいつら、まだ戦っているのか？」

ライオットが反対側にあるはずの出入り口のほうを見て、つぶやく。その言葉に、私は広域サーチの【マップ】に視線を走らせた。けれど彼が見ている方向に、人を示す白い点はない。あいつらと呼ばれた人たちは、【マップ】スキルの探知範囲外で戦っているらしい。

「トビー、何があったんだ？」

ブラムスさんが、ライオットの試験官に問いかける。すると彼は、困ったように眉根を寄せた。

「あっちの出入り口が、なくなってたんだ。ゴブリンが多くてしっかり確認できなかったが、塞《ふさ》がった原因は落石じゃないと思う」

「また迷宮変化か。しかも道が消えるほう」

話を聞いたブラムスさんも、しかめっ面《つら》でつぶやく。

こういう小規模な変化はしょっちゅうらしい。新しく道ができる変化ならいいけど、消えるのは勘弁してほしいってのが、ハンターたちの正直な気持ちだそうな。全体的に構造が変わる大規模変化よりマシだけど、嫌な現象ってことに変わりはない。

「先発受験者の三人組がそこへ着いた時には、既に出入り口がなかったようだ。四人組はいなかったから、彼女らが通ったあとに塞《ふさ》がったのか、諦めて転移で帰還したのかは分からん」

「近くに新しい道が発生してないか確認している間に、ゴブリンどもが大量に湧いてきたんだ。だから三人組と分かれて、巣の外で別の道を探すつもりだったんだが……」

トビーさんに続いて状況説明をしたライオットが、言葉を濁した。でも分かる。ゴブリンの軍勢に、先回りされてしまったんだね。

指揮官らしきゴブリンがいたし、そのせいかな。それにしても……

「転移の魔道具で、脱出しようとは思わなかったんですか？」

私の問いに、ライオットは気まずそうな顔になる。

「この程度で地上に逃げ帰ったら、不合格になるかもしれないだろう。あの包囲を突破して巣を出られたら、挽回できると思ったんだ。でも結局は、あんたのおかげで助かった。ありがとう」

「どういたしまして」

礼を言われて、笑顔で応じる。

しかし、そういうものか。ならまだ戦っている少年たちも、挽回を狙っているのかな。私としては、引き際を誤って逃げ損ねるほうが、評価が落ちるんじゃないかと思うんだけど……

そんなことを考えた時、石柱の遙《はる》か向こうに光の柱が生じた。

「ようやく転移したな。だが、判断が遅い」

「ああ。でもここまで粘ったんだ。戦闘力は、なかなかじゃないか？」

ブラムスさんとトビーさんが、少年たちのパーティーを評する。でも最終的に判断を下すのは、彼らに付き添っている試験官だ。

「さて、じゃあ俺たちも動こうか。トビーたちは、巣を出るんだろう？　ネネは魔宝石を拾うか、そのまま出るか、どうする？」

「魔宝石を回収してから、奥へ行こうと思います」

「あっちの出入り口は、もうないのに？」

「迷宮変化がどんなものか、見てみたいんです。それと可能なら、新規の道ができていないか確認したい。結果としてこちらに戻れず、魔道具で撤退することになってもかまいません」

今のところ発見されていた下層への道は、巣を通った先にあるものだけだった。出入り口が消えてそこに行けないなら、引き返して別の道から新規ルートを探すのも、ここで道が発生していないか探すのも、さして変わらないと思う。

【身体強化】のスキルを使って、塞《ふさ》がった道をぶち抜くなんてことをする気はない。スキルを発動させるのは、魔力だ。そんなことをすれば、蓄積魔力が底をつく。そして魔素《まそ》の魔力変換は、疲労で効率が落ちると聞いた。穴掘りなんてしたら、確実に魔力の回復量も落ちるだろう。つまり無茶である。

まあ、道を塞《ふさ》いでいるのがうっすい壁なら、やってもいいけどね。

「リタイアの覚悟があるなら、ただの向こう見ずってわけじゃないか」

「それ以前にさっきの戦いぶりなら、平気で戻ってきそうだけどな」

私の言葉にブラムスさんが頷《うなず》いて、トビーさんは笑いながらそう言った。

「それなら、少しでも早く出発したほうがいいだろう。先のゴブリンどもは逃げたが、別のが集まってくるかもしれない。魔宝石を拾うのを手伝おうか？」

ライオットの申し出に、私は首を横に振る。

「大丈夫です。あ、ここにライオットさんが倒した分はありますか？」

たぶんライオットは年下だと思うが、無難に〝さん〟づけで呼ぶことにした。

「いや、ない。その前にあんたが来たんだ。道中のは拾う余裕がなかったから、諦める。もしまだ残っていたら、拾ってもいいぞ」

「ありがとうございます」

権利放棄された魔宝石は、拾った者勝ちである。でもお礼は言っておこう。

代わりに、ここに来るまでに私が諦めたスライムの魔宝石は、君に譲るね——とは言わない。だってどうしてそんなに遠くから魔宝石を拾わずに走ってきたのか訊《き》かれると、困るもの。

「じゃ、早速ここのを拾いますか」

私はヒナちゃんを肩に移動させ、ウエストポーチから布袋を取り出した。

「発《はっ》」

魔法石に向けて放った魔力糸は、全部で五本。それらはバラバラに飛んで、それぞれ別の魔宝石にくっついた。ヒョイと手を引くと、糸に引っ張られた魔宝石が飛んでくる。その糸の粘性を、開いた布袋の上で消去。ポロリと糸から離れた魔宝石は、布袋の中へ落下した。

「なっ⁉」

ライオットが驚きの声を上げる。私はその反応にかまわず、作業を繰り返した。

「その魔道具、便利だな。右手にも似たような指輪をはめているが、そっちは使わないのか？　両手でやったほうが、早いだろう。なんなら袋を持つぞ？」

ブラムスさんの問いに、私は笑って答える。

「こっちは別の魔道具なんですよ」

全力で走りつつ、敵に照準を合わせるのは難しい。だからここへの移動中、魔弾の指輪は使わなかった。使うところを見ていないブラムスさんが、勘違いするのは無理ない。

でもまあ、ここみたいに開けた場所でもない限り、魔力糸は振り回せないしね、このあとの移動では、魔弾の指輪がメインかな。

しばらくして魔宝石を拾い終えた私は、それ拾っている間、助けたお礼に周囲の警戒をしてくれていたライオットと、トビーさんに感謝と別れを告げた。そして右の壁沿いに歩き出す。

もし魔宝石を拾っている間に、またもや大量のゴブリンが現れたら、さすがに奥に行くのは諦めるつもりだったけど、奴らは来なかった。それどころかしばらく歩いた今も、来ない。霧《きり》で視界が悪いけど、【マップ】スキルを持つ私には分かる。

「ゴブリンども、来ないな」

本来はもっと襲撃されるのが当たり前で、あまりにも普段と違うからか、ブラムスさんが訝《いぶか》しげにつぶやいた。

「この辺のは、もうすっかりネネに怖《お》じけづいたか？」

「あはは、かもしれません」

実はちょっと離れた石柱の陰に、一体隠れている。でもそいつ、出てくる様子がまったくない。あの大きな耳で私たちの足音を聞き、位置を把握しているのか、常に私たちの移動に合わせて石柱の裏を陣取っている。

暴走《スタンピード》を抑制するためには、これも倒しに行くべきなんだろうけど、奴は一目散に逃げそうだ。追いかけるのは、ぶっちゃけめんどくさい。

ここは元々突っ切るのを推奨されているゴブリンの巣だし、さっきいっぱい倒したから、別にいいよね。ってわけで、あれは放置しよう。

そう決めてしばらく歩いていると、前方から近づいてくる敵性反応があった。

逃げたゴブリンとは別の群れかな?

「小銃《ハンドガン》、装填《ロード》」

私は魔弾の指輪を起動し、襲撃に備《そな》える。そして茂みを揺らして飛び出したゴブリンに、指先を向けた。

舌打ちすると、圧縮された魔力の弾丸が放たれる。弾は狙い違《たが》わず、ゴブリンの胸を撃ち抜いた。

ゴブリンがポリゴンとなって、砕けて消えていく。やっぱりゲームみたいな消え方だ。スライムが消える時よりも、そんな感じが強い気がする。

まあ、グロいのは好きじゃないから、助かるけどね。

そう思いながら魔力糸で魔宝石を回収した私は、先を急いだ。

この先のゴブリンは逃げないのだとしたら、のんびりしてると囲まれてしまう。現在地は出入り口周辺と違って、壁の近くまで木々が生えている。石柱もあり、狭くて戦いにくい。

やるなら開けた場所だ。そこで暴れれば、ゴブリンはまたしばらく襲ってこなくなるかもしれない。そしたら敵を気にせず、新しい道を探せる。

そんなことを考えつつ、ゴブリンとの戦いを何度か繰り返して目的地にたどり着いた私は、目を瞬《またた》いた。

【マップ】スキルによる索敵で分かっていたけど、ゴブリンがいない。ライオットたちには先回りなんて手を使っていたのに、こちらにはまったくいなかった。

「……ゴブリン、いませんね。追っても来ないし」

そういえば、遭遇戦しかしていない。まさか仲間を逃がすため、決死の特攻でもしてたとか？

そう考えると、私が悪役みたいなんだが……

「まあ邪魔が入らないなら、いいじゃないか。さっさと消えた出入り口を確認して帰ろう。いや、他の道ができてないか、探すんだったか」

「はい」

私はブラムスさんの言葉に頷《うなず》いて、壁を見た。トビーさんが言っていた通り、出入り口の穴がない。デコボコした岩壁が、ずっと続いている。

元々がどこにあったのかも分からない状態だが、【マップ】を見れば一目瞭然《いちもくりょうぜん》だった。分厚い壁の向こうに、通路がある。あちらから見れば、行き止まりの通路だ。

これは無理だね。

拳《こぶし》の一撃。あるいは魔力の弾丸の一発で崩せそうならやったけど、これはダメだ。時間がかかる。ゴブリンが無限に湧くといわれている巣の中で、それはよくない。無駄な危険は避けるべきだ。

「じゃあ次は左の壁沿いに行って、別の道ができてないか確認しましょう」

「はいはい」

結局、右側に新たな道はなかった。無駄足を覚悟しての探索とはいえ、見つかったほうがうれしいに決まってる。

私は左側に通路がありますようにと願いつつ、再び石柱の森に足を踏み入れた。

周囲を警戒しながら、壁を見て進む。おそらく元の出入り口まであと半分という所で、ピンッと軽快な音がした。そしてほぼ同時に、視界に新たなウィンドウが表示される。

『隠し扉』

おお、【看破《かんぱ》】が反応した。

それが示しているのは、張り出した壁の根元。デコボコした岩壁の中、そのへこみはドアのように見えなくもない。ちなみに【マップ】上では、普通の壁に見えた。【看破《かんぱ》】様々《さまさま》である。

「ネネ、その壁がどうかしたのか？」

突然立ち止まって壁を見つめる私を不思議に思ったのか、ブラムスさんが声をかけてきた。

さて、どう説明しよう。

「えっと、ちょっとこの壁が気になるというか、違和感があって……」

ゴブリンの巣に向かった時も、気になることがあるとだけ言って走ったから、これで納得してくれるかな？　無理？　あっちは戦闘の気配とかあったかもしれないけど、こっちは隠し扉だしなぁ。

「気になる？　似たようなへこみは、他の場所にもあったと思うが……。どう違うんだ？」

「確かに似てるけど、こっちは不自然というか、言葉では説明しにくい感じがするんですよね」

【看破《かんぱ》】は自然習得したスキルだから、この世界の人も持っているかもしれない。ただ、偽装を見抜く直感が鋭くなるとかそんな感じで、私みたいに文章が表示されるとは思えなかった。だから、詳しく説明できないんだよね。こうなったら、さっさと隠し扉を開けてしまおう。

開け方は……【鑑定】で分かるかな？

【鑑定】さん、【鑑定】さん、開け方を教えてくださいな。

願いを込めてスキルを発動させると、ウィンドウが開いた。

『下層階段への隠し扉。岩戸の左下を五回蹴ると、崩壊する。罠はなし』

……蹴るって、立て付けの悪いドアじゃないんだから。

若干あきれながらも、私は早速、壁の左下につま先をたたき込んだ。

「あ……」

「アナ、アイタ」

「うん。開いちゃったね、ヒナちゃん」

バコッと音がしたと思ったら、岩壁に穴が開いていた。

壁、薄すぎ！　五回蹴る前に、壊れちゃったじゃないか！

それとも何か？　私の【身体強化】の出力が高すぎたのか？

これ、どうしたらいいんだろう。壊れたところの少し上を蹴っても、仕掛けは動くかな？

……ダメだ、そこも壊れる気がする。ならいっそ、このまま全部破壊してしまおう。正規の手順でも最終的に壊れるんだし、仕掛けに頼らなくてもいいよね。

「散弾銃《ショットガン》、装填《ロード》」

面攻撃にモード変更した魔弾を、隠し扉に向かって撃つ。二発撃っても壊れなかったため、再装填してもう一度。結局それを三回繰り返したところで、壁は完全に崩れ落ちた。

閉鎖されていた空間に光る苔《こけ》はなく、中は真っ暗。光源の魔法符を発動させてかざすと、少し先に下り階段が見える。通路の幅は、約一メートル。結構狭い。

「すごい勘だな、ネネ。だが第二階層へ通じているか、行ってみないと分からない。行くか？」

「行きます」

それっぽい道が、実は同階層の別の場所につながっていることもあるらしい。でも鑑定結果は下層階段への隠し扉だったし、大丈夫だろう。

迷宮探索初日——正確には探索許可を得るための試験だけど、そんな日から新規ルート発見とは幸先がいい。この調子で、最下層を目指したいところだ。

「そういえば、ここのゴブリンは巣から出ないって話でしたけど、この階段にも来ないんでしょうか？」

「たぶんな。もし追ってきた場合は、俺が対処するよ。試験官に向かってくる魔物は、試験官が倒す決まりだ」

道が狭くて必然的にそうなる場合も、その決まりは適用されるらしい。

頷《うなず》いた私に、ブラムスさんが説明を追加する。

「それにここが階層移動の道なら、なおさら平気だ。せいぜい一メートルから二メートル程度なんだが、魔物はなぜか、それ以上道に近づかない。槍《やり》や弓を持った魔物には警戒が必要だけど、奥に行けば、それも届かないしな」

なら、平気かな。十分奥に行くまでは、弓への警戒は捨てられないけど。

「そんなわけで、出口では遠距離攻撃に注意しろよ」

「はい」

答えて階段を下りる。すると突然、【マップ】が消えた。

「っ！」

「ネネ⁉」

「どうした⁉」

急に足を止めた私に、クレフとブラムスさんが声をかけてくる。

「い、いえ、なんでもないです。ちょっと、階段を踏み外しそうになっただけで」

「そうか。気をつけろよ」

「はい」

その場はごまかして、改めてクレフとヒナちゃんに【念話】で事情を伝えると、二人は驚きの声を上げた。

『どうしよう、クレフ』

「とりあえず、私が先行しよう。スキルの不調は、ひょっとしたら階層移動の影響かもしれん。迷宮は、階層によっては空まである一種の異次元だ。それをつなぐ道だからな」

『地下なのに、空？　それはすごいね』

「道が原因なら、次の階層に出れば回復するだろう」

『ダイジョブ。キットモドル』

『そうだね。今は、そう信じて下りるしかないね』

私はスキルが使えなくなった不安を抑え、残りの階段を下りた。

そこからまた少し通路があって、その先は行き止まり。幽体のクレフは、スルリとその壁をすり抜けて外に出る。けれど私たちはそうもいかない。

さて、これの開け方は……

『……ネ、ネネ。聞こえるか？』

壁の前に立ったところで、クレフからの【念話】が届いた。

『聞こえる。今、壁の前』

普段、【念話】は人前以外で使わないためか、なかなかレベルが上がらない。だから有効範囲はまだ半径一メートルで、少し離れると使えなくなる。

人目がなければいらないスキルなんだけど、レベル上げはしておいたほうがいいかな？

『今のところ、近くに魔物はいない』

『分かった。今すぐ外に出る方法を調べる』

報告に返事をした私は、【鑑定】スキルを発動させた。

『幻影。この壁に実体はない』

見た目は完全に壁だから信じがたいが、これまで【鑑定】が間違ったことはない。そして実際に手を伸ばしてみれば、壁の感触はなかった。

私は覚悟を決めて、一歩踏み出す。すると、一瞬で視界が闇に包まれた。

怖い。けれど進まないわけにはいかない。

勇気を出してもう一歩踏み出すと、視界が戻った。【マップ】も復旧する。

「よかった」

「何がよかったんだ？」

背後からの声に、思わず肩が震える。振り返ると、私に続いて壁から出てきたブラムスさんが、首をかしげていた。

「出た瞬間、魔物に襲われなくてよかったなと」

「確かに。それに、これはアタリかな」

ブラムスさんはそう言って笑いながら、胸ポケットから懐中時計のような物を取り出す。

「それは？」

「魔素《まそ》濃度測定器って魔道具だ。迷宮は、下層ほど魔素《まそ》の濃度が濃い。だからこれで、現在地の階層が分かる。ここは……第二階層だな。新規ルート発見おめでとう。初探索で隠し通路を見つけるなんて、なかなかないぞ」

「そうなんですか？」

「ああ。高ランクで暫定最下層まで潜《もぐ》っていても、一度も発見したことがない奴もいるけどな」

笑って答えるブラムスさんに、私は目を丸くする。

「そんな人がいるんですか？」

「ここにいる」

「って、ブラムスさん!?」

嘘でしょ!?

「実は、隠し通路なんかを見つけるのは苦手でね。いっそ俺たちで組むか？　互いの得意分野で補うのは、パーティーの基本だし」

「いやいや、戦闘力が違いすぎるのは問題では？」

隠し通路を見つけられなくても、ブラムスさんはSランクの実力者だ。探索は得意でも戦闘能力が大きく劣る私と組むなんて、非難が殺到すると思う。

そんなわけで遠慮する私に、ブラムスさんは、「需要と供給が一致していれば、問題ないと思うが……」と言いつつ苦笑した。

「まあ、考えておいてくれ。とりあえず今は帰ろう。ネネは自力で転移できるか？」

「へ？　いいえ。代わりに帰還の腕輪を持ってますけど、もう帰るんですか？」

私は目を瞬《またた》かせて、首をかしげる。

「ここは到達済みの階層だけど、新規ルートだ。報告すれば、ギルドが道を確認したあとに、報奨金をくれる」

「ああ、各階層の広さの割に、階層移動の道が少ないから、見つけた人には、ってやつですか？」

「そう、それ」

頷《うなず》いたブラムスさんは、詳しく説明してくれた。

自力で転移可能な場合は、ギルドの係員を連れて、もう一度現場に戻ることで証明するが、腕輪を使って帰還した場合は、それを証拠として提出し、ギルドの確認を待つ必要がある。

確認は、転移の痕跡をたどれる魔道士の魔力残量と、魔物が活性化する日没までの時間にもよるが、遅くとも翌日には終わるらしい。

「可能なら、その道までの地図を描かなきゃいけないんだが……。できるか？」

「はい、大丈夫です」

【マップ】スキルは、私が通った道を記録している。それを転記すればいい。

「あとは……、ああ、腕輪を提出した場合は、報奨金とは別に、代わりの腕輪ももらえるぞ」

「それはありがたいですね」

いくら格安でも、一度きりの使い捨て。塵《ちり》も積もれば山となり、出費がかさむのだ。

そんなわけで私たちは腕輪を使い、出口として設定されている迷宮前広場の魔法陣に転移した。

第六章　ソロ探索開始

周囲を囲む光が消えるのを待って、魔法陣の外に出る。

迷宮探索許可試験に合格し、第二階層到達も認められた私は、今日から第二階層の探索だ。

「さて、次の転送希望者が来る前に、移動しますか」

早ければ、五分後に次のパーティーが来る。

私が転送してもらったのは、既に第二階層のあちこちにある転移魔法陣のうち、比較的第三階層への道に近い魔法陣だ。自力到達した階層なら、どの魔法陣からでも出発できるのである。

もしかしたら昨日発見した階層移動の道の近くにも、第三階層への道があるかもしれないが、その時は運が悪かったと思うしかない。

話を戻すが、ここから第三階層への道が近いと言っても、直線距離で五キロはある。実際はゴブリンの巣へ行った時と同様、洞窟《どうくつ》が曲がりくねっていて、もっと遠い。

どうして第三階層への道のすぐそばに転移魔法陣を設置しないのかと言えば、その階層が初めてのハンターに、少しでも魔物との戦闘経験を積ませるためだそうな。

魔物は、下層に出るものほど強い。一度も戦わずに次の階層に下りて、いきなり対処不可能な魔物と戦う羽目にならないようにってわけだね。今の階層で苦戦するなら、次の階層に行くのはやめたほうがいいってこと。

新人はレベル上げをしながら下層を目指し、ベテランは魔法陣で最前線に飛んで、魔物を狩りつつ探索する。どんなに急いでも、下層の魔物を狩れるようになるのに時間がかかるが、幸い各国の迷宮争奪戦争以降、どこも暴走《スタンピード》は起きてないらしい。ここなんかは、戦争中も持ちこたえたとか。

魔道具のおかげで迷宮変化の犠牲者が減って、下層の強い魔物を大量に作り出すエネルギーがないのでは？　なんて話も出ているそうだが、原因は不明。何せ発生に気づかず放置されていた結果、暴走《スタンピード》を起こした迷宮もあるのだ。中で人が死ななくても、魔物は自然に増える。

結局何も分かっていないが、各自、全力で魔物を狩るしかない。

「第二階層でも、スライムとゴブリンが出るんだったよね」

「ああ。ただしスライムは第一階層のものより大きく、素早い。そしてゴブリンは、剣や弓などを使う個体が増える。注意するように」

「ん、分かった」

剣はともかく、弓は厄介だな。開けた場所では、遠距離の敵性反応にも注意しないと。

「あとは新規に、コボルトとオークが出る」

「コボルトは、オオカミに似た頭を持つ二足歩行の魔物。オークはブタに似た頭、だっけ？」

「そうだ」

クレフが肯定したところで、敵性反応が五メートル以内に入った。けれど姿は見えない。ってことは、岩に隠れられるサイズの魔物か。スライムかな？

第二階層の道は第一階層より広いが、大きめの岩があちこちに転がっていて、隠れ場所は多い。

警戒して足を止めると、岩に当たった波がしぶきを上げるように、何かが私に向かって広がった。

おそらく、スライム。このままだと、あれを頭からかぶることになる。けれど――

「ピィ！」

肩の上でヒナちゃんが鳴き、目の前に障壁が展開された。

「小銃《ハンドガン》、装填《ロード》」

私は素早く魔弾の指輪を起動し、それに対して指先を向ける。トリガーである舌打ちによって放たれた魔力の弾丸は、スライムの核を破壊した。

失敗しても盾があると思うと、緊張せずに狙えていいね。

「ありがとう、ヒナちゃん」

「ピィ。ドーイタシマシテ」


スライムの魔宝石を回収し、歩みを再開してしばらくすると、【マップ】の端っこに、敵性反応が現れた。まだ遠いけど、速い。そう間を置かずに追いつかれるだろう。

「どうした、ネネ」

「かなり足の速いのが二つ、こっちに来る」

「速い？　ではコボルトか」

クレフの言葉に、私は魔力を耳に集中した。すると魔力で強化した聴力が、獣の呼吸音を捉《とら》える。

かすかに、爪が地面を蹴る音も聞こえた。

「それっぽいね」

私は魔弾の指輪を構え、同時に魔力の放出を始める。

「ガウア!!」

吼《ほ》えながら飛び出してきた一匹目――ゴブリンより少し大きなそれを、まずは狙撃。三発連射で、確実に仕留める。するとコボルトはポリゴンとなって、砕け散った。

続いて、一匹目の陰にいた二匹目にも、三発連射する。けれどこちらは一匹目の犠牲で学んでいたのか、素早く横に飛んで、魔力の弾丸を回避した。そして壁を蹴り、天井へ。

立体機動した二匹目が、落下の勢いを乗せて私に襲いかかる。

「ピィ！」

ヒナちゃんが再び障壁を展開する中、私は魔法を発動させた。

（火球《ファイヤーボール》！）

下から上へのスローイング。空中のコボルトは逃げることができず、火球《ファイヤーボール》を食らった。その衝撃で、私から少し離れた場所に落ちる。そしてポリゴンとなって砕け散り、魔宝石だけが残った。

「ピィ。ショーヘキ、マニアッタ」

ヒナちゃんがそう言って、安堵《あんど》のため息を漏らす。

聖魔鳥《せいまちょう》固有の守護結界や障壁を使えるといっても、大きなものを長時間となれば、まだ幼いヒナちゃんには負担が大きい。だから必要な時だけとお願いしていたが、そのタイミングを見極めるのも神経を使って大変みたいだ。

「すまない、ヒナ。私がこのような状態でなければ、今頃はもう少し成長して、楽に魔法が使えただろうに」

クレフが謝罪しつつ、ヒナちゃんをなでる。するとヒナちゃんは気持ちよさそうに、目を細めた。

「ねえ、クレフ。もう少しって、どのくらい？」

生まれた時はシマエナガくらいだったヒナちゃんは、現在、一回りほど大きくなっている。

「おそらく、もう二回りは大きくなっていただろう」

二回りというと、セキセイインコくらいかな？

「成長すれば魔法の維持が楽になり、言葉も、今よりうまく話せたはずだ」

「デモ、……クーガソウダッタカラ、アエタ。ネーネニモ」

少し落ち込んだ様子でつぶやくヒナちゃんに、クレフの手が止まった。

確かにそうだ。ひょっとしたらクレフは仕事で森に来て、ヒナちゃんに出会ったかもしれないが、異世界人である私にそのチャンスはない。

いや、【創造】スキルの万能さを考えれば、どんな案件でも私が呼ばれた可能性はあるか。でもクレフが無事なら、助ける相手は別人で、私たちがそろって出会う確率は、とても低いだろう。

「まあ、クレフの凶事が出会いに必須なのは喜べないけど、ヒナちゃんは、私たちに出会えなかったもしもは嫌なんだね」

「ウン！　ダカラセイチョウハ、ニノツギナノ！」

ヒナちゃんは嬉々として言い放った。そして小首をかしげ、「ゴメンネ」と、クレフに言う。それに対し、クレフはフッと笑った。

「そうだな。私も、おまえたちに出会えなかったもしもは考えられない。――毒を盛った奴に感謝する気にはなれないが」

「それは当然だね」

「ソレトコレトハ、ベツー」

ヒナちゃんの言う通りである。なくてはならないきっかけだが、感情は納得しない。

「さて、意見が一致したところで休憩を終えて、そろそろ探索に戻ろうか」

提案したその時、かすかに地面が揺れた。

「地震？　それとも迷宮変化？」

「分からん。しかし迷宮変化は、大規模なものが先月起こったばかりだ。ひと月もたたぬうちに、大地が揺れるほどの変化が再び起こったことは、これまでないはずだが……」

クレフがそう言う間にも、揺れは徐々に大きくなってくる。

「揺れが止まって、問題なさそうなら探索続行。通路が崩れだしたら、帰還の腕輪を使うからね」

「ああ」

私たちはいつでも一緒に転移できるように体を寄せ、崩壊の兆《きざ》しを見逃すまいと、天井を凝視する。そんな中、近距離用の【マップ】に赤い点が表示された。

「敵性反応!?　いつの間にっ」

慌てて反応のある方角——進むはずだった道の先を見るが、敵影はない。天井にも、地面にも、その姿は見えなかった。けれど【看破《かんぱ》】は働かない。

「逃げよう！」

今の【看破《かんぱ》】のレベルで敵のステルスを見破れないなら、逃げるしかない。

幸い【マップ】には反応があるので、どちらの方向から来ているのかは分かる。足も遅いし、逃げ切れない相手じゃないだろう。

そう判断し、きびすを返して走り出した途端、背後で爆発音がした。つぶてが私の体をかすめて、前に飛んでいく。思わず立ち止まって振り返った私は、息をのんだ。

「なっ、なに、あれ……」

ヌメヌメした肌色の物体が、通路の半分を塞《ふさ》いでいる。

「フワァ！　オオキナミミズ！」

ヒナちゃんが肩口で叫んだ。

確かにそう見える。認めたくないけど、そう見える。

ところでヒナちゃん、その声が喜んでいるように聞こえたのは、気のせいだよね？　あれ、食べたいとか言わないよね!?

ヒナちゃんの見た目が鳥だけに、不安しかない。

「と、とりあえず逃げよう！」

うごめく巨大ミミズに鳥肌が立った私は、揺れが止まった地面を蹴って、再び走り出した。

「ヘビは平気だったようだが、あれは駄目なのか？」

「サイズが問題！」

隣を飛ぶクレフの問いに、私は叫ぶように答える。

ヘビだって、別に平気ってほど平気じゃない。森で見たあのヘビは、正直、私的には怖い大きさだった。それを軽く上回るミミズは、論外である。

大きいってことは、それだけで恐怖なんだよ。ちっちゃいのが一匹程度ならまだしも、あれはない。あのサイズはミミズが平気な人でも、引くと思う。

走りながら肩越しに様子を見ると、奴も私を見た。目なんて見えなかったけど、そう感じたのだ。

途端、奴はそれを裏付けるように、私を追って移動を始める。巨大なヌメヌメが身をくねらせ、地響きを立てて追ってきた。

「イーヤー!! ってか、あれも魔物なの!? 過去の出現記録にはなかったよね!?」

「魔物ではなく、魔獣だからだろう。迷宮に入り込んで適応する獣や虫が、それなりにいる」

「それなりに!?」

クレフの返事に、私は叫んだ。叫びつつ、横道に飛び込む。

直進していたら、奴に追いつかれかねない。それに細い道なら、奴は体がつかえて……

いや、ミミズなら掘り進むか。状況的に考えると、直前の地震は奴が地中を掘り進んでいた振動の可能性が高い。実際、奴は地面から飛び出してきている。

「討伐を諦めて地上に戻り、別の魔法陣から第三階層を目指すか？」

「……そうしたところで、またこいつが現れる気がする」

私、嫌な予感ほど当たるんだよ。

「って、まずい！」

適当に曲がっていたら、そこそこ広くてまっすぐな道に出てしまった。掘り進む手間がない分、一気に距離を詰められてしまう。

「こうなったら仕方ない。一か八かやってみよう」

私は【マップ】で奴の位置を確認しつつ走り、奴がこの道に侵入した瞬間に反転。

「散弾銃《ショットガン》、装填《ロード》！」

指先を向け、散弾を二発お見舞いした。

「ギシャアアア！」

ミミズが不快な叫び声を上げる。そして威嚇《いかく》するように開けた大口を、私に向けた。

「再装填《リロード》！」

もう二発、今度は口の中に撃ち込んでやる。

「ギイイイ！」

ずらりと並んだ牙の何本かが砕け、ミミズはまたもや不快な叫び声を上げた。先ほどと違って身をくねらせているのは、痛みにもだえているからか。けれど、奴は倒れない。

「これだけじゃダメか」

でも一度痛い目にあっているし、もう口は開けないだろう。そのくらいの知能はありそうだ。

私は奴が動きを止めたのを見て、再び走り出す。案の定、奴は私を追って動き出した。回復したのか、怒りで痛みを忘れているだけか。前者だったら、化け物だ。

私は後者であることを祈りつつ、二枚の魔法符を前方に放つ。

「発《はつ》！」

――天衝岩《ヒュージロック》。

数メートル離れた所に一枚。そこからさらに数メートル離れた所にもう一枚が飛んで、次の瞬間、太い岩柱が轟音《ごうおん》と共に天井へ向かって伸びた。

「クレフとヒナちゃんは、二本目より向こうへ！」

言いながら、私は手前の柱の陰に回り込む。そしてクレフたちが指示に従った数秒後、私の隠れる柱の陰から、巨大ミミズが頭を出した。

私はそれを合図に、奴がいないほうの壁へ魔力糸を放つ。続いて奴の足元を駆け抜け、跳躍。壁を蹴って奴の背を飛び越し、先ほど魔力糸を接着した壁へ。さらにその壁を蹴って、二本目の柱のそばに着地した。

素早く柱の周りを回り、それを滑車《かっしゃ》代わりにして、全力で魔力糸を引く。魔力糸によって一本目の柱に縛り付けられた巨大ミミズは、当然逃れようとして暴れた。そうはさせまいと、私は力を振り絞る。するとゴムを切ったような手応えのあとに、巨大ミミズの頭が私の横へ落ちてきた。

「ひぃ！」

思わず悲鳴を上げて、飛びすさる。

あんなことをしたらどうなるかなんて、分かっていたんだけどね。

「無茶をする」

戻ってきたクレフのコメントに、私は苦笑を浮かべる。

「でも勝てた。気持ち悪かったけど」

できれば二度とやりたくない。

「さて、それじゃあ魔石を回収しようか。この巨体だし、上物の魔晶石かも……って、あれ？」

ミミズの頭部に近づいた私は、首をかしげた。

「角《つの》がない」

「コッチニモ、ナイヨ？」

反対側に飛んで確認してくれたヒナちゃんが、そう言って肩に戻ってくる。

「まさか、肉に埋もれてるの？」

もしくは、地面に突き刺さっている。どちらにしろ、このままじゃ採取できない。

「でもこれに触るのは、嫌だなぁ」

「では燃やすか？」

「え、ここ洞窟《どうくつ》だよ？　一酸化炭素中毒にならない？」

クレフの提案にギョッとして問い返せば、彼は首をかしげた。

「無事に採取した者の話があるから、大丈夫だと思うが……。中毒で全滅すれば、その話は残らんだろう？　死者が出た中で生き残ったのなら、燃やす危険性も伝わるはずだ」

「確かに。……でも、やっぱりやめよう。生理的に受け付けない。魔晶石を迷宮に渡してしまう分、頑張って魔物を狩るし」

与えたエネルギー以上に狩ってやる。

「問題は、どうやって元の道に戻るかだけど……」

ここから目指していた第三階層への道へ行くには、来た道を戻るしかない。それは、【マップ】スキルの自動マッピング機能を参照すれば可能だ。ただし、道が塞《ふさ》がっていなければ。

そこそこ広かった道の半分は、ミミズの死骸《しがい》で埋まっている。残り半分は、岩だ。魔力糸の拘束から逃れようとしたミミズが暴れて壁にぶつかり、壊したのである。

「岩の上なら通れなくもないけど、危ないよね」

乗った途端、岩が崩れるかもしれない。帰還の腕輪で地上に戻って、再度迷宮の魔法陣に送ってもらうしかないかな。

そう思った時、壁の上のほうに、いくつか穴が開いているのに気がついた。壁が崩れて開いたのか、元々そこにあったのかは分からない。そんな穴の一つが、妙に気になる。

「――【鑑定】」

そして表示された結果に、目を見張った。

「ネネ？」

クレフが訝《いぶか》しげに名前を呼ぶ。私は彼を見て笑い、穴の一つを指さした。

「嘘みたいだけど、あの穴、第三階層に通じてる」

「なんだと⁉」

「ホワー、スッゴイグウゼン」

クレフはほじかれたように穴を見上げ、ヒナちゃんはぽかんと口を開けて上を見た。

魔獣に追われてたどり着いた場所。しかも普通ならあまり目を向けない高さの壁に、道があるとはねぇ。見つけてラッキーと言うべきか、変なところにできやがってと嘆《なげ》くべきか。

とりあえず私は、天井に向けて魔力糸を放った。それがしっかり固定されたのを確認してから、岩の上に飛び乗る。と、足場が揺れた。慌てる私の体を、クレフが支えてくれる。

「大丈夫か？」

「うん、ありがとう」

私は礼を言って、別の糸を先ほどとは違う位置に固定し、移動する。それを数回繰り返して、穴の縁に降り立った。

中は暗く、緩やかなスロープがカーブを描いて奥に続いている。第一階層の階段より、距離は長そうだ。

私は明かりの魔法符を発動し、足元に注意しながら慎重に進む。

「あ、また【マップ】が……」

「消えたか？　なら、私が先に進もう」

そう言って、クレフが先行してくれる。そして長い道のりを終え、第三階層に出た。それと同時に【マップ】も復旧して、安堵《あんど》の息をつく。二度目だし、たぶん大丈夫とは思っていたけど、実際に表示されるまでは不安だったのだ。【マップ】は命綱だからね。

「ともあれ、無事に第三階層へ到着。新規ルート発見ってことで、帰ろうか」

公開地図に、この道はない。入り口はあんな場所だったけど、報告したほうがいいだろう。

ただし、渡り人だとバレたくないので、【鑑定】スキルのことは言えない。ここが第三階層だとギルドに認められ、なぜあんな場所の穴に入ったのか訊《き》かれた場合は、どうしようか。

……第二階層への道と、似た雰囲気を感じたって理由で、納得してもらえるかな？


最低でも、五日に一度は休む。そんなクレフとの約束を守りつつ探索を続け、現在、私が歩いているのは第五階層である。

第一、第二階層では隠し通路を発見した私だけど、それ以降の道はごく普通だった。

普通に魔物と戦いつつ洞窟《どうくつ》を進んで、分かれ道では気の惹かれるほう、なんとなく明るく感じるほうへ進んでいたら、何の変哲もない階段を見つけた。それが下層への道だったのである。

【看破《かんぱ》】スキルの効果か、ステータスにはないけど女神の加護か。分からないけど、ありがたい。

まあ、先の二つがアレだったため、ちょっと拍子抜けしたけどね。

で、第五階層。

これまでと同じ洞窟《どうくつ》型の迷路かと思いきや、少し狭い道を抜けた先に、断崖絶壁《だんがいぜっぺき》があった。

いや、訂正しよう。正確には、人ひとり歩くのがやっとの細い道が、横の壁から張り出して続いている。道の遙《はる》か下は、川だ。正面奥に、滝もある。

そこそこ流れの速い川には、大きな魚の影。当然、魔物だ。そして水面のあちこちから、とがった岩の柱が突き出している。

崖《がけ》から落ちた瞬間、帰還の腕輪を発動させる冷静さがなければ、確実に死ぬね。

私の場合、魔力糸を天井につけてぶら下がるって手段もあるけど、それで安心はできない。ここの天井は、鍾乳洞《しょうにゅうどう》みたいに岩が垂れ下がっている。過去の資料によれば、その手の場所には飛行型の魔物が巣くっているのだ。

「それじゃ、ここからは対物防御結界《アンチマテリアル》の魔法符を使うよ。ヒナちゃんは、フードの中にいてもらったほうがいいかな。クレフは悪いけど、そのまま追いかけてきてね」

「ハーイ」

「分かった」

ヒナちゃんがフードの中に入り、クレフが結界に触れないよう少し距離を取ったところで、魔法符を発動させる。すると、青い光が私を包む球体となった。

この断崖絶壁《だんがいぜっぺき》エリアで注意すべき敵は、飛行能力を持つ魔物と、弓を使うゴブリン――いわゆるゴブリンアーチャーである。資料によると、人が崖《がけ》から落ちるのを待つなんて生ぬるいとばかりに、落としにかかってくるのだ。

鳥の飛行速度を考えると、私の索敵範囲が一キロメートルあったって、飛行型魔物はあっという間に飛んでくるだろう。弓は……まあ、ゴブリンのだから飛距離はたいしたことなくて精度も甘いと思うものの、速度は楽観できない。

そんな攻撃を、狭い足場で躱《かわ》せるか？　否《いな》である。反撃も、ちゃちゃっとはできないしね。

ってわけで、物理攻撃をシャットアウトする魔法の出番だ。使うのは、魔獣皮紙製の魔法符。ゴブリンの巣に突入した時のものより効果が高く、持続時間も長い。ここを抜ける前に魔法が解けかけたら、続けて同じ魔法符を発動させるつもりだ。

ちなみに結界越しに手で触れた物は排除対象から外れるため、道が狭くても問題ない。壁に触れ、排除対象外に指定すればいいだけだ。

ただし結界内に入れる以上、リスクがある。そこに罠が設置されていれば、結界では防げない。【マップ】や【看破《かんぱ》】のスキルで見抜き、その都度対処する必要がある。

「望む糸を紡《つむ》げ、アリアドネ。発《はつ》！」

私は命綱として魔力糸を少し先の壁に固定し、狭い道に足を踏み出した。

さすがに平地を歩くのと同じ速度では歩けず、ゆっくり進んで十数分はたっただろうか。結界は魔獣皮紙製で、一度も攻撃を受けていないためか、もうしばらく持ちそうだった。

でもまったく攻撃がないなんて、変だよね。この先に、いきなり足場が崩れる罠があるとか？

周囲への警戒と足場の悪さに疲れた頃に、トラップ。回避の難しそうな攻撃だ。

そう思った時、突然爆発音が聞こえた。けれど敵の姿は見えず、【マップ】にも反応はない。

「ってことは、曲がり角の向こう⁉」

道は少し先でカーブを描いていて、その先は見えない。

「斥候《せっこう》に出る！」

クレフがそう言って飛び、先行してくれた。私は急ぐべきか、ゆっくり行くべきか。

誰かが戦っていて、助けが必要なら急ぐべきだ。でも戦場から逃げた敵がこっちに来るなら、対応する距離が欲しい。ここなら、カーブから出てきたのを狙撃できる。

迷いつつ、それでも少し足を速めている間に、クレフがカーブの向こうへ出た。

「状況は⁉」

「対岸で戦闘！　ガーゴイルの数が多く、苦戦している！」

ガーゴイルは、石像の魔物だ。

「急ごう！」

私はさらに足を速めて、先に進んだ。

問題は、対岸まで攻撃が届くかどうか。川幅は広く、かなりの距離を飛ぶ魔力の弾丸でも、届くかどうか怪しい。

なら、向こうへ渡る？

いや、無理だ。わずかな助走で越えられる川幅じゃない。川から突き出している岩を足場に移動するとしても、最初は落ちると思って見逃されるかもしれないが、その後は攻撃される。

……待てよ。数が問題なら、敵の一部をこっちにおびき寄せるだけでもいいのか。

結論が出たところで、ちょうどカーブにさしかかった。曲がると、対岸で戦う五人の姿が遠くに見える。少し遅れて、【マップ】上に十数個の敵性反応が表示された。

敵は、コウモリ型のガーゴイル。それがヒラヒラと不規則に飛んではキーキーと鳴き、ハンターたちに体当たりを仕掛けている。それに対してハンターたちは片手で耳を塞《ふさ》ぎつつ、剣や杖《つえ》を振るっていた。時折、攻撃魔法が飛ぶ。

「もしかして、超音波的な攻撃を受けているの？」

たまによろけるハンターたちが、今にも足を踏み外して崖《がけ》から落ちそうで怖い。

「どうしよう。声をかけたら、集中を乱して危ない気がする」

状況的に、助けは必要そうだ。でも、その際の声がけは必須。でないと、「余裕で倒せたのに、謝礼や分け前欲しさに手を出された」なんて言われるケースもあるらしい。言質《げんち》は大事。

逆に、「助力は不要」と断られても、声に反応した魔物がこちらを襲ってきた場合は、倒してもかまわない。謝礼は相手次第だが、倒した魔物の魔宝石は手に入る。

今回は距離が離れているため、魔宝石が混ざってもめることはなさそうだ。まあ、お互いにほとんどの魔宝石が川へ落ちるだろうが……

声をかけなければ、ルール違反。けれどこの状況で声をかけたら、驚いた拍子に彼らが敵の体当たりを食らい、崖《がけ》の下に落ちる危険がある。それはまずい。

こうなったらクレーム覚悟で、勝手に手を出すか？

そう思った時、私に気がついたガーゴイルが数匹、群れから離れた。それを見たハンターも私に気がつき、叫ぶ。

「そっちに行った分は頼む！　もし攻撃が届くなら、援護もしてくれ！　俺は蒼天《そうてん》の牙のリーダー、ヴァンス！　礼金は地上で払う！」

「分かりました！」

ラッキー！　これで問題解決だ。ってわけで、遠慮なく。

「散弾銃《ショットガン》、装填《ロード》」

私は敵を十分に引きつけてから、散弾型の魔力弾を放った。羽を砕かれたガーゴイルはそのまま落下し、致命傷を受けたものは魔宝石となって川に落ちる。

もったいないが、仕方ない。魔力糸で斬っていれば、返す糸で魔宝石を拾えたかもしれないけど、それだと一度に倒せる数が少ないからね。今は、少しでも多くの魔物を倒す必要がある。

少し考えた私は魔力を放出し、新たにこちらへ向かってくるガーゴイルと、蒼天《そうてん》の牙に向かうガーゴイルを射線上に捉《とら》え、魔力糸の塊《かたまり》を風魔法と共に撃ち出した。

風に乗って勢いよく飛んだ魔力糸の塊《かたまり》が、空中で広がって網となり、ガーゴイルに襲いかかる。

結果は上々。私に向かってきたのはもちろん、あちらへ向かっていたのも、半分は捕らえた。

ガーゴイルたちは慌てて逃げ出そうとするけれど、網が絡まって抜け出せない。でも、羽が壊れない限り魔法か何かで浮けるのか、墜落《ついらく》はしなかった。落ちないなら、とどめを刺さなきゃね。

ってわけで、私はマントの陰で魔法符を取り出して、放つ。

「発《はつ》！」

――炎球《フレアボール》。

火球《ファイヤーボール》よりも大きな炎の塊《かたまり》が、ガーゴイルたちに着弾した。灼熱《しゃくねつ》の炎が岩の体を燃やし、破壊する。

「よし」

私は一つ頷《うなず》いて、ハンターたちを見た。そして首をかしげる。

彼らは動きを止めて、こちらを見ていた。まだ敵は残っているのに、何をしているのか。

疑問に思いつつ、残った敵に視線を走らせる。するとそれも、なぜか私を見て動きを止めていた。

よく分からないけど、チャンス！

私を見ているので、攻撃をよける可能性は高い。でも撃ち損じたところで、流れ弾が人に当たらないなら、やる価値はある。当たればラッキーだ。

まずは比較的近い集団へ、先に撃った散弾の残りを発砲。被弾したガーゴイルが数匹、ポリゴンとなって砕け散る。するとハンターたちがハッとして、魔物たちにそれぞれの武器を向けた。それとほぼ同時に、魔物たちも動き出す。

「切り裂け、風刃《エアロブレード》！」

ハンターたちのリーダーは、魔法剣士だったらしい。彼の剣から、白い風の刃《やいば》がほとばしった。

「貫《つらぬ》け、風矢《ウィンドアロー》」

続いて魔道士が杖《つえ》を振り、これまた白い風の矢を放つ。

再び彼らに襲いかかろうとしていたガーゴイルが、次々と迎撃された。そんな中、私のほうにも何匹か向かってくる。

「再装填《リロード》」

魔力の弾丸を再度装填《そうてん》し、敵を引きつけるだけ引きつけてから、続けざまに二発撃つ。弾は狙い通り、ガーゴイルを撃ち抜いた。ハンターたちのほうも片付いたようなので、これで終わりである。

それにしてもガーゴイルはどうして、あの時動かなくなったのか。まさか仲間が倒されたショックで、フリーズしていたとか？

第一階層でゴブリンが一時的に私に怯《おび》え、襲いかかってこなくなったあたり、一概に否定できない気もする。

……ま、いいや。やらなきゃやられる。情けは無用だ。

「じゃあ、礼金の件は地上で！」

私は考えるのをやめて、対岸のリーダーに声をかけた。

「承知した！　って、いや、待った！　名前を聞いてない！」

そういえば、まだ名乗ってなかったっけ？

「ネネです！　Dランクのネネ！」

「Dランク!?」

ええ、Dランクですが何か？

彼らの反応に、私は再び首をかしげる。その横で、クレフが笑った。

「ネネの外見年齢で、Dランクのソロはそうそういないからな。驚くのも無理はない」

って、また見た目かい！　まあ、勘違いされるのには慣れてきたけど。でもブラムスさんみたいな人なら、若い頃から強そうなのに……。ああ、人族でってことかな？

「えっと……、もう行っていいですか？」

年齢は訂正できるが、実質ソロじゃないのは少々気まずい。それにここで長話をするのは、得策じゃないだろう。こんな足場の悪い場所でまた魔物に襲われるのは、彼らも避けたいはずだ。

「そうだな。それじゃ、地上で！」

リーダーが声を張り上げたのに手を振って、私はその場をあとにした。


蒼天《そうてん》の牙と別れてから少し歩いたところで、彼らがいた道とつながる洞窟《どうくつ》を目にする。一方私が歩く道は、まだ続くようだ。

私は大きく息を吸って、気を引き締めた。そしてまた歩き出す。

しばらくして川幅がより広くなり、行く先に、二つの洞窟《どうくつ》が見えた。一つはこの道がつながる洞《どう》窟《くつ》で、もう一つに道はない。あちらから迂闊《うかつ》に飛び出れば、川へ真っ逆さまの行き止まりだ。

「ようやく広い道を歩けるね。でもその前に、あっちの洞窟《どうくつ》に敵がいる」

うまく暗がりに潜《ひそ》んでいるのか、よく見えない。けれど【マップ】上には、赤い点がある。足を止めて目を細めたその時、対物防御結界《アンチマテリアル》の青い光が明滅を始めた。

まずい、解ける。

慌てて魔法符を手にした瞬間、洞窟《どうくつ》内で何かが動いた。

「しまっ――」

大気を切り裂いて飛んでくる矢に、目を見開く。解ける寸前の対物防御結界《アンチマテリアル》では、防げない。

「ネネ‼」

クレフの叫びが聞こえ、後ろから押し倒される。勢いよく地面に倒れたことで、思わず苦鳴を上げた。

「ピィ！」

すぐさま状況を察したヒナちゃんが鳴き、障壁が展開される。おかげでそれ以降の矢は、障壁に阻《はば》まれた。

「っつ。ありがとう、クレフ、ヒナちゃん」

礼を言って地面に手をつき、起き上がる。その時、手の下でカチッと音がした。

まさか、罠⁉

手元を見た次の瞬間、現れた魔法陣から光がほとばしる。目がくらんだ私は、そのまま意識を失った。


「……ネ！　ネネ！」

……誰かが呼んでいる。男の人だ。そして何か、金属的な音も聞こえる。

鉄兄《てつにい》？　それとも雅兄《まさにい》？　私、実家でテレビを見ながらうたた寝でも……って、違う！

思い出した私は慌てて目を開き、クレフの肩越しに見たものにギョッとした。

緑の鱗《うろこ》に包まれた体に、筋肉質な腕と足。サハギンと呼ばれる魚人の魔物が、すぐそこにいる。

そしてその手に握る三叉槍《さんさそう》を、今まさに振り下ろすところだったのだ。

ところが、ギンッという音と共に空間に紫電が走り、クレフの少し向こう側で、三叉槍《さんさそう》が見えない何かにはじかれる。即座に横から突き出された別の三叉槍《さんさそう》も、同じ。なのに私たちを囲むサハギンの群れは、そのまま攻撃を続けた。

ほとんど途切れることなく、四方八方から槍《やり》が繰り出されるたびに、紫電が走る。そしてついに、ヒビが入る音がした。

「キュ、キュイィー……ゲン、カイ」

羽を広げていたヒナちゃんが、悲鳴を上げる。

「ネネ！　結界を！」

クレフの叫びにハッとした私は、慌てて結界の魔法符を取り出した。それとほぼ同時に突き出された三叉槍《さんさそう》によって、ヒナちゃんの結界が破壊される。

ガラスが砕けるのに似た音が響く中、結界を壊した三叉槍《さんさそう》は、その衝撃で撥《は》ね返《かえ》された。けれどすぐに、次が来る。

間に合え！

「発《はっ》！」

――対物防御結界《アンチマテリアル》。

祈りながら発動した魔法符の結界は、間一髪、私の目の前で槍《やり》を止めた。思わず、安堵《あんど》の息がこぼれる。

いやもう、これは絶対、寿命が縮んだね。心臓が痛いくらいドキドキしてるよ。

「……で、ここはどこ？」

疲れ果てているヒナちゃんをなでてねぎらいつつ、状況を把握するため、クレフに問う。するとクレフは、首を横に振った。

「残念ながら、分からん。転移系の罠であれば、魔物が次々と湧き出す密室――モンスターハウスへ送り込まれることが多いのだが……」

「違うっぽいね」

視界はほぼサハギンで塞《ふさ》がれているが、頭上には青い空、前方には巨大な湖が見える。とてもじゃないが、密室には見えない。ちなみに地面は砂である。

「ここは、第五階層から転移させられた場所？」

「そうだ。離れる間もなく、湖からサハギンが現れた。だから一歩も動いてはいない」

ならこの場を鑑定することで、ここがどこか分からないだろうか？　魔法陣による転移は出口を指定するために、大抵何かあるらしい。例えば、対《つい》の魔法陣とか。

思い立った私は、早速足元に向けて【鑑定】スキルを発動させた。

『迷宮製階層転移魔法陣。第五階層から第六階層への道』

「って、道!?　これも階層移動の道なの？　でも、魔物は階層移動の道に近づかないって……」

「それはせいぜい、一メートルから二メートル程度。おそらくここの安全圏は、かなり狭い」

「そっか。その上、階段とかと違って奥へ逃げ込めないのに、敵が槍《やり》持ち……」

最悪の組み合わせだ。

「しかしこれが、ギルドの資料にあった迷宮製の転移魔法陣による階層移動か。モンスターハウスへの転移と同じく悪質で、転移させられた者が気絶することが多いとあったが……」

「したね、気絶。クレフとヒナちゃんがいなかったら、危《あや》うく死ぬところだったよ」

「とりあえず、道は道だ。報告に戻ろう。ただし、結界の中から転移はできない。そして、魔物ごと転移するのは危険だ。魔法の発動範囲外へ魔物を排除してから、転移する必要がある」

無茶を言う。サハギンは結界が解けた瞬間、たちまち転移魔法の発動範囲に踏み込んできそうな勢いなのに。

「でもやらないと、このままじゃじり貧か」

魔法符に込めた結界を維持する魔力は、今この時も削られ続けている。

じゃあ、どの魔法符を使うべきかと、手持ちを脳裏に思い浮かべたその時、ふと、声が聞こえた。

クレフの声じゃなければ、ヒナちゃんの声でもない。女性だ。場違いにも、女性が歌っている。

その高く澄んだ声は美しく、耳を傾けずにはいられない。

サハギンも歌声に魅せられたのか、攻撃をやめた。そして道を譲るように、スッと左右に分かれる。その先にいたのは、人魚だ。

赤い鱗《うろこ》に、栗色の髪。美しい人魚が岩礁《がんしょう》の上で微笑《ほほえ》み、歌う。

途端、彼女から目が離せなくなった。心地よい歌声に、恍惚《こうこつ》となる。

——もっと。もっと聴きたい。

そう思う一方で、なぜか、ダメだと思った。奇妙な胸騒ぎがする。

相反する気持ちが苦しくて、私は眉を寄せた。するとそんな私をなだめるように、ひときわ歌声が大きくなる。そして彼女が、こちらへ手を差し伸べた。

――ああ、呼んでる。

立ち上がった私の手を、誰かが掴んだ。振りほどくと、背後から羽交い締めにされる。

――邪魔だ。彼女が呼んでるのに、これじゃあ行けない。彼女のもとへ……

『ネネ！』

【念話】スキルを使った強い呼びかけに、私は目を瞬《またた》いた。私を拘束しているのはクレフである。

「……クレフ？」

「よかった。正気に戻ったな」

「正気……」

言われた意味を理解して、血の気が引いた。

私、どこに行こうとしてた!?　結界から一歩外に出れば、サハギンの群れのまっただ中！　人魚だって、魔物に違いないのに！

「気をしっかり持て。そうすれば、あのような魅了の魔法に引っかかりはしない」

「うん。ありがとう、クレフ」

どうやら私は人魚の歌声で、操られたらしい。気を引き締めなければ。

ところが、どうしても歌に引きずられそうになる。これはまずい。

私は耳を塞《ふさ》ぎ、魔法符の選定に意識を集中することにした。すると歌が変わって、サハギンの攻撃が再開される。三叉槍《さんさそう》が結界を貫《つらぬ》こうとするたびに、ガンッ、ガンッと激しい音が響き、紫電が走った。今にも破られそうだ。

いや、でもこれ、魔獣皮紙製の結界魔法符だよ？　四枚ひと組で使う聖域結界《サンクチュアリ》とは比べものにならないとはいえ、それなりに頑丈なはずなのに……

「あの歌が、サハギンの攻撃に力を与えているのだろう。魔獣皮紙製とはいえ、一枚のみ。破られるのは時間の問題だ」

クレフが苦虫をかみつぶしたかのような顔で状況を教えてくれる。つまり、急がないとまずい。

私は軋《きし》む結界に焦りながらも考え、【アイテムボックス】から四枚の魔法符を取り出した。その時、ピシッと音がして、結界にヒビが入る。もうもたない。

「発《はつ》！」

――爆裂火炎《バーストフレア》。

魔法符によって発生した爆発的な炎が、崩壊寸前だった結界を内側から破った。そしてそのまま、炎はサハギンに襲いかかる。

水系魔物をひるませるなら、やっぱり水で消せないほどの業火かな、と考えての選択は、正しかったらしい。私は奴らが離れた隙《すき》に、帰還の腕輪を発動させた。

第七章　神聖教会の聖魔道士

命からがらサハギンと人魚から逃げた翌日は、休養日だった。

疲労からのミスを避けるために、クレフと交わした約束。けれど元の世界へ帰る目標日はどんどん近づいていて、行動せずにいるのが落ち着かなかった私は、昼からギルドのレンタル作業場に来ていた。

魔法薬作りなら、採取と違って魔獣との遭遇戦はないし、魔草紙などの消耗品を買う資金になる。その上、【創造】スキルを使うためのポイントも稼げるからと、クレフを説得してのことだ。

クレフは、魔力を使うと精神的な疲れが……と言って、渋ったけどね。代わりに、せめて昼までは休めという言葉には従った。

私は【アイテムボックス】から出した魔力回復の薬草を洗い、切ってつぶして、鍋に放り込む。あとは魔法で出した水を鍋に入れ、ひたすら魔力を注ぎつつ、煮立たせないよう弱火で煮るだけ。一瞬ほわりと光ったら、粗熱を取って薬瓶に入れる。それで魔法薬の完成だ。

ただしこのままだと、飲めなくはないけど苦い。なので、冷ます前にスイートリリー――魔素《まそ》の濃い森の奥地でしか採取できない花の蜜を混ぜる。買い取り価格もアップして、一石二鳥だ。

ちなみに手持ちのスイートリリーは、女神に放り出された森から街道へ出るまでの間に採取した物である。採れと指示してくれたクレフに感謝だ。

最後に花の蜜を魔法薬に入れた私は、粗熱が取れるのを待つ間に休憩すべく、お茶を淹《い》れる。そして一服しつつ、紙で作ったこよりを使い、ヒナちゃんと戯《たわむ》れた。

ピロピロ動く紙の端っこを捉《とら》えようと、ヒナちゃんは机の上を行ったり来たり。テテテッと走る姿が、可愛いったらありゃしない。

笑み崩れたその時、教会の鐘が鳴った。私もヒナちゃんもピタリと動きを止めて、壁に掛かった時計を見る。午後三時、おやつでも食べたくなる時間だ。

「もうそんな時間か。第六階層の探索、順調かな」

昨日転移させられた場所は、第六階層を発見したかもしれないとして、ギルドに報告した。

何せ私は、階層が分かる魔道具――魔素《まそ》濃度測定器を持っていない。第五階層とは環境が違うし、たぶん第六階層じゃないかなぁとは言えても、断言するわけにはいかないのだ。

そんなわけで確証のない報告だったけど、ギルドは昨日のうちに確認を取って、すぐに魔法陣を設置した。確認する魔道士の魔力残量や、魔物が活性化する日没までの時間によっては、翌日まで待つ必要があったんだけどね。それでも十分早い。

ってわけで、普通は魔道具がないと、同階層なのに探索を打ち切る可能性があるけれど、私は【鑑定《チート》】のおかげで新規階層か否《いな》かが分かるため、そこそこお高い魔道具を買う必要はなさそうだ。実にありがたい。

それはそれとして、第六階層の探索が気になる。

「第七階層への道が見つかっていたら、明日は楽なんだけど……」

「さすがにそれは無理だろう」

私のつぶやきに、クレフが真顔でツッコミを入れた。

「新たな階層に潜《もぐ》って数時間で次の階層への道を見つけられる強運持ちは、ネネくらいだ」

「まあ、確かに。自分でもビックリするくらい、運がいいよね。昨日の魔法陣だって、一応罠じゃなかったし」

「気絶はしたがな」

「その節はお世話になりました。ヒナちゃんも、ありがとうね」

帰還の腕輪を持っていても、発動できなければ意味がない。たたき起こしてくれたクレフと、私が目覚めるまで頑張って結界を維持してくれたヒナちゃんには、感謝である。

「しかし、あれは本当に運がよかった。モンスターハウスであれば、殲滅《せんめつ》するまで転移できない。ゴブリンの矢から守った結果、そこへ送り込んでいたかもしれんのだ。本当に、すまなかった」

「いやいや、クレフのせいじゃないし。つい、罠の確認をしないで手をついた私のミスだよ」

それにしても、異世界転移への耐性で女神に選ばれた私を気絶させるとは、迷宮製転移魔法陣、おそるべし。二度とごめんだ。

「でももし、またやらかして気絶したら、取《と》り憑《つ》いて帰還の腕輪を発動させてね」

笑って言えば、クレフは苦笑した。

「仕方ないな」

よし、言質《げんち》は取ったぞ。

「でも強運はともかくとして、第六階層は、比較的早く探索できないかな？　これまでみたいな壁がないし、水場も、浅瀬なら突っ切れるでしょ？」

ギルドの調査員の報告によると、第六階層の地面は砂。一部は視界を遮《さえぎ》るほどの山となっていて、あちらこちらに、人より大きな貝殻が転がっているらしい。

その貝が巨大ヤドカリ出現の不安を抱かせたが、地形的には楽そうだ。

そう思ったのだけど、クレフは首を横に振った。

「壁はなくとも、砂山が視界を遮《さえぎ》る。その上、崩れやすいために登りにくい。そして水場はサハギンの住処《すみか》である可能性が高いため、浅瀬であろうと入らないほうがいい」

「そうなの？」

「水場のサハギンは、かなり厄介なのだ。あれは探査魔法で感知可能だが、魚の姿に近いだけあって、水中での移動が速い。迂闊《うかつ》に水辺へ近寄ると、あっという間に接近され、水中に引きずり込まれる。それを避けるには、遠回りするしかない。地上であれば、まだ戦いようがある」

「そうなんだ」

探索中に水場の近くでサハギンに遭遇したら、すぐに逃げよう。囲まれたら、帰還の腕輪で離脱。えら呼吸できない人間に、水中戦は不利だ。

頷《うなず》いたその時、来客を告げるベルが鳴った。

「誰だろう？」

私は首をかしげつつ、作動させていた騒音防止魔道具のスイッチを切る。

ここはギルド内にある作業場だから、漏れた音がギルドの業務の妨《さまた》げにならないように、防音の魔道具が設置されているのだ。外の音も聞こえないため、呼び出しには室内で魔道具のベルが鳴る。

私がしていたのは、さして音なんてしない作業だけど、万が一、クレフとの会話を誰かに聞かれては困るため、盗聴防止でその魔道具を使っていた。

「はい、どなたですか？」

誰何《すいか》すると、若い女性の声が答える。

「ハンターギルド・カグラ支部、ギルドマスター補佐のソニアと申します。少々お時間をいただいてもよろしいでしょうか？」

ギルドマスターの補佐？　つまり、このギルドのナンバーツー？

『なんだか偉い人が来たみたいだけど、私、何かやらかしたかな？』

心当たりがなくて、【念話】でクレフとヒナちゃんに訊《き》いてみたが、二人とも首をかしげる。

「ひとまず、話を聞いてみるしかないだろう」

クレフに促《うなが》された私は、ドアを開けて彼女を迎え入れた。


それから数分後、冷ましていた魔法薬はその場ですべてギルドに買い取られ、私はソニアさんに案内されて、ギルドの応接室へ向かっていた。ギルドマスターが私を呼んでいるらしい。

組織のトップに呼ばれる心当たりなんて、ないと言いたいところだが……

まさか、渡り人だとバレた？　強制保護コース？

ドキドキしながらたどり着いた部屋には、ギルドマスターらしき体格のいいおじさんと、白いローブをまとった青年、そして白銀の防具を身につけた女性がいた。三人はそろって立ち上がり、私を出迎える。

『って、クレフー‼　あれ、あの人たち、神聖教会‼　逃げて‼』

二人のローブや防具には、丸と十字が組み合わさった図形があった。神聖教会に所属している者の印である。それを見た私は、とっさに【念話】で叫んだ。

神聖教会の人たちは、アイリーンさんを害していた悪霊を祓《はら》いきれなかったとはいえ、その手のものの専門家だ。幽体のクレフを見つけるかもしれないし、視認できなくても何かを感じ取るかもしれない。そうなれば、問答無用で祓《はら》おうとするだろう。だってこの世界の人たちは、地上にとどまる霊はすべて悪霊だと認識しているのだ。

だから私は焦りつつも、それを顔に出さないよう、ポーカーフェイスを心がける。

私が騒いで、クレフの存在に気づかせるわけにはいかない。

でも、うまくできてるかな？　なんだか顔がこわばっている気がする。

そんな不安を抱える私の頭に、クレフがポンッと手を置いた。

「落ち着け。教会の者たちは、私に気づいてはいない」

『え、本当に？』

クレフに指摘された私は改めて、神聖教会の二人を見る。すると――

『……あ、二人の視線、私に向いてるね』

クレフがいるのは私の後ろだが、背の高い彼を認識しているのであれば、二人の視線はもっと上を向いているはずだ。私と目が合うはずがない。

『ってことは、本当に見えてない？　感知もしてない？』

「ああ、大丈夫だ」

繰り返し保証されて、私は安堵《あんど》の息を吐く。

「どうかされましたか？」

戸口で立ち止まり、部屋に入ろうとしない私を訝《いぶか》しむように、ソニアさんが声をかけてくる。

私は慌てて、この場をごまかす言葉を考えた。

「えっと、来客中のようですし、出直しますが？」

「いや、問題ない。この二人は、おまえさんに会いに来たんだ」

どうにかひねり出した言い訳をギルドマスター（仮）に否定されて、私は首をかしげる。

「私に？」

神聖教会が私個人にっていうと……、アイリーンさんの件かな？

何を勝手に、うちの客にてぇ出してんだよ！　って、クレームを言いに来た。……わけないか。

自分の考えにツッコミを入れていると、彼らが一礼する。

「神聖教会の聖魔道士、ユノと申します」

「同じく、神聖教会の聖騎士、アルマです」

「あ、はい。初めまして、ネネです」

私に会いに来たのだから、名乗るまでもなく知っているだろうけど、一応ね。

互いに挨拶《あいさつ》を終えると、ギルドマスター（仮）も名乗って、私たちに着席を促《うなが》した。案の定ギルドマスターだった彼の名前は、グレンというらしい。

「早速だが、本題に入ろう。まずは教会のからいくか」

ギルドマスターがそう言ってユノさんを見ると、彼は頷《うなず》いて口を開いた。

「ネネさん、神聖教会に所属する気はありませんか？」

「は？」

思わず、変な声が出る。

「我々が見抜けなかった悪霊の存在を見抜き、祓《はら》ったあなたに、神聖教会へ所属していただきたいのです」

「別に、ハンターをやめる必要はないぞ。迷宮にはアンデッド系の魔物が出るため、ハンターギルドに登録している聖魔道士は多い。逆に、祓《はら》いの才能があるハンターは、神聖教会にも所属している。そっち系の仕事は、大抵教会に持ち込まれるんでな」

ギルドマスターが補足すれば、ユノさんがそれを肯定した。

「神聖教会はギルドが創設される前から、悪霊祓《ばら》いを請け負っていましたので」

「それで基本的に、浄化や祓《はら》いは教会、魔獣や魔物の討伐はギルドって感じに仕事が来るんだ」

二人の説明に、私は「へえ、そうなんですね」と相づちを打つ。

「ギルドに登録した時に聞いていると思うが、神聖教会で受けた悪霊討伐の依頼も、ギルドのランクに反映される。得意分野なら、悪い話じゃないぞ。ただ、何度も迷宮の新規ルートを発見したおまえさんには、正直、迷宮に専念してもらいたい気持ちはある」

「そうですね。教会には、所属していただくだけでもかまいません。どうしてもという時は、お力添えをいただくかもしれませんが」

うーん。そう言われると、断りにくい。だってそれは、きっとアイリーンさんの時みたいに、隠《いん》蔽《ぺい》能力が高い悪霊から被害者を救うためだろうし。

でも、瘴気《しょうき》の発生源である指輪を見つけたのは私だが、悪霊の居場所を突き止め、とどめを刺したのはクレフである。もし誰かと組んで悪霊祓《ばら》いなんてことになったら、かなりまずい。

だって目の前で魔法を使われれば、さすがにクレフの存在に気づくでしょ？

教会に所属すれば、通常時でもクレフを認識可能な人に出くわす可能性もあるし、困っている人には悪いけど、断ろう。

神聖教会が見逃してしまった瘴気《しょうき》を見たのが勧誘の理由なら、その力が彼らより弱くなったとなれば、もう誘われないかな？

「申し訳ありません。実は悪霊討伐の際に、頭を打ちまして。そのせいか、最後は悪霊の姿が見えにくくなっていたんです。神聖教会に所属しても、もうお役に立てないかと」

「頭を!?　なのに、二日後には迷宮へ潜《もぐ》っていたのですか!?　幸い今まで何事もなかったようですが、無理をしてはいけません。気分が悪くなったら、すぐに医者へ。私もそうですが、神聖教会には他者の治癒を行える聖魔道士がいます。遠慮なく声をかけてください」

苦し紛れの言い訳は、ものすごく心配された。

ユノさん、いい人だ。なのに嘘ついてごめんなさい。

「体調は、今のところ大丈夫です。でももしもの時は、お願いします」

私は心の中で手を合わせつつ、嘘をつき通した。すると、難しい顔をして話を聞いていたギルドマスターが、口を開く。

「ならおまえさん、見える奴とパーティーを組んだほうがいいな」

「え、どうしてですか？」

「頭を打って、悪霊や瘴気《しょうき》が見えなくなった奴の話は、たまに聞く。もしもおまえさんがそうなっていたら、迷宮のゴーストにも対応できんだろ」

「そうですね。あれらは見る能力がないと、対処が難しいですから」

ユノさんが同意し、アルマさんも頷《うなず》く。

ゴーストとは、迷宮に出る悪霊である。外の悪霊と違って自我がなく、目につく人を片っ端から襲う存在だ。魔物の一種で、消滅させれば魔宝石が手に入る。けれど、他の魔物と違って普通の物理攻撃を受け付けず、姿を消すのが難点だ。

そこで必要なのが、見る力。どうやら私の【見鬼《けんき》】スキルと、似たものらしい。

ゴーストが見えなくても、アンデッド系特効と呼ばれる光魔法で広範囲を薙《な》ぎ払《はら》えば、倒せる。けどそれだと、魔力の消耗が激しすぎるからね。ゴーストが出る階層では、見える人が必要なのだ。

「いや、でも、少しでも見えている間に倒せばいいんですし」

見る力の弱い人が取る対処法を言えば、三人はそろって首を横に振った。そして、ギルドマスターが言う。

「確かにそれも手だが、教会の奴らほど見えないなら、ソロはリスクが高いぞ」

うぐ。実はソロじゃないんだが、言えないしなぁ。

私が黙ると、ギルドマスターはソニアさんから十数枚の紙を受け取り、机の上に広げる。

「これは？」

「おまえさんへの、パーティー申込書だ。おまえさん、迷宮探索許可試験で新規ルートを発見して以来、立て続けだろ？　しかも、第五、第六階層はトップ到達。自分たちのパーティーで、ぜひともその探索能力を発揮してもらいたいのさ」

「皆さん、ネネさんに直接交渉をしようと、今朝は早朝からギルドで待ち構えていました。勧誘合戦で騒ぎになると思われたので、勝手ながら、ギルドからの紹介制にさせていただきましたが」

ギルドマスターの言葉に続けて、ソニアさんが教えてくれる。するとギルドマスターは不機嫌そうに、フンと鼻を鳴らした。

「酒場にいるならまだしも、ギルドの入り口でたむろされちゃあ、邪魔でかなわんからな」

どうやら、せめて昼までは休めと言うクレフに従って、正解だったらしい。

囲まれるのを回避できたと喜んでいると、ギルドマスターがため息をつきながら頭を掻いた。

「まあそんなわけで、ギルドはおまえさんに、パーティーの紹介をすることになった。ギルドとしても、新規ルート発見率の高いおまえさんには、より深くまで潜《もぐ》れるよう、パーティーを組んでもらいたいと考えている」

やっぱりギルドマスターも、ソロだと潜《もぐ》れる階層の限界が早いって認識なんだね。

暫定最下層となっている第二十階層まで、ソロで行けるブラムスさんは、例外中の例外だ。

「申込書はギルドで選別して、素行の悪いのや、聖魔鳥《せいまちょう》のお気に入りの座が目当てと思われる者、それからおまえさんの功績を、聖魔鳥《せいまちょう》の幸運補正とほざいていた奴は、省いてある」

え、そこまで篩《ふるい》にかけられるんだ。ギルドの情報網、ハンパない。

それにしても、ヒナちゃんに幸運補正なんてないんだけどなぁ。

何しろ本人がそう言っていたので、間違いない。

聖魔鳥《せいまちょう》は親鳥に学んで成長する生き物じゃないため、自分にできることは、生まれつき知っているらしい。本能で理解している力をどの程度使えるようになれるかは、その鳥次第だとか。あと、クレフが知る限り、運命に干渉する力を持った聖魔鳥《せいまちょう》の記録はないとのこと。

だからやっぱり道の発見率は、私が原因だろう。それが【看破《かんぱ》】スキルの効果か、ステータスにない女神の加護かは分からないけどね。

ともあれ、今のところクレフの存在と、私が渡り人だとバレるリスクを抱えてまで、パーティーを組む必要性を感じない。ただ、今後の参考までに、どんな人がおすすめなのか、書類を見せてもらっておこうかな。

そんなことを考えて書類を手に取ろうとすると、その前に回収された。

「しかし残念ながら、今回選考したパーティーに、おまえさんが失ったかもしれない力を補えるメンバーはいない」

いないんかい！

いや、実際には失ってないから、いなくてもかまわないんだけど。

言葉にするわけにはいかないツッコミを脳内で入れていると、ユノさんが私を呼んだ。

「そこで提案です。私どもと組みませんか？」

「へ？」

予想外の提案に、またもや変な声が出る。

「先ほども申し上げましたが、私は他者にも治癒魔法が使えます。そして頭を打つ前のあなたには及ばないでしょうが、それなりに見る力もあります」

自身を売り込むユノさんに同意するように、頷《うなず》いたギルドマスターが口を開く。

「それにこの聖職者コンビは年若いが、なかなかの戦闘能力を持っているぞ。何より、ユノは転移魔法の使い手だ。ギルドが、魔法陣設置の依頼をしている一人でもある」

あ、ユノさんって、そうだったんだ。なるほど、それならギルドからの信頼が厚いのも頷《うなず》ける。

「おまえさんが新規階層を発見した際、ユノがその場で魔法陣を設置すれば、申請に戻ってくる必要がない。そのまま、その階層の探索を続けてもらえる」

それはおいしい。いちいち地上に戻るのは、時間の無駄だったからね。

「でも、地図の報告は？」

「地上に戻ってからでいいぞ。過去の到達者を送り込むのに、地図情報はいらんしな」

確かに、魔法陣が開通したことさえ分かれば問題ない。それにしても、随分《ずいぶん》待遇がいい気がする。

「転移魔法陣設置者を専属にするなんて、いいんですか？」

「かまわん、かまわん。そのほうが効率がいいと結果が出れば、問題ない」

確認した私に、ギルドマスターがそんなことを言う。

それってつまり、結果が出なけりゃ解散ってことでは？

そう思った私に、ユノさんが手を差し出してきた。

「まずはお試しでかまいません。共に、迷宮の脅威に立ち向かいませんか？」

「えっと……」

一緒に過ごす時間が増えれば、秘密がバレる危険性が増す。けれどそのリスクを背負えば、迷宮攻略のスピードが上がるだろう。

何せ、自力で転移可能な人がいるのだ。前回の探索終了場所から、また始められる。

お試しでいいって言ってるし、誰かと組んだらどうなるか、様子見させてもらうのはどうだろう。

それに、神聖教会と関わるまいとしてついた嘘の結果が、この申し出だ。これ以上あがいて、修正不可能な嘘を重ねるのはよくない。今ならまだ、修正が効く。彼らの前でゴーストを倒し、心配ないと言えるのだ。

ただそうすると、またもや勧誘されるかもしれないが、その時はその時だね。

そう思った私は、クレフとヒナちゃんに【念話】で話しかけた。

『ねぇクレフ、ヒナちゃん。試しに、この人たちと組んでみてもいいかな？　もしクレフのことがバレたら、女神様が渡り人の私を助けるためにつけてくれた存在だとでも言うから』

「いや、しかし……」

『そうすれば、女神様を祀《まつ》る神聖教会は、クレフに手を出せないいんじゃないかなって。クレフさえ無事なら、なんとかなるでしょ？』

「まあ、そうかもしれんが……。では私は、彼らに感知されないよう気をつけよう。ネネの安全確保が第一だ。戦力を増やすことに異存はない」

『ヒナモ、イーヨー』

『ありがとう』

二人の答えを受けて、私はユノさんの手を取る。

「ではひとまずお試しで、お願いします」

「はい。よろしくお願いします」

ってわけで、お試しパーティーが結成された。


明けて翌朝。ユノさんたちと第六階層に下り立った私は、転移魔法陣の外に出て周囲を見渡す。

昨日のうちに魔法陣があちこちに設置された他、転移魔法が使えるパーティーは、自分たちで設置したポイント——前回の続きに直接飛ぶため、周囲に人影はない。サハギンは、気絶してない私たちに警戒しているのか、姿を見せる様子はなかった。

「ヒナちゃん。上から、遠くの様子を見てきてくれるかな？　建物とか穴とか、周囲とは違うものがないか、確認してほしいんだけど」

「ハーイ」

『クレフも、ヒナちゃんの護衛として一緒に行ってくれる？』

「分かった」

【念話】を使ってクレフにもお願いすると、彼はヒナちゃんと一緒に飛んだ。そして、少ししてから戻ってくる。

「エットネ、タテモノッポイノ、アッタヨ」

「建物？」

「ここから北へ、まっすぐ行った先だ。貝とは違い、直線的なシルエットをしている」

「ウン。アッチニアッタ」

クレフの補足に頷《うなず》いて、ヒナちゃんがくちばしで北を示す。

「北か。じゃあユノさん、アルマさん、とりあえず目標は、その建物らしきものでいいですか？階層移動の道があるかもしれませんし」

「ええ、かまいませんよ」

「あるといいですね、道」

二人とも異議なしだったので、北に進むことにする。

方位磁石を持ったアルマさんを先頭に、魔道具兼鈍器の錫杖《しゃくじょう》を持ったユノさんが続き、最後尾はヒナちゃんを肩に乗せた私。クレフは上空だ。

方位磁石があるとはいえ、直接見た情報に勝るものはない。戦闘や湖の迂回で進路がずれたら、クレフが教えてくれることになっている。

あとは、飛行型魔物への警戒。何せ、ここには空がある。第五階層のコウモリ型ガーゴイルより、速く飛ぶ魔物がいるかもしれない。そんなのに索敵範囲外から急襲されたらかなわないため、クレフが見張っているのだ。空の上には隠れられる場所はなく、かなり遠くまで見えるしね。

ユノさんたちとの戦闘時における連携に関しては、無理しないことになった。いきなり慣れないことをしても、ミスする可能性が高い。そんな危険を冒すくらいなら、敵が単体なら狙われた者が戦い、荷が重ければ助けを求める。集団が相手の場合は、各自討伐。正直、ありがたい。

テクテク、テクテク。柔らかな砂地をひたすら歩く。柔らかすぎて、歩きにくい。昨日クレフが言った通り、砂山も崩れて登りにくかった。

ここで戦うとなると、かなり砂に足を取られる。【身体強化】スキルがあるとはいえ、思い通りに動けそうにない。それを加味して、戦う必要がある。

まあ、周りが水で多少湿度は高いものの気温が極端に高くないのは救いだね。

そんな地味につらい探索を始めて小一時間はたった頃、大きめの湖のそばを通るにあたって、ユノさんが警告を発した。

「探査魔法に反応がありました。そこの湖の中、比較的岸の近くに、複数の敵がいます。十分警戒して進んでください」

「了解」

「分かりました」

私たちは短く答えて、湖を見る。

緑色に濁った湖の中は見えないが、風もないのにかすかに水面が揺れていた。そこに、いる。揺れが小さすぎて、索敵可能なスキルがなければ気づかなかったかもしれない。

ちなみに私の【マップ】には、警告を受ける少し前から、十数個の敵性反応があった。索敵できることは言ってあるが、あまりに性能がいい索敵結果は、渡り人だとバレかねない。今後はある程度の距離を過ぎてもユノさんから警告が出なかったら、正確な数は伏せて伝えよう。

そう方針を決めつつ、水面をなでるように視線を動かしていた私は、そこから顔を出した敵を見つけた。ギョロリとした魚の目が、私たちを捉《とら》えている。

目が合ったと思ったその時、そいつが水中に潜《もぐ》った。

「来ます！」

すべての敵性反応が、瞬《またた》く間に岸へ接近する。それを見て、私は叫んだ。

すぐさま、ユノさんとアルマさんが湖に向き直り、それぞれ錫杖《しゃくじょう》と剣を構える。次の瞬間、サハギンたちが湖から飛び出した。

「キシャー！」

宙に躍り出たサハギンが、数メートルの距離を飛んでくる。そこへ、ユノさんが放った炎の波が襲いかかった。

「ギャ！」

「ギイ！」

正面から受けたサハギンが数体、炎にのまれて消滅する。それらの陰にいて直撃しなかった後続が、着地後すぐに私たちに向かって突進してきた。

「シャー！」

「ギシャー！」

奴らの中の一体が、まずはアルマさんへ向けて三叉槍《さんさそう》を突き出す。アルマさんはそれを、剣で打ち払った。続いて、返す刃《やいば》でサハギンを切り捨てる。

おお、二人とも強い。

ギルドマスターがおすすめするだけあるなと思いながら、私は魔弾の指輪を起動した。

「散弾銃《ショットガン》、装填《ロード》」

指を向けた先で、二体仕留める。軽傷ですんだサハギンは、慌てて距離を取った。そこへ、炎の第二波が襲いかかる。

「銃の魔道具とは、珍しいですね」

チラリとこちらを見て言ったユノさんに、私は小首をかしげる。

「そうなんですか？」

「ええ。弾丸が小さく、動く敵に当てるのが難しいので、使い手は少ないと聞きます」

そんなに？　でもまあ、素早い相手には、確かに難しいかな。あのストーカー悪霊みたいに、弾丸をはじける奴もいるし。

あの夜のことを思い出した私は、思わず顔をしかめた。

「確かに難しい相手はいますが、サハギン程度なら、大丈夫みたいですよ」

そう言って、炎に耐えて前に躍り出たサハギンを撃つ。

残り三体。

けれど弾丸を再装填する前に、アルマさんが飛び出した。そして、瞬《またた》く間に残党を切り伏せる。

これで、ここでの戦闘はおしまいだ。私たちは砂地に落ちた魔宝石を回収し、移動を再開する。

予定通り連携らしい連携はしていないが、初めての共同戦闘は上々だった。

第八章　王族と護衛

数日後。砂と湖の第六階層をクリアした私たちは、第七階層にいた。地下なのに空のあった第六階層とは違い、ここには天井がある。レンガの壁に石畳の通路で、歩きやすい。

ちなみに第六階層からの道があったのは、初日に当たりをつけた建物——ストーンサークルみたいな遺跡で間違いなかった。

残念なことに、また迷宮製転移魔法陣による道だったけど、前日に到達したパーティーがもたらした情報で覚悟していたおかげか、前回で耐性が付いたのか、少し気分が悪くなるだけですんだ。

気絶の時は気分の悪さはなかったが、安全面では、こちらのほうがましかな。

ちなみに、私たちはヒナちゃんとクレフのおかげで遺跡の存在を知ったけど、一番乗りしたパーティーは、身体強化魔法で人を空に投げて見つけたらしい。

まあそんなわけで、トップ攻略者から一日遅れて、私たちは第七階層へ下り立った。

探索の調子は、いいと思う。でも帰還目標日までに、最下層へ行けるだろうか？　暫定最下層の第二十階層まででも、現在地の第七階層を含めれば、あと十四階層ある。

いっそのこと、最下層まで地盤をぶち抜いて行けたらいいのに。可能なら、迷宮核の間直行で。

無理なのは分かっていても、願ってしまうのはやめられない。

そう、無理なのだ。魔獣でも地上から穴を掘って入れる浅い階層とは違って、それ以降は空まである一種の異次元。ぶち抜いて移動するには、異世界転移スキルを作るのに近いポイントが必要だった。

そうして最下層まで行っても、迷宮最強の魔物で、迷宮核を守る者――迷宮核の守護者がいる。それと戦うためのスキルも作らないといけない。どれだけポイントが必要なことか。

地道に迷宮を攻略し、その過程で作ったスキルのレベルを上げたほうが、まだ守護者を出し抜くチャンスがある。

そう、勝とうなんて思ってない。迷宮核に手を出す気はないから、見逃してほしいくらいだ。

そんな先のことまで考えている私は今、暇だった。だって、聖職者コンビがスケルトン相手に無双してるんだもの。

「楽だけど、なんだか申し訳ないなぁ」

スケルトンは骸骨で、アンデッドの魔物だ。だからアンデッド特効の光魔法が得意な聖職者コンビが、大活躍である。浄化《ピュリフィケーション》を付与した彼らの剣や錫杖《しゃくじょう》で、敵はあっという間に頭部が破壊されてポリゴン化。消滅して魔宝石が転がった。

スケルトンは、頭を破壊しないと倒せないんだよね。手足を折ったところで止まらないし、パーツがバラバラになっても、すぐに戻ってしまう。唯一の弱点である頭は、異常に硬い。でもそれが、浄化《ピュリフィケーション》を付与した武器を使うと、簡単につぶれるのだ。

ちなみに浄化《ピュリフィケーション》の魔法をスケルトンにかけると、しばらく動かなくなる。その間は普通の武器や魔法でも頭をつぶせるが、とっととつぶさないと、また頑丈になって動き出すらしい。

私は浄化《ピュリフィケーション》の魔法符を持っているものの、それを付与して使える武器がなかった。一応短剣はあるが、スケルトン相手には短すぎる。

魔法符をスケルトンに使って、動かなくなったところを別の魔法符で破壊してもいいが、消費枚数が多い。【創造】でコピーできることは言えないため、ユノさんたちに却下された。

光弾《ライトブレット》は威力過多で、頭以外も吹っ飛ぶ。飛んだ骨が当たると危ないからダメ。

アンデッド特効でない魔道具による攻撃は、余分な魔力の消耗を避けられないからダメ。

相性のいい敵だし、自分たちに任せてほしいと言われ、この階層における私の仕事は、魔力糸を使った魔宝石拾いと――

「さて、分かれ道です。どちらに行きますか？」

「そうですね……」

スケルトンの殲滅《せんめつ》を終えたユノさんに訊《き》かれた私は、二手に分かれた道を見比べた。

第六階層で道の連続発見記録は途切れたけど、目星をつけて目的地としていた場所が、まさにそこだったからね。勘による進路決定は、今でも私の仕事である。

「右に行きましょう」

私は今までの経験に従い、気の惹かれるほうを選んだ。

足を進めてしばらくすると、円形の広場でゴーストの集団に出くわす。

迷宮のゴーストは、外界の悪霊と違って生前の姿を維持していない。黒い雲を人型にしたような存在だ。

「十体以上いますね」

「見えるんですか⁉」

私の言葉に、ユノさんが反応する。

「ええ。頭を打って、見る力を失ったかと思っていましたが、大丈夫だったようです」

よし。これで、ユノさんたちについた嘘は撤回したぞ。

「そうですか。それはよかった。問題は、ゴーストが姿を消そうとした際に、どこまでその姿を捉《とら》え続けられるかですね。見えなくなった場合は、そのまま後ろに回り込まれないようご注意を」

「分かりました」

【マップ】に表示されているから大丈夫だろうと思いつつ、頷《うなず》いた私は魔法符を用意する。

「ヒナちゃんはフードに」

「ハーイ！」

私の指示に従って、ヒナちゃんは激戦になるかもしれない時の定位置に飛び込んだ。そして、

「ピィ！」と鳴く。すると、私たちの周囲に光の粉が舞った。

「聖魔鳥《せいまちょう》の魔法です。効果は魔除け。持って五分程度らしいですが、ゴーストの取《と》り憑《つ》き対策になるそうです」

私の解説に、ユノさんとアルマさんが笑った。

「それはありがたいですね」

「効果が消えないうちに、ゴーストを殲滅《せんめつ》しましょう」

ゴーストに取《と》り憑《つ》かれると体を乗っ取られて、仲間を襲うことになるらしい。しかも最後は自殺させられる。絶対に避けたい事態だ。五分程度とはいえ、その心配がなくなるのは助かる。

ストーカー悪霊と戦った時は、この魔法を使う間もなく、ヒナちゃんが遠ざけられてしまった。あいつは私に取《と》り憑《つ》こうとはしなかったので、問題なかったけどね。

ちなみにクレフは悪霊やゴーストとは違う存在だからか、魔除けの影響を受けない。平然と私のそばに立ち、敵を警戒している。

そんな中、場の空気が変わったと感じた。キンッと、耳鳴りがする。

「来ます！」

アルマさんが警告を発した次の瞬間、周囲の石や崩れたレンガなどが浮き上がった。高速で飛来するそれを、ユノさんたちが各自の武器でたたき落とす。すると、バチンと激しい音がして、火花が散った。まるで、それらが強力な静電気を帯《お》びていたかのようだ。

これは、迂闊《うかつ》に素手で触れないな。

おののく私の傍《かたわ》らで、ユノさんが光魔法を放つ。直撃を受けたゴーストの一部が断末魔の悲鳴を上げ、消滅した。直後、何かが地面に落ちる。おそらく魔宝石だろうけど、拾っている余裕はない。

対物質防御結界《アンチマテリアル》に、光弾《ライトブレット》。私は次々と魔法符を発動させて、飛んでくる物から身を守り、突撃してくるゴーストを撃退する。今ならヒナちゃんの魔法でゴーストははじかれるだろうけど、近づけたくなかったのだ。

だって、なんだかゾワッとした。本能的な拒絶ってやつかな？　クレフには一切感じないものだ。

そのクレフはこれまで遭遇した魔物がそうだったように、ゴーストにすら存在を認識されないみたいで、まったく攻撃されていない。クレフが攻撃すれば、警戒するだろうけど、視認するかどうかは別。少なくとも、上の階層の魔物は見えていなかった。

それにしても……。ゴーストは【マップ】に表示されるから、気を抜かなければ奇襲なんて受けないと思っていた私を殴りたい。

『クレフ。あいつら時々、【マップ】上から反応が消えるんだけど、どうしよう』

隣のクレフに【念話】で相談すると、彼は慌てた様子で訊《き》いてきた。

「肉眼ではどうだ？　見えるか？」

『見える。もしかしたら姿を消している間は、【マップ】に表示されないのかも……』

何せ、レベル99の【見鬼《けんき》】スキルのおかげか、私にはゴーストの姿が見えなくなる瞬間がない。だから確証はないものの、それしか理由が思いつかなかった。

「そうだな、それならその可能性が高い。背後は私が警戒するが、【マップ】に頼らず、広範囲を視界に収めるようにしろ」

『分かった、頑張る』

幸い、攻撃したり、取《と》り憑《つ》こうとしたりする際に、ゴーストは姿を消せないらしい。ユノさんたちの動きを見ると、ゴーストが接近してから防御し、カウンター攻撃している。

ヒナちゃんの魔法がまだ効いているとはいえ、正直、見ていてハラハラする光景だ。私に同じマネができるかどうかも、不安である。でも、やるしかない。

一撃で消滅しなかったゴーストは、周囲の魔素《まそ》を取り込んで再生し、かなり手こずった。けれどそれでも、徐々に数が減っていく。

最後の一体を狩り終えたのは、ヒナちゃんの魔法の光が消える直前。ほっと息を吐《つ》いたユノさんたちが、私を振り返る。お互いに無事を伝え、合流しようとしたその時、【マップ】上に敵性反応が現れた。場所は――

「ネネ！」

「左に！」

クレフの叫びと、顔色を変えたユノさんの警告はほぼ同時。私は身をよじって黒い影の手を躱《かわ》し、振り返る。すると、すぐそばの壁から抜け出したゴーストが、ニタリと嗤《わら》った。

――っ!!

あまりの近さに、一瞬、頭の中が真っ白になる。

魔除けの魔法はもう解けた。このままでは、取《と》り憑《つ》かれてしまう。

ユノさんたちはアンデッド系特効の聖職者だけど、私は渡り人。ゴーストが私の力を十全に使えたら、彼らを殺せるかもしれない。もしそれができなくても、私だけは殺せる。一応装備している短剣で、首を切られたらおしまいだ。そしたら、二度と元の世界へ帰れない。

「ついやー!!」

私は思わず悲鳴を上げて、拳《こぶし》を振り抜いた。ゴッと鈍い音がして、ゴーストが吹っ飛ぶ。そして勢いよく壁にぶち当たり、魔宝石を残して消滅した。

あ、危なかったぁ。

ドキドキしている心臓をなだめていると、こちら——というか、ゴーストがいた場所に向かって、手を伸ばしているクレフの姿が目に入る。どうやら聖職者コンビに存在がバレる覚悟で、ゴーストに攻撃しようとしてくれていたらしい。

こっちも危なかった。とっさに拳《こぶし》が出た私、グッジョブ！　そして護身術として私にそれを教え込んだ鉄兄、ありがとう！　異世界で、ゴースト相手に役立つとは思わなかったけどね。

「大丈夫ですか？」

「怪我は？」

「大丈夫です」

駆け寄ってきたユノさんたちに問題ないと返すと、こわばっていた彼らの顔がほっとして緩む。

そのあとすぐに、アルマさんが少し興奮気味に口を開いた。

「至近距離で、魔弾の指輪を使ったのですか？　ゴーストがすさまじい勢いで吹っ飛びましたが」

「え？　あ、そうです。とっさに」

そういうことにしておこう。まさか、素手で殴りましたとは言えない。そんなことのできる人は、この世界にはいなかったはずだ。

「まるで、拳《こぶし》で殴ったみたいに見えました。伝説の渡り人である、殴り聖女のように！」

「わ、いや、殴り？」

渡り人って単語に反応しそうになるも、なんとかごまかす。それにしても、殴りって……

戸惑《とまど》う私に、ユノさんが説明をしてくれた。

「およそ百五十年前の渡り人で、魔獣や魔物を退治する旅をされていた方です。体に浄化の力を宿しており、実体のないゴーストすら、素手で殴り飛ばしたとか」

冗談かと思ったが、ユノさんはいたって真面目な顔をしている。本当に、そんな名前で呼ばれた渡り人がいたらしい。

浄化していたなら、【見鬼《けんき》】スキルとは別物だと思うけど、似たような力を持つ人がいたんだね。

危ない、危ない。本当に、素手で殴ったなんて言わなくてよかった。

安堵《あんど》した私はふと気になって、こっそり自分を鑑定してみる。そして、うなだれた。

『〈称号〉渡り人、殴り聖女見習い』

そう見えたって言われただけなのに、なんで増えてるの？　見習いになった覚えはないぞ？

私は若干遠い目をしながら、ユノさんたちと一緒に探索を再開した。


聖職者コンビとの探索は順調に進み、狭い螺旋《らせん》階段を下りて至った第八階層も、ゴーストとスケルトンがメインの階層だったためにサクサク進んだ。

一応剣を数合交える事態になったあたり、多少、敵も強くなっているみたいなんだけどね。ユノさんとアルマさんは、それ以上に強い。

そんなわけで、パーティーを組んでから数日たった現在、私たちがいるのは第九階層である。

アンデッドの戦闘力はさらに上がり、騎士っぽい鎧《よろい》をまとったスケルトンや、犬版ゴーストのブラックドッグにも遭遇するようになった。しかし種類が増えても、アンデッドが続くと飽きる。サハギンは、一層だけだったのに。

幸いだったのは、どの階層移動の道も、転移魔法陣ではなく階段だったこと。ただ、第八階層でずらりと並んだ扉を見た時は、めまいがした。さすがにその中からピンポイントで選ぶわけにはいかないし、開けたよ、全部。

大半の扉が、壁にくっついていただけだったのが、イラついた。

あとは見るからにヤバそうな、極彩色の光が渦巻《うずま》く異空間っぽい部屋。そしてゴーストがみっちり、あるいはスケルトンがみっちり詰まった部屋。どれも、罠にかける気があるのかと言いたい。

まあゴーストとスケルトンは、扉を開けた途端あふれ出してくるという意味では、罠になったか。

罠といえば、ミミックもいたね。その部屋を開ける少し前に、魔剣の入った本物の宝箱のある部屋を見つけていて、【看破《かんぱ》】がなかったら危なかったかもしれない。

それにしても、宝箱まであるなんて。人を釣るためだろうけど、ますますゲームっぽい迷宮だ。

「そろそろ、今日は帰りますか」

戦闘後の魔宝石拾いを終えたユノさんが、懐《ふところ》から懐中時計を取り出して言った。

「そうですね」

いくら二人が強くても、今日は割と頻繁《ひんぱん》に戦ったので、そろそろ魔力や体力の回復が追いつかなくなっていてもおかしくない。私には【魔力回復上昇】と【体力回復上昇】のスキルがあるけど、ユノさんたちは違うのだ。

私の同意を得たユノさんが、錫杖《しゃくじょう》を使って地面に魔力を流しつつ文字や印を書き込む。これが、ユノさんたちと組む最大のメリットである転移魔法陣。明日はここから、探索を再開できる。

「では、帰りましょう。発動範囲の円から出ないよう、気をつけて」

ユノさんが錫杖《しゃくじょう》で地面を突くと、そこを中心にして、大きな光の輪が広がった。それが光を強めて視界を真っ白に染め、浮遊を感じた次の瞬間、視界が戻る。

転移先は、迷宮前の脱出用転移魔法陣の一つだ。出口を既存のものにすることで、必要な魔力を削減できるらしい。

帰還を果たした私たちは、ギルドに向かった。早めに戻ってきている人たちで混み合う中を進み、まずは魔宝石の買い取り窓口へ。換金を終えたところで、職員からユノさんに手紙が渡された。

「これは……」

封蝋《ふうろう》の印を見たユノさんが、慌てたように封を切って中を確認し、私を呼ぶ。

「ネネさん。これから会っていただきたい方がいるのですが、よろしいですか？」

「私？」

首をかしげた私に、ユノさんが頷《うなず》く。

「ギルドの酒場で待っていると書かれていますので、すぐにすみます。そしてできれば、依頼を受けていただきたいのですが……」

「依頼？」

私はますます首をかしげたが、とりあえず会うだけ会ってみることにして、酒場に向かった。

「や、お帰り」

酒場に足を踏み入れてすぐに、声をかけられる。

「あれ、ブラムスさん。珍しくこっちでお酒ですか？」

春風亭の食堂の常連客であるブラムスさんが、ギルドの酒場でお酒を飲んでいた。

「ん。飲み比べを挑まれてね」

彼の視線が向かった先を見てみると、若い男たちが数人、彼のテーブルに突っ伏している。

ブラムスさんは、この町のギルドに所属して約十年のベテランさんだ。その彼の酒豪っぷりを知らないとは、私よりここに来た日が浅い新人さんか？　優男《やさおとこ》な見た目で絡むと、痛い目を見るぞ？　もう遅いけど。

「ネネさん」

「あ、すいません、ユノさん」

促《うなが》すように名前を呼ばれて、ユノさんに謝罪した私は、ブラムスさんに手を振った。

「じゃあまた、今度一緒に飲みましょう」

「ああ、呼び止めて悪かったな」

彼も手を振って、私を見送ってくれる。

先導するユノさんに続いて奥に進めば、その先に、やたらと目立つ人たちを見つけた。

細身で冷たい印象の銀髪美青年と、大柄で筋肉質な体格の、茶髪の青年。そしてその二人の間には、黒髪の少年が椅子に座っている。この子も、かなり美形だ。

『良家のお坊ちゃんと、その護衛かな？』

何気なく送ったクレフへの【念話】に、応じる声はなかった。

『クレフ？』

気がつけば、彼が隣にいない。捜そうとした時、またもやユノさんに呼ばれる。仕方なくそちらを優先して歩み寄ると、件《くだん》の三人組に引き合わされた。

「ご紹介します。こちらが、ネネ・リューガー嬢です」

ユノさんが私を手のひらで示して、少年に告げる。続いて彼を示し、私に紹介した。

「こちらは、アシュリー・ノア・エイムズ殿下。エイムズ王国第一王子であらせられます」

ギョッとした私に、少年がニコリと笑いかけた。そしてユノさんは、残る二人を私に紹介する。

「近衛《このえ》騎士団副団長のクライド・ナイセル様と、宮廷魔道士長補佐官のエリオット・オーウェル様です」

紹介を受けた茶髪の副団長さんが、友好的な笑みを浮かべた。けれど銀髪の補佐官は、ニコリともしない。むしろ私を値踏みするみたいに見下ろしてくる。

何、こいつ。感じワル！

あまりの態度に、思わずムッとした。

それにしても、よりによって王族と、その護衛に引き合わされるとはね。

王族は、私が一番、渡り人だとばれたくない相手だ。ユノさんは、できれば依頼を引き受けてほしいと言ったけど、嫌である。できればと言ったのだから、断ってもいいよね？

でも、話を聞かずに断るのは失礼だとか、あの感じの悪い男に言われそうだ。とりあえず、依頼内容を聞くだけは聞こう。けれど受ける気はない。

そんな決意をした私に、ユノさんが説明してくれた。

「我が国の王子は、王族としての器《うつわ》と武勇を示すため、成人直後に、成人の儀として迷宮への挑戦が課せられます。目標は、最下層にある迷宮核の間。しかしここの迷宮は、発生から三百年以上たつ今も、その場所が発見されておりません。ですので王家から同行依頼を受けた神聖教会は、外部協力者として、ネネさんを推薦させていただきました」

「へ？」

「階層移動の道を、連続して発見したあなたなら――」

「ちょ、ちょっと待ってくださいっ」

私はユノさんの言葉を遮《さえぎ》った。予想外の依頼だったが、断るにはちょうどいい依頼でもある。

「無理ですよ。私はまだユノさんたちと連携が取れず、個別で戦っている状態です。人数が増えて、うっかり王子を攻撃に巻き込んでしまったらどうするんです？　同行なんてできません」

絶対に守らなければいけない王子のそばに、そんな危なっかしいのは置けないはずだ。

そう指摘すると、補佐官に睨《にら》まれる。

どうもこいつは、私を雇いたくないらしい。雇われたくない私にとってはありがたいが、いちいち気に障《さわ》る。こいつと一緒に迷宮へ潜《もぐ》りたくないから嫌だって、言ってやろうか。

そう思った時、補佐官が口を開いた。

「ならば、聖魔鳥《せいまちょう》を譲りなさい」

「は？」

今、なんつった、この野郎。

「殿下には、次期魔道士長の私が作った守護の魔道具をお持ちいただいておりますが、雇い主を危険にさらす駒《こま》は不要です。聖魔鳥《せいまちょう》を置いて去りなさい。階層移動の道を次々発見していたのは、聖《せい》魔鳥《まちょう》の加護によるものだと聞きました」

「なっ！」

さすがに、黙ってられない。売られたケンカを買おうとすると、周囲の気温が急激に下がった。

次いで、瘴気《しょうき》が漂《ただよ》い始める。

「なぜ、突然瘴気《しょうき》が……」

ユノさんがつぶやき、アルマさんともども身構えた。王子の護衛もそれにならい、酒場で食事をしていたハンターたちはもちろん、酔いつぶれていた者たちも飛び起きる。

私は瘴気《しょうき》が集まる先を振り仰《あお》ぎ、血の気が引いた。

瘴気《しょうき》の中心に、クレフがいる。険しい顔で、こちらを睨《にら》んでいる。

「オーウェル……」

怒気を含んだ声でつぶやかれたのは、宮廷魔道士の名前。

私はハッとして、奴を見た。

こいつはさっき、自分が次期魔道士長だと言った。そして、怒りに我を忘れているクレフ。ってことは、こいつがクレフに毒を盛った犯人か！

そりゃあ怒りが爆発して、こうなってもおかしくない。けどダメだ。このまま怒りと恨みにのまれては、クレフは悪霊になる。二度と体に戻れず、本当に死んでしまう！

――私がまだ生きていると、教えてくれて感謝する。私は、自分の力で体を取り戻そう。

笑ってそんなことを言い、迷宮は危険だからと別の帰還方法を勧めた優しい人が、悪霊になる。

いきなり目の前に現れた元凶のせいで、これまでの迷宮攻略もクレフが耐えた十年も、すべて無駄になる。

そんなの、認められるわけがない！

……いや、でもきっと、まだ大丈夫。誰かを傷つけないうちに、正気に戻れば大丈夫。

だよね、女神様！

返事はないけどそうだと信じて、私は、どうすれば彼を正気に戻せるかを考えた。その間にも瘴《しょう》気《き》は増え、不安と焦りが募《つの》る。

どうすればいい？　どうすれば……そうだ！

『クレフ！　落ち着いて！　お願いだから、今は抑えて！』

単純だけど、声かけでどうだ！

期待半分、不安半分で【念話】スキルを使ったが、クレフの反応はない。

無視された⁉

いや、違う。距離だ。

現在、【念話】スキルのレベルは2。有効範囲は半径二メートルだ。今の私とクレフの間には、それ以上の距離がある。だから【念話】が届かなかった。

でも、瘴気《しょうき》の中心に注目が集まっている中、そこへこっそり近づくことはできないし……

「悪霊の姿は見えませんが、とりあえず瘴気《しょうき》を散らしましょう」

「はい」

ユノさんとアルマさんが言葉を交わし、魔力の放出を始める。

相変わらず、聖職者コンビにクレフの姿は見えてないらしい。けど、瘴気《しょうき》を祓《はら》うために範囲攻撃をされては、クレフも一緒に祓《はら》われかねない。

まずい、まずい、まずい、まずい！

焦る間にも、二人の準備は進む。そしてユノさんの錫杖《しゃくじょう》と、アルマさんの剣が掲げられた。

ええい、ままよ！

「発《はっ》！」

——断絶結界《ディスコネクション》。

「「なっ⁉」」

とっさに発動させた魔法符の結界魔法が、聖職者コンビの光魔法を遮《さえぎ》った。

「ネネさん、なぜ断絶結界《ディスコネクション》を⁉」

アルマさんが驚きの顔で、私を振り返る。対して私は申し訳ないと、頭を下げた。

「敵を逃がしてはいけないと思ったんですが、うっかり、発動させる魔法符を間違えました」

断絶の名が示すように、この結界は中からの攻撃だけでなく、外からの攻撃も通さない。敵を閉じ込めて一方的に攻撃をたたき込むなら、迷宮探索許可試験の際、私がゴブリンの巣で使ったタイプでないといけないのだ。もちろん、間違ったのはわざとである。

「うっかり……」

「とんだ愚か者ですね」

アルマさんが信じられないと言いたげな顔をする横で、オーウェルが毒づく。何かしら言われるだろうと思っていたけど、ムカツクものはムカつくな。

おまえのせいだっての！

こいつがいなければ、クレフはこうならなかった。そして私も、使う魔法符を間違ったふりをする必要なんてなかったのである。あー、ムカツク。

しかし落ち着け、私。とりあえず、時間稼ぎはできた。この結界を魔法符の魔力切れ以外で解除するには、力ずくで破るしかない。それを、魔法符を間違った私が責任を取ってやると言えば、悪霊を祓《はら》った実績もある（ことになっている）し、そこそこ疲れる結界破りを、わざわざやりたがる人はいないだろう。これで、ごく自然にクレフへ近づける。

ところが――

「いいえ、これ以上余計なことをされてはかないませんから、結構です。私がやります」

私の申し出を却下したオーウェルが、結界へ近づいた。すると、結界に囲われて以降、少し落ち着いたかに見えていた瘴気《しょうき》の発生が、再開する。

ノー‼　あんたがやると、むしろ悪化するー‼

私は叫びたいのを、必死にこらえた。

クレフの存在は、口が裂けても言えない。こいつにとっては、存在されたらまずい相手だ。言ったらなおさら祓《はら》われる。

この状況をひっくり返すには、どうしたら……

——こうなったら、私が渡り人だと明かすしかない。

結界なんて、【魔法無効化】スキルの発動一発で消せる。あらゆる魔法を強制解除する魔法なんてものはないらしいから、渡り人の証明はそれですむだろう。

ただしその場合、王族が強引にでも私を配下にしたがるかもしれないが。

この世界の魔道士が協力してくれるか、【創造】スキルのポイントを貯めないと、私は元の世界へ帰れないのだ。彼らが帰還の邪魔をしようと思えば、簡単である。

渡り人だと明かさず、クレフを助けることを諦め、目標期間内に帰れなくてもいいとするなら、今までクレフに教えてもらった魔法薬や魔法符作りでポイントを貯め、いつか帰れるだろう。でもそれは、最低の選択だ。一生後悔し、自己嫌悪し続けることになる。

それなら、奴らの配下に収まったほうがマシだ。でもって王子の迷宮踏破に協力し、迷宮核の間へ行って、その場でオーウェルを断罪する。

信用できない相手と、階層を進むごとに危険が増す迷宮に潜《もぐ》るのは嫌だけど、仕方ない。

覚悟を決めて口を開いたその時、私の肩の上で、ヒナちゃんが「キュウ」と鳴いた。

小さな光の輪がヒナちゃんの前に現れ、そして——

「クー!!」

ヒナちゃんの声が、酒場に響き渡った。途端、結界内の瘴気《しょうき》が掻き消える。クレフは正気に戻ったのか、ばつが悪そうな顔で、「すまない」と言った。

「つく。……今のは、拡声の魔法か？」

「でけー声」

ヒナちゃんの正面、クレフと同じ方向にいたハンターたちが、耳を押さえて立ち上がる。でも、耳元で叫ばれた私はなんともない。聖魔鳥《せいまちょう》のお気に入りだからだろうか？

巻き込んでおきながら、自分だけノーダメージ。なんか、ゴメンね？

心の中で手を合わせて謝ったその時、一人のハンターが疑問を口にした。

「ってか、瘴気《しょうき》が消えてるってことは、聖魔鳥《せいまちょう》が今ので祓《はら》ったのか？　断絶結界《ディスコネクション》越しに？」

普通ならあり得ない。少なくとも人の魔法では、そんなことはできない。

みんなの視線がヒナちゃんに集まったが、それを受けたヒナちゃんは、「ピュイ？」と鳴いて首をかしげた。

たぶん、さっきのは本当にただの拡声魔法で、大声でクレフに呼びかけただけなんだろう。そしてクレフは、ヒナちゃんの声で我に返った。

クーなら、鳴き声としてごまかせるのではないかと言って呼び名を決めたクレフのもくろみが、成功している。誰も、ヒナちゃんが彼を呼んだと気づいていない。「なんのこと?」と首をかしげたヒナちゃんを見て、自分がしたことのすごさを理解していないのだろうと笑い出した。

瘴気《しょうき》は消え、姿が見えなかった悪霊は、そのまま祓《はら》われた。断絶結界《ディスコネクション》越しに祓《はら》うとは、さすが聖魔鳥《せいまちょう》。みんな、そんな結論に達したらしい。

そして和《なご》やかな空気が漂《ただよ》う中、冷たい声が響いた。

「悪霊や瘴気《しょうき》の祓《はら》い方としては馬鹿馬鹿しいですが、さすが守護の聖魔鳥《せいまちょう》ですね。さして多くない瘴気《しょうき》だったとはいえ、ひと鳴きでアレを祓《はら》いますか」

周囲から注目されたオーウェルが、フンッと鼻で笑う。

「一方その飼い主は、うろたえて余計なことをした愚か者」

悪意の感じられる言葉を吐き、奴は私に手のひらを向けた。すると私の肩口で、キンッという音がする。見ると、ヒナちゃんが水晶のようなものに閉じ込められていた。奴が手首を返して手招くと、水晶がそちらへ飛ぶ。

「ちょっ!?」

慌てた私に、奴が小さな袋を投げた。思わず受け止めたその中で、金属がこすれ合う。

「五十万ルツで買い取りましょう。おまけであるあなたは不要」

王子たちもあっけにとられる中、奴は水晶を手にしたままきびすを返し、出口へ向かった。私が来たギルドのカウンター方向とは別に、酒場専用の出入り口もあるのだ。

「待ちなさいよ!」

私は声を荒らげたが、奴は当然のごとくそれを無視する。

私の頭の中で、何かがブチッとちぎれる音が聞こえた気がした。

「……ふっざけんな‼」

怒りを込めて、床を蹴る。ドンッと響き渡った音に、奴が振り返った。その時には既に、私は奴の目の前。力いっぱい握った拳《こぶし》を見た奴は、すぐさま魔法の障壁を展開したけど、無駄だ。

私が全力で拳《こぶし》を放つと、パリンッとガラスが割れるのに似た音がした。次の瞬間、私の拳《こぶし》が奴の体に食い込む。

「ぐっ！」

そのまま腕を振り抜くと、奴の体が吹っ飛んだ。酒場のテーブルを巻き込み、床にたたきつけられる。その衝撃で宙に放り出された水晶は、落ちる前に魔力糸を使って回収した。そしてそれを握りしめて破壊し、ヒナちゃんを解放する。

「す、素手で魔法を破った⁉」

「そんなわけないでしょう、殿下。身体強化魔法ですよ」

近衛《このえ》騎士が、王子の勘違いを正す。

よし、ごまかせた。

実際は【身体強化】スキルの他に、【魔法無効化】スキルも使っている。障壁や結界は、魔力を宿した剣や身体強化の力技で破れるが、破る対象の数倍の魔力が必要なのだ。【魔法無効化】を使ったほうが、簡単、確実である。

さっきはクレフの暴走を止めるため、渡り人であることを明かす覚悟を決めた私だけど、正体を明かさないですむなら、それに越したことはない。特殊能力持ちの渡り人だとバレないよう、通常の身体強化魔法に見せかけたのだ。

うまくいったようで、よかった、よかった。

じゃ、続きをしようか。

私は、奴が言った金額が入っているにしては小さな袋――おそらく、一般人は使うことのない高額硬貨が入っているのだろうそれを、奴に投げつけた。そして怒鳴る。

「誰が仲間を売るか！　そもそもうちの子に、道の発見加護なんかない！　進む道を決めてるのは私だ！」

かつてのクレフと同じく、国のあらゆる資料の閲覧権限を持つ宮廷魔道士のくせに、そんな前例がないのを知らないの？　しかも噂《うわさ》を真に受けるなんて、バカ？

そんな思いを読み取ったのか、それとも殴られたこと自体が許しがたいのか、オーウェルが憎々しげに私を見上げた。

「き、さま……。素性の知れない平民の分際でっ」

「やめないかっ、オーウェル！」

暴言を吐きつつ身を起こした奴を、間に入った王子が叱《しか》りつける。そして、私に向き直った。

「臣下が強引なまねをした。この詫《わ》びはする。改めて、迷宮への同行を依頼したい」

「そいつは、しばらく無理ですな」

「ギルドマスター」

私が断るまでもなく、突如現れたギルドのトップが、王子の依頼を却下する。

「ギルド内での暴力行為は禁止。それを破ったからには、双方にペナルティーが科せられる」

「双方にだと？　馬鹿な。暴力を振るったのは、この女だけだ」

オーウェルの主張を、ギルドマスターが鼻で笑う。

「しらふの奴が、理由もなく暴れるか。元凶も同罪だ」

言い切られたオーウェルは、彼を睨《にら》んだ。

「だとしても、王子の成人の儀はギルドの管轄外。迷宮には潜《もぐ》るが、ギルドに所属しない我々がギルドのペナルティーを受ける必要など――」

「あるんだな、これが」

オーウェルの言葉を遮《さえぎ》ったギルドマスターが、一冊の本を開いてかざす。

「非ギルド員がハンターギルドで騒ぎを起こした場合は、一週間の依頼禁止。これは王国法でも認められている、ギルドの法だ。客が問題を起こすことはほとんどなかったため、あまり知られていないがな」

ああ、ギルドの酒場で暴れる人なんて、所属しているハンターくらいだったんだね。

「ちなみにギルド員であるネネは、一週間の謹慎だ」

こちらを見下ろして告げるギルドマスターに、私は頷《うなず》く。ヒナちゃんを守るためにやったことだから、後悔はしてない。

けれどそんな私への処分に、ブラムスさんが異を唱えた。

「しかし、ギルマス。今回のは、そこの魔道士が全面的に悪いだろ。彼女の相棒である聖魔鳥《せいまちょう》を、強引に買い上げようとしたんだ」

「だよな。契約で従えている従魔だって、大事な相棒だ。売りもんじゃねぇ。聖魔鳥《せいまちょう》は従魔じゃないが、仲間なのは同じ」

他のハンターたちも、同意してくれる。

「情状酌量《じょうじょうしゃくりょう》の余地ありってことで、多少の活動はいいんじゃないか？」

ブラムスさんの提案に周囲も頷《うなず》き、それを受けたギルマスことギルドマスターはフムと思案した。

そこへ、意外と言ってはなんだが、思ってもみなかった人からも減刑を願われる。王子だ。

「私からも、頼む。彼女は悪くない」

するとギルドマスターは、「それなら――」と、口を開いた。

「ギルドからの依頼として、調薬のみ認めよう。以前買い取った魔法薬の質が、かなりよかったからな。材料はギルドが提供し、加工代のみで買い取る」

「ギルド、大儲けじゃないか？」

「抜け目ねぇな、ギルマス」

「うるせぇ。ちゃんと適正価格でやるよ。おまえらだって、上質の魔法薬は願ったりだろうが」

はやし立てるハンターたちに言い返したギルドマスターは、私に対して、「それでいいな？」と、確認を取る。もちろん、異存はない。

魔法薬を買い取ってくれるなら、【創造】スキルのポイントがたまる。謹慎中は、自分が使う魔法符作りしかできないと覚悟していた私にとって、うれしい誤算だった。ラッキーだ。

同意した私に頷《うなず》き返したギルドマスターは、改めて王子に向き直る。

「一週間後に改めて彼女に依頼するのは自由ですが、気の合わない者と迷宮に潜《もぐ》れば、危険が増します。迷宮の餌食《えじき》となり、無駄に魔物が増えてはかないません。ハンターは相手が誰であろうと、同行依頼を断る権利がある。それをお忘れなきよう」

迷宮に関することで、王家の権力は使えないぞ。そう釘を刺したギルドマスターが、続いてユノさんに声をかけた。

「知っていると思うが、騒動の場にパーティーメンバーがいた場合、止めなかった責任として、そいつも謹慎になる」

「え、そうなんですか⁉」

てっきり個人責任だと思っていた私は、思わず声を上げた。そして慌てて、ユノさんたちに謝罪する。

「巻き込んでしまって、すいません」

私を王子一行に引き合わせたのはユノさんだが、ケンカを売ったのは奴で、買ったのは私。まさかこんな展開になるとは、思ってもみなかっただろう。申し訳ない。

でも、たとえ連帯責任の件を知っていたとしても、先に謝るだけで、私は同じことをしたと思う。

「いえ、謝らないでください。オーウェル様を止められなかった私にも、責はあります。ただ、私とアルマは上からの指示で、殿下の護衛を務めることになっていました。ですのでネネさんを切り捨てるようで申し訳ないのですが、パーティーを解消させていただけますか？」

「解消？」

「はい。そうすると、連帯責任から外れるのです。罰則の抜け道として使えないよう、二度と同じパーティーは組めない決まりとなっていますが……」

「分かりました、解消しましょう」

私のせいで、彼らの仕事に支障が出るのは申し訳ない。謹慎に巻き込まずにすむなら、パーティー解消を受け入れる。

「短い間でしたが、ありがとうございました」

こうして私はソロに戻り、調薬のみ可能な謹慎を、一週間過ごすことになった。

朝からギルドのレンタル作業場へ行って、魔法薬を作成。それを冷ましている間に、自分が使う魔法符を作ったり、卒業制作のウエディングドレスに使うレースを編んだり。謹慎二日目の今日も昨日と同じ作業をしていると、【マップ】に青い点が表示された。青は、仲間の印である。

森や迷宮でもないのに、なぜ【マップ】スキルを使っているかというと、身を守るためだ。一応あっちが悪いと決着がついたけど、貴族ともめた以上、報復を警戒したほうがいいと思ってね。

だって、相手は公爵家の人間だもの。影とか暗部とか、汚れ仕事をする配下がいるかもしれない。クレフの暗殺を自分でしたことを考えれば、いないのかもしれないけどね。警戒して損はない。

三つ目の魔法薬を仕上げたところで、青い点がすぐそこに来る。目を向けると、空から降り立ったクレフがスルリと壁抜けして、室内に入り込んだ。

私は居眠りしているヒナちゃんを起こさないように、声を潜《ひそ》めて話しかける。

「おかえり。あっちで暴走しなかった?」

「大丈夫だ。あの男がいると分かっていて、行ったからな」

答える声も、ヒナちゃんを気遣って小さい。

あの男とは、例の魔道士だ。クレフを毒殺しようとし、先日は私とももめた魔道士。

クレフは基本、私とヒナちゃん以外には見えないし、存在を感じられない。だから情報収集と敵情視察のために、一昨日《おととい》、結界から出て以降は王子の所へ行っていたのである。

ちなみにクレフを隔離していた結界は、何もいないのに、いつまでも酒場の一角を封鎖していては邪魔になるからと、ギルマスの依頼でブラムスさんが片付けた。

一太刀《ひとたち》でパリーンと結界を破壊したのだから、Sランクは伊達《だて》ではない。

それはともかく、奴だ。報復を企《たくら》んではいないか。もしくは私の正体に感づいてはいないか。

あの時、王子たちはだませたが、障壁を破られた本人は、アレが身体強化魔法じゃないと気づいたかもしれない。あんなのでも実力があるから補佐官で、次期魔道士長なんだろうしね。

もし気づいていたら、魔法以外の力を持つ渡り人だとバレかねない。

まだその考えに至ってなくても、報復された場合は、その内容によっては回避にスキルが必要になる。つまり、バレる可能性がある。バレたら、元の世界に帰る邪魔をされるかもしれない。

クレフの悪霊化、およびその討伐を阻止するために、一度は渡り人であることを明かす覚悟をした私だけど、危機が去った今は、隠したい。だって、面倒を回避できるなら、回避したいじゃない。

「で、どうだった？　あいつ、気がついていそうだった？」

「いや、すまんが、それは分からなかった。しかし人を使った報復は、心配せずともいい。殿下が奴に、契約魔法へサインさせたからな」

「契約魔法？」

「魔獣皮紙を使った魔法だ。契約内容に反した場合、サインした手がただれる」

「……すごい魔法だね」

ただれるとはエグい。そしてそんな魔法を強要させるほど、危《あや》ういと王子は認識したんだね。

「奴はこの町に滞在している間、迷宮の転移罠等の不可抗力以外で、単独行動を禁じられた。一人になるため、罠にかかるのはリスクが高い。さすがにそこまではしないだろう。殿下を守る職務を放棄することにもなる。奴が王都へ戻るまでにネネを元の世界へ帰せば、手出しはできん」

「それなら大丈夫かな」

一応、護衛としての誇りはあるみたいだったし。

「しかし、奴は何を考えているのか」

クレフがため息交じりにこぼした言葉に、私は首をかしげた。するとそれに促《うなが》されるかのように、彼が口を開く。

「奴は成人の儀を成功させるためとはいえ、素性の分からない者を雇うことに反対していた。先日の行動はそのためだったと言っていたが、王家の行事で、アレはまずい」

「そうだね。王子は謝ってくれたから、彼自身はいい人そうだと思ったけど、いくら成人したてとはいえ、王族としては頼りなく感じたかな。部下の手綱《たづな》も握れないのかって。まあ一番の問題は、そう思わせるきっかけを作った奴だけど」

そりゃあ、素性の分からない人を雇いたくないって気持ちは分かる。それが暗殺者だったら、目も当てられない。でもそのリスクを承知で私を雇いたいと言ったのは、王子だ。反対するなら、身内だけの時に王子をいさめるべきだろう。

なのに交渉を決裂させるためか、私に暴言を吐き、その上で噂《うわさ》の聖魔鳥《せいまちょう》を手に入れようと、ヒナちゃんを結界に閉じ込めて奪った。今思い出しても、腹が立つ。

私の言葉に同意したクレフも、あきれたようにため息をついた。

「まったくもって、理解できない。公爵家の者でありながら、なぜあのような行動をしたのか。王族からの心証が悪くなることは、考えずとも分かるだろうに」

確かに、わけが分からない。この国の貴族は王を頂点とした階級社会で、同じ爵位でも微妙な差があると聞く。奴の行動は王子の不興を買い、自身の順位を落としかねない。

「うーん。自分の欲でクレフを殺したことで、箍《たが》が外れたのかな。今まで周囲は自分と同じ貴族で、あからさまに見下すわけにはいかなかったけど、私は何の後ろ盾もない小娘だから」

周りがどう見るかより、身分至上主義な考えが勝《まさ》ったと。

「箍《たが》か。殿下は大変なメンバーで、成人の儀に挑むことになったな」

「だねぇ」

命がけの現場で、不和を生む配下。はっきり言って、邪魔だ。サクッと排除したくなっても不思議じゃない。それでもその配下を御すのが、王族の器《うつわ》ってか？

……まさか、排除の決断を下せるかどうか、試しているわけじゃないよね？　時には非情な選択をしなければいけないのが王族だ……とか。

思わず震えると、クレフが「どうした？」と訊《き》く。私は「なんでもない」と返して、話を戻した。

「とにかく、私の正体がバレたかどうかは分からないけど、報復の件は、たぶん大丈夫なんだね」

「万が一がないとは言えんがな」

「なら、基本的に気にしない。レベル上げになるから、【マップ】での警戒は続けるしね」

「そうだな、それでいいだろう。ついでに神聖教会の様子も見てきたが、ネネの勧誘を諦める気はないようだ。ドレイク家の令嬢の時のように教会の目を欺《あざ》く悪霊への対策として、というのもあるが、王家に恩を売るためにもな」

「恩？」

首をかしげた私に、クレフは説明してくれた。

王族は、人々の話題となる武功や功績を欲している。それは、最終的には国防のため。魔獣や迷宮の魔物など、安全とは言いがたいこの世界において、力のある王族は求心力が強い。そういった王族が率いる軍は、士気も高いそうな。

現状、各国は、武力ではなく話し合いと政略結婚、物資の相互援助で国家間の問題解決を図っている。けれど追い詰められれば、あるいは国力の弱った国が隣にあれば、魔が差さないとは言えない。

屈強な軍は、抑止力になる。逆に、その刃《やいば》を必要以上に振りかざさない自制心も問われるが。

通常、王族は訓練や試合で兵士からの信用を得て、軍を率《ひき》いて山賊を狩ったり、大量発生した魔獣を討伐したりして、能力を示す。けれど実戦は、それほど頻度が高いものではない。しょっちゅうあっては、逆に統治能力を疑われる。

そんな中、この国には格好の舞台があった。不定期に構造が変化するため、発生してから三百年たつ今も、迷宮核の間が見つかっていない迷宮である。

魔物に怯《ひる》むことなくパーティーを率《ひき》い、この迷宮核の間を発見すれば、大きな功績だ。

「まあ、迷宮核の間はあくまで目標。本命は新規階層の発見や、暫定最下層である第二十階層へのトップ到達だろう。長年、王子の成人がことごとくハンターたちの暫定最下層到達直後だったために、それすら叶っていなかったしな」

「そうなんだ。となると今回は、張り切ってるだろうねぇ」

迷宮は先月、大規模な変化を起こしたばかりだ。チャンス到来である。

「だからこそ教会は、新規階層連続発見者であるネネに目をつけた。祓《はら》いの力があるなら、教会への所属勧誘も不自然ではない。所属後に王子の同行依頼を受けて結果を出せば、教会は王家に恩を売れる。結局は勧誘が間に合わず、紹介しただけに終わったが」

うわー、腹黒。神様をあがめる団体が、それでいいの？　悪霊被害を減らすためにってのは、心揺らぐものがあったのに。

そう思った時、魔道具のチャイムが鳴った。反射的に返事をしてから、騒音防止魔道具を使っていたことを思い出す。スイッチを切ってもう一度入室を促《うなが》すと、ブラムスさんが顔を見せた。

「よ、元気？」

「ブラムスさん！　どうしたんですか？」

「届け物」

そう言った彼が背負い袋から取り出したのは、スイートリリーの花束だ。

「ああ、ギルドが出した採取依頼ですね」

昨日の調薬で、私が元々少なかったギルドの在庫を使い切ってしまったため、急遽依頼を出すと聞いていた。それを受けたのがブラムスさんだったんだろう。

「そう。急ぎの大量発注がされてたんで、久々に受けてみた。カウンターに持って行ったら、ついでにここへ運んでくれと言われてね」

「そうなんですね。ありがとうございます」

お礼を言って花を受け取った私は、早速処理作業に入った。その傍《かたわ》らで、ブラムスさんがスツールに腰掛ける。

見学か？　まあいいけど。

「あれからどう？　あの宮廷魔道士に絡まれてない？」

「ええ、大丈夫です。見かけてもいませんし」

あちらの宿は高級ホテルで、移動は専用馬車。ギルドに来る時間帯も違うのか、今のところ遭遇していない。このまますれ違っていたいものだ。

「あの時はかばってくださって、本当にありがとうございます。おかげで一週間、無収入にならずにすみました。何かお礼をさせてください」

「気にしなくていいよ。ネネは悪くないと思ったから、口出ししたんだ。今後ああいう輩《やから》が増えても困るしね。だからもう気にするな」

「でも……」

私が納得できないでいると、苦笑した彼は、「じゃあ」と言って、視線を宙に彷徨《さまよ》わせた。その目がクレフの所で止まる。

え!? まさかやっぱり見えてるの？ 迷宮探索許可試験の時も、意味深な言動してたけど……

不安でドキドキしていると、ブラムスさんが再び私を見た。

「甘味を作ってくれ」

「甘味？」

「そう。君の故郷の甘味。いつかいろんな土地の甘味を食べるのが、夢なんだ」

故郷のと来ましたか。

そこから異世界人バレすると困るが、大丈夫かな。クッキー程度なら、この世界にもあるし。

「この辺のと、あまり変わらないと思いますよ？」

「そうなのか？ まあ、それでもいいや」

よし、言質《げんち》は取った。これで何の変哲もないクッキーを作っても、問題なし。

クレフが見えているのかいないのか、その辺は下手に突っ込めないから黙っておく。

だってブラムスさんはいい人だけど、地上に残っている霊はみんな悪霊って認識の世界で育っている人だからね。クレフの事情を説明しても、悪霊じゃないと納得してもらえるかどうか……

私よりずっと強い人に強硬手段をとられたら、クレフを守り切る自信はない。

そんな不安をおくびにも出さないよう気をつけながら、ブラムスさんと約束を交わした私は、翌日、バタークッキーを進呈する。

そして単純作業の日々は過ぎ、謹慎が明けた。

【状態異常無効化】スキルも作ったし、また迷宮攻略頑張るぞ！

第九章　探索再開と契約魔法

迷宮探索を再開して、二日目。第九階層のとある曲がり角で、私は足を止めた。

別に、行き止まりだったわけじゃない。そこに扉があったのだ。両開きで、重厚な――

「なんというか、中にフロアボスがいそうな感じの扉だね」

「そうだな」

扉から受けるイメージを口にすると、クレフも同意した。

この世界の迷宮には、フロアボスが存在する。五階層に一度とか、十階層に一度とかではなく、変則的に。その階層に存在する魔物の上位互換というか、特別強いのが出てくるらしい。

それを倒さなくても、探せば他の階層移動の道が見つかる。でもフロアボスの部屋なら、確実に道があるとのこと。

謹慎中に攻略最前線は進むと思っていたのに、まだみんな第九階層で足踏みしているあたり、この階層の道は、極端に少ないのかもしれない。

「うーん。スケルトンやゴーストがいる階層で、その上位互換っていうと、やっぱりアレかな？」

ハンターギルドの資料室にあった、迷宮の魔物についての資料を参考に考えると、たぶん間違いない。クレフもヒナちゃんも、同意見のようだ。二人そろって、そうだなと頷《うなず》く。

引き返して別の道を探すか、とりあえずチャレンジしてみるか。少し考えた私は、後者を選ぶことにした。

「まだ第九階層だし、フロアボスがどの程度強いのか、試してみようと思う。もし勝てそうになかったら、即座に転移の腕輪で逃げるから」

幸い、フロアボス戦の最中に、緊急離脱できなかったという話はない。まあ、逃げるための隙《すき》すら作れなかったら、転移できないだろうけど。

ふと、〝ラスボスからは逃げられない〟という言葉が脳裏をよぎる。

いやいや、ラスボスは迷宮核を守っている魔物だ。ここのはフロアボス。だから大丈夫。

「じゃあ敵がアレと仮定して、戦い方に提案があるんだけど――」

打ち合わせを終えた私たちは扉を開けて、中に足を踏み入れる。扉から手を離せば、それはギィイィと音を立てて閉まった。途端、薄暗い室内を照らし出すように、壁の松明《たいまつ》に火が灯《とも》る。

魔物は、部屋の中央にいた。

「魔道士っぽい格好のスケルトンってことは、ビンゴだね」

敵はリッチ。魔法を使うアンデッドだ。地上の悪霊は瘴気《しょうき》しか使わないが、魔物は別らしい。

リッチが錫杖《しゃくじょう》を掲げて振り下ろすと、空中に生じた無数の氷の槍《やり》が、私に向かって放たれた。

「ピィー！」

「発《はっ》！」

――対物防御結界《アンチマテリアル》。

私の後ろ――クレフの肩にいるヒナちゃんが、私の前に障壁を展開する。それとほぼ同時に、私も魔獣皮紙製の結界魔法符を発動させた。大半の氷がヒナちゃんの障壁で砕け散るが、数本だけ勢いをそがれつつも、障壁を突破する。それも、私の結界ですべて砕けた。

二重防御しててよかったぁ。

けれど私の結界も、氷の槍《やり》が砕けた直後に消滅している。そして襲い来る寒気。

「さ、寒いっ！」

氷の直撃は防げたものの、付随する冷気はその場に残ったようだ。これを何発も受けたら、寒さで体が動かなくなるかもしれない。その前に倒さないと。

私はもう一度対物防御結界《アンチマテリアル》を発動させ、リッチに向かって走った。

奴はすぐさま、二撃目を撃つ。直後にヒナちゃんが鳴いて障壁を展開し、二重防御。そしてそれが破られる前に、私はもう一枚の対物防御結界《アンチマテリアル》を発動させた。

氷の槍《やり》が一つ目の障壁を破壊し、数を減らしながらも二つ目の結界を破る。三つ目の結界で、ようやくすべて相殺《そうさい》された。追加していなかったら、被弾している。読みが当たってよかった。

敵の攻撃力が上がった分、さらに強烈になった寒さに耐えて、私は素早く右へ飛ぶ。その空いた場所を通って、クレフの光弾《ライトブレット》が数十発、リッチに向かった。

リッチは光弾《ライトブレット》の真逆――闇弾《ダークブレット》とでも呼べそうな黒い何かを放ち、光弾《ライトブレット》を迎撃する。次いで、かなり大きな闇弾《ダークブレット》を頭上に作り出した。標的は、クレフ。

やっぱり攻撃すれば、そこにいるのは認識されるらしい。でも、これも狙い通りだ。

自分より早く魔法を使う敵を、正攻法で倒せるとは思ってない。それは、格上の魔道士だったストーカー悪霊と戦った時に、思い知っている。だからヒナちゃんをクレフの護衛につけ、この作戦を提案した。ヒナちゃんの守りは堅い。クレフにも、魔法符を持たせてある。そして――

「撃たせるか！」

そもそも撃たせる気がない。

私は【身体強化】の出力を上げ、奴の間合いへ一気に踏み込み、別のスキルを発動させた。途端、私の対物防御結界《アンチマテリアル》と、奴の闇弾《ダークブレット》が掻き消える。

スキル、【魔法無効化】。その効果は、半径一メートル以内の魔法を打ち消す。

リッチは動揺したのか、一瞬動きを止めた。その隙《すき》を突いて、私は【アイテムボックス】から出したメイスを全力で振るう。

リッチはそれを左腕で受けようとしたが、ミスリルの混ざったメイスは砂糖細工でも砕くみたいに、その腕を粉砕した。

【魔法無効化】スキルが消すのは、魔法のみ。【身体強化】スキルは対象外なんだな。

まあ、私自身も魔法が使えなくなるし、【魔法無効化】スキルの効果範囲は狭いため、敵の魔法の発動を邪魔する場合、防御なしで超接近戦をする必要があるんだけどね。

戦闘で使うには、諸刃《もろは》の剣《つるぎ》だ。しかもそのからくりに気づかれ、距離を取られたら意味がない。

左腕を失ったリッチは、後方へ飛んだ。すかさず私もあとを追い、再び奴を【魔法無効化】スキルの圏内へ入れる。

リッチがスキルの弱点に気づいたのかは分からない。たとえ気づかれたとしても、引き離されさえしなければ、リッチの魔法は封じられる。そうなれば、奴はただのスケルトンと代わりない。

聖銀とも呼ばれるミスリルは、聖職者が光魔法を付与した武器ほどではないものの、アンデッド系に対してそこそこ強い攻撃力を持つ。しかもそれは、【魔法無効化】スキルの中でも有効だ。だって魔法じゃなく、ミスリルが持つ性質だから。そしてそれを振るうのは、当たれば威力の大きい【身体強化】。

逃げ回る奴を追うのに苦労はしたが、数十分後、リッチの討伐は完了した。

「いやぁ、ユノさんたちが抜けた穴埋めに、ミスリルの武器を買っててよかったね」

「だがそれも、【魔法無効化】スキルがあってこそだろう」

クツクツ笑いながら言うクレフに、私も笑う。

リッチにとっては、まさにチート――ズルもいいところ。相性最悪のスキルだったに違いない。

その後、私はフロアボスの名にふさわしい大きな魔宝石を回収し、その部屋の奥で第十階層への道を見つけた。

ドクロを中心としたホラーテイストあふれる装飾の施《ほどこ》された柱の間に伸びる階段を見て、げんなりしたのは仕方ないと思う。……雰囲気、出すぎ。

明けて翌日、第十階層。
鬼――オーガは私を見つけるなり、金棒を振りかぶって走り出した。速い。

私は小銃《ハンドガン》モードで装填《そうてん》済みだった魔力の弾丸を、三発連続で撃つ。けれどオーガはお構いなしに突っ込んできた。被弾した胸元にヒビが入っているのに、ポリゴン化して消滅しない。

「なら……」

うなる風と共に振り下ろされる金棒を回避して、【アイテムボックス】から出したメイスを振るう。ところが、それは金棒で受け止められた。

「なっ⁉」

メイスが動かない。それどころか、徐々に押し返される。耐えようとしたその時、突然オーガが力を抜いた。思わずバランスを崩した次の瞬間、吹っ飛ばされる。そして、背中に激痛。岩の壁にたたきつけられた私は、次いで、重力に引かれて地面に落ちた。

「ネネ！」

「ネーネ！」

クレフの叫びと、ヒナちゃんの悲鳴のような声が聞こえる。けれど応えられない。背中が痛くて、身じろぐこともできなかった。

【身体強化】を使っていたのに競《せ》り負《ま》けて、その上ダメージがハンパない。とんでもない怪力だ。動けない私にとどめを刺そうと、オーガが重い足音を立てて走ってくる。まずいと思うが、どうにもできなかった。

そんな私に金棒が振り上げられた瞬間、電撃がオーガを襲う。

オーガは金棒を振り上げたまま、数瞬硬直した。その間に、ヒナちゃんが私をかばうように舞い降りる。

「ピィー！」

結界が展開された直後に、硬直の解けたオーガが金棒を振り下ろした。ガインと大きな音がして、金棒が結界に阻《はば》まれる。

「ネネ！　治癒魔法だ！　魔力を体に巡らせろ！」

クレフがオーガに電撃魔法を放ちつつ、叫ぶ。

治癒魔法？　……そうだ、今回は悪霊と戦った時とは違って、脳震盪《のうしんとう》を起こしていない。痛みで集中力が心許《こころもと》ないものの、意識ははっきりしている。これなら魔力を動かし、自己治癒力を上げられる。

私は早速、魔力を体中に巡らせた。

魔力の放出力に難ありな私だけど、放出しなくていいなら、問題ない。魔素《まそ》の魔力変換とその保有量は、上級魔道士並みだとクレフに言われているのだ。

意識して魔力を動かし始めて数十秒で、手足のしびれが消える。さらに数十秒で、体の痛みが少しやわらいだ。岩にたたきつけられたダメージが、みるみる癒えていく。けれど、まだ動けない。

早く。もっと早く！

こうしている間も、オーガがヒナちゃんの結界を破壊しようと、金棒を振るい続けている。クレフが電撃魔法でオーガの邪魔をしてくれているが、ヒナちゃんの負担はかなりのものだ。いつ、限界が来てもおかしくない。

「ガァァア！」

何度目かの電撃に撃たれたオーガが、苛立《いらだ》たしげに咆哮《ほうこう》する。そして周囲を金棒で薙《な》ぎ払《はら》った。

けれどクレフの姿は見えていないようで、当たれば幸いとばかりに振るわれたそれは、当然ながらかすりもしない。それが余計に腹立たしいのか、オーガが再び吼《ほ》える。吼《ほ》えて金棒を振り回す姿は、当初の標的を忘れたかのような単細胞っぷりだ。

ところが、たまたま視界に入って思い出したのか、オーガがまた私に足を向けた。クレフが電撃を撃っても、風の刃《やいば》を放っても、見向きもしなくなる。

あの風の刃《やいば》は以前、一抱えはある太さのヘビ——魔獣を、一撃で三分の一ほど切り裂いた。なのに、オーガはかすり傷。どんだけ丈夫なのかと、嫌になる。

一方、ヒナちゃんの結界の前に立ったオーガは、よほど鬱憤《うっぷん》がたまっているのか、獣みたいなうなり声を上げていた。そして両手で金棒を握り、振りかぶる。

これは、まずいかもしれない。

片手で振り下ろされる鈍器より、両手で振り下ろされる鈍器のほうが、威力は上だろう。そうでなくても、キレているのだ。馬鹿力がさらに上がり、限界突破していてもおかしくない。

その予想を裏付けるかのごとく、クレフの妨害を無視して振り下ろされた金棒は、初撃から結界に紫電を走らせた。今にも結界が破られそうだ。

ガイン、ガインと、連続して金棒が振り下ろされる。

まずい、まずい、まずい！

体はまだ治ってない。動こうとするたび、背中に激痛が走る。でも結界は、私が完治するまでもちそうになかった。なら……

ピシッと結界にヒビが入った瞬間、私は痛む体を無理やり動かして、魔法符を放つ。

「っ発《はっ》！」

――聖域結界《サンクチュアリ》。

魔法符の発動とほぼ同時、ヒナちゃんの結界が砕け散った。結界を破った金棒は、聖域結界《サンクチュアリ》によって受け止められる。

「ネーネ！」

振り返ったヒナちゃんが、うれしげに名前を呼んだ。そして胸元に飛び込んでくる。

「ゴメン。ゴメンネ、ネーネ。ショーヘキ、マニアワナカッタ」

「うん。でも、追撃は防いでくれたよね。頑張ってくれてありがとう、ヒナちゃん」

ツルフカなヒナちゃんの体をそっとなでた私は、無理をした代償の痛みが消えるのを待ち、ゆっくりと起き上がる。動いた途端にまた痛みが走ったが、我慢できなくはない。

「ネネ。飲めるようなら、体力回復の魔法薬も飲んでおけ。治癒魔法の助けになる」

聖域結界《サンクチュアリ》のすぐそばまで来たクレフの助言に頷《うなず》き、私は【アイテムボックス】から出したそれを飲み干した。ついでに今さらだけど、【体力回復上昇】スキルを発動させる。

念のために、【魔力回復上昇】スキルも使っておこう。治癒魔法で魔力を使い切ったら、魔道具が使えなくなる。

「さて、これからどうしようか」

オーガは再び結界を破ろうと、金棒を振り下ろしている。まだ余裕はあるものの、魔法符に込められた魔力は今この瞬間もガンガン削られているのだ。いつまでもこうしてはいられない。

「ここで逃げ帰っても、結局はいつか戦わなきゃいけないしね」

「ああ。オーガと戦わずに次の階層への道を見つけたとしても、ギルドはネネの探索を認めないだろう」

そう。だからオーガに遭遇するたびに、逃げ帰って仕切り直すわけにはいかない。

「まさか、第九階層のフロアボスを一方的な攻撃で倒しておきながら、次の階層でこうも手こずるとはな」

「相性の問題だね」

リッチは魔法特化の魔物で、物理的攻撃力に欠けていた。一方私は【魔法無効化】と、【身体強化】のスキル持ち。だからごり押しが効いたのである。

けれどオーガはパワーファイターで、その力は完全に筋肉によるもの。【魔法無効化】スキルは意味がない。そして力勝負は、私に分が悪かったというわけだ。

倒すには、別の力を使わないと。

『……オーガって、肺呼吸かな？』

オーガが言葉を理解する魔物だったら、目の前で対策を練るのはまずい。そう思って【念話】スキルでの密談に切り替えた私に、クレフも【念話】で答えた。

『森の魔獣相手に使った水魔法を使うつもりか？　しかし、魔物は魔素《まそ》の塊《かたまり》から生じたものだしな……』

『人に近い形をしていても、肺呼吸をしているとは限らない？』

『ああ。電撃魔法は効くが、切っても血が流れることのない存在だ。生物とは思えない』

『そういえば、そうだね』

スケルトンやゴーストはともかく、今まで一度も魔物が血を流す姿を見たことがなかった。

『仮に窒息するとしても、魔獣より遥《はる》かに時間がかかるだろう』

『ヒナモ、ソウオモウ』

それまで黙って聞いていたヒナちゃんも、クレフの意見に同意する。

確かに。その間暴れられたら、厄介である。何せ、力じゃかなわなかったのだ。

『ならやっぱり、魔弾かな。三発撃ち込んでも倒せなかったけど、ヒビは入ったし。その傷を広げてやれば……』

『そうだな』

『ヒナハコンドコソ、フタリヲマモルネ』

その後、【念話】スキルで打ち合わせをした私たちは、戦闘を再開することにした。

「散弾銃《ショットガン》、装填《ロード》」

小さくつぶやき、オーガが金棒を振り上げた瞬間を狙って発砲する。

聖域結界《サンクチュアリ》は、内側からの攻撃を通すので、身を守りつつ攻撃できる。でも、至近距離から撃った二発の散弾銃《ショットガン》は、オーガが金棒を盾にして後ろへ飛んだことで、思ったほどの効果を得られなかった。

何、あの反応速度。

私は思わず眉をひそめる。けれど作戦は続行だ。クレフとヒナちゃんにある物をこっそり後ろ手に渡し、私はオーガを追って、聖域結界《サンクチュアリ》を飛び出した。

結界にこもっていたって、オーガは倒せない。先ほど与えたダメージは予定よりも小さかったが、体のあちこちにヒビが生じているオーガは、もう少しで倒せそうに見える。

初撃を凌《しの》がれた場合の作戦、プランBの発動だ。

ヒナちゃんは天井ギリギリまで飛び上がり、そこから適宜《てきぎ》、私とクレフを障壁で守る。距離がある分強度が落ちるけど、二人同時に守るなら、そうするしかない。

先ほどオーガはクレフを認識できなかったが、クレフが物を持っている以上、位置を把握される可能性がある。なるべく私がオーガの意識を引きつけるとはいえ、念のため、クレフもヒナちゃんに守ってもらう必要があった。

オーガが私を警戒しつつ、頭上を飛ぶヒナちゃんに目を向ける。足に魔法符を掴んでいるのが気になるんだろう。私に集中している間に、上から攻撃されないか心配なのだ。クレフの存在にはまだ気づいてないらしい。

結局、オーガはヒナちゃんを先に片付けることにしたみたいで、近くの岩壁を殴って割った欠片《かけら》を手に取った。それを投げさせまいと、私は魔力の弾丸を撃つ。流れ弾がヒナちゃんを傷つけないよう、小銃《ハンドガン》モードだ。

「おまえの相手は、こっちだよ！」

挑発して笑うと、オーガが吼《ほ》える。そして私への攻撃に移ろうとした次の瞬間、強力な電撃魔法が奴の手を打《う》ち据《す》えた。

パシッと激しい音がして、痙攣《けいれん》したオーガの動きが止まる。しびれて力が入らなくなったのだろう手から、金棒が落ちた。

オーガは憎々しげに、魔法が飛んできた後方を睨《にら》みつける。そこにいるのは、数十枚の魔法符を手にしたクレフだ。彼の姿が見えないオーガには、魔法符が空中に浮かんでいるように見えるはず。

案の定驚いた様子のオーガの隙《すき》を突いて、私は一足飛びに奴との距離を詰めた。

「散弾銃《ショットガン》、装填《ロード》！」

声に反応したオーガが慌てて私に向き直ったけど、もう遅い。

至近距離から二連発。今度こそ胸に全弾命中したそれは、最初の小銃《ハンドガン》の攻撃で入っていたヒビを大きく広げた。そして瞬《また》く間に、全身の細かなヒビも大きくする。

オーガの体が、ぐらりと揺れた。そんな状態にもかかわらず、握りしめた拳《こぶし》が私に迫る。

「ピー！」

拳《こぶし》を食らう寸前、ヒナちゃんの障壁が展開された。オーガの拳《こぶし》はそれに止められ、次の瞬間、体がポリゴン化してはじける。キンッと音がして、大きな赤い魔宝石が転がった。

「ダイジョウブ？　ネーネ」

パサリと羽ばたいたヒナちゃんが、私の肩に着地する。

「うん、大丈夫だよ。ありがとう、ヒナちゃん」

私はお礼を言いながら、ヒナちゃんが片足に掴んでいた魔法符を回収した。実はこれ、攻撃魔法符ではなく、結界魔法符である。ヒナちゃんの身を守る保険かつ、オーガの気を散らすブラフだったのだ。

「にしても、最後のは怖かった。ほぼ死に体だったのに、まだ攻撃を仕掛けてくるなんて」

「何か動きを封じる策を考えなくては、危ないな」

歩み寄ってくるクレフの言葉に、私は考え込んだ。

「うーん。なんとか転がして、上から障壁で押さえ込む？　人は頭を起こさないと起き上がれないから、人型に近いオーガもいけるかも」

「そして、魔弾の連射か？」

「そう。倒すのは……魔力糸で引き倒せるかな？　それともワイヤーでも張っておいて、そこに突進してくるように仕向ける？」

いや、後者だと、歩幅の関係でまたがれる可能性があるか。

ブツブツつぶやく私の頭を、クレフがなでる。

「とりあえず、ひとつずつ試そう」

「うん」

幸い、ここのオーガは群れないタイプの魔物らしく、その後も一体ずつ遭遇し続け、結果、必勝パターンとも言える流れができた。

「ヒナ！」

「ピィ！」

これまでと同様、私を見るなり襲いかかってくるオーガとの間合いを見計らって、クレフがヒナちゃんを呼ぶ。ヒナちゃんはそれに応えて、オーガの目と鼻の先に障壁を展開した。

大抵のオーガはこれに対処できず、ガラスにぶつかる鳥みたいに激突する。たまにそれを回避するオーガもいたが、どのみち数瞬動きが止まった。そこに襲いかかるのが、クレフに持たせた電撃魔法符と、私の魔力糸である。

クレフが魔法符を持つと、魔物にすら認識されないって利点がなくなるんだけどね。オーガには不意打ち可能なステルス性より、威力が欲しい。ってわけで、魔法符を持ってもらった。

電撃魔法による麻痺《まひ》と、魔力糸の拘束で完全に動きを封じたあとは、【身体強化】スキルの出番である。そこそこ回復の早いオーガが麻痺《まひ》から回復して拘束を引きちぎらないうちに、容赦なく蹴り倒す。そして起き上がれないよう、ヒナちゃんの障壁で要所を押さえてもらえば、準備完了だ。

「散弾銃《ショットガン》、装填《ロード》」

小銃《ハンドガン》の弾丸三発分の魔力を、至近距離で二連発。一度で倒せなければ、再装填《そうてん》してもう一度。手間だけど、正面からやり合っては危険な相手だし、必要なことだ。

こうして慎重に魔物を倒しながら探索を続け、恒例の休みを挟んだ翌日、他のパーティーの戦闘跡とおぼしき場所で、穴を見つけた。

あちこちの岩壁が崩れ、山になっているうちの一つ。その近くの床が、一部なくなっている。

私は慌てて穴から離れ、クレフに相談した。

「あれ、戦闘の衝撃で崩れたのかな？　道、崩落しない？」

「大丈夫だと思うが……。不安なら、引き返して別の道を行くか？」

クレフの提案に、私は考える。

第五階層の崖《がけ》を歩いた時と同様、命綱をつけて進んでもいいけれど、崩落に巻き込まれない保証がない。怪我をすれば、探索を休まなきゃいけなくなる。それは避けたい。

よし。ここは慎重を期して、戻ろう。

そう告げようとした私は、ふと、第二階層で見つけた道を思い出した。

「でも、第二階層から第三階層に下りた時みたいに、これが階層移動の道だったりして……」

「ふむ。その可能性があるか」

「ナラ、カンテイダ！」

ヒナちゃんの言葉に頷《うなず》いた私は、穴を見つめて【鑑定】スキルを発動させる。

結果は、第十一階層への穴。

「ははっ、当たり！　第十一階層だ。でも階層移動の道の近くがこんなに荒れてるなんて、遠距離攻撃でも受けたかな」

「そうだな。転がっている岩は、投石かもしれない」

「じゃあ、結界が必要だね」

下りてる最中に、金棒や岩なんかを投げられたら、回避できない。

「ソレ、ヒナガヤル！」

「では私が明かりを持って、先導しよう。ネネ、魔法符を」

「ありがとう、お願いね」

私は肩の上のヒナちゃんをなで、クレフには明かりの魔法符を渡した。

明かりの魔法はさほど魔力を必要としないとはいえ、一定の光を持続させるには、魔力を継続して消費する。体のないクレフは魔力を蓄積できないため、継続して放出できず、光を持続できない。

その点魔法符なら、発動のための魔力を一瞬作り出すだけですむ。

さて、他に必要なのは、命綱の設置場所だね。

穴は階層移動の道だったが、周囲の地面が崩れないとは限らない。そんな所に命綱を設置して、落ちたら嫌だ。しっかり体を支えられるよう、念には念を入れないと。

私は天衝岩《ヒュージロック》の魔法符を発動させて岩の柱を作り出し、それに太い魔力糸を掛けた。

それでも、正直、こんな先が見えない崖下《がけくだ》りは怖い。最後まで体を支えられるか不安だ。

崖《がけ》っぷちな通路の第五階層といい、この迷宮は、構造自体危ない場所が多いな。

「では、行くぞ」

クレフが私に一声かけてから、穴の中へ下りていく。私はそのあとを、恐る恐る進んだ。

途中でやっぱり【マップ】が消えて、何も分からなくなる。その状態で、五分……いや、十分は下りた気がする。しばらくして、ようやく出口が見えた。

「大丈夫だ。敵はいない」

先行したクレフの言葉に安心して穴から出た私は、ほっと息をつく。これで、第十一階層到着だ。

その後、苦戦する魔物は徐々に増えて歩みが遅くなったが、新規階層への道の発見率は相変わらずよく、現在の到達階層は、第十三階層。とはいえ、今日はお休み。宿でレース編みをしている。

「でもねぇ、休みの重要性は分かっていても、帰還目標日まであと半月ほどだから、落ち着かないんだよねぇ」

「休みに落ち着かないのは、いつもだろう」

クレフのツッコミに、素直に頷《うなず》く。

確かにそうだ。でも今回はいつもより、焦燥感が強い。

だって、迷宮核の間が第二十階層にあったとしても、残り八階層調べないといけないんだよ？　友達と一緒に参加する約束をしたイベントまでに帰るどころが、大学の後期授業にも間に合うかどうか……

帰還が遅くなればなるほど、元の世界に帰ってからが大変だと思う。

授業の欠席、単位の不足、卒業延期、就職内定辞退……

嫌な単語が次々と、頭に浮かぶ。

さすがに内定辞退となった手芸クラフト店に、翌年、再度内定をもらうことはできないだろう。となると、また就職活動をしなくてはいけない。でもきっと、「なぜ卒業できなくなると分かっていて、大学を休んだのか」って訊《き》かれるよね。

答えられるわけがない。言っても信じてもらえず、ふざけていると思われる。

これまで育てて学費を出してくれた両親と内定をくれたオーナーには申し訳ないが、いっそのこと大学を中退してこちらに永住しようか。

そうすれば就職の問題は解決するし、【創造】スキルのポイントをためれば、いずれ自由に異世界転移して里帰りできるようになるだろう。二度と、家族や友人に会えなくなるわけじゃない。現在未完の漫画やアニメは、その時雅兄に借りればいい。それに……

異世界転移スキルがないままあちらに帰ったら、クレフやヒナちゃんとは二度と会えなくなる。そう思うと、心臓のあたりがシクリと痛んだ。

いや、クレフは異世界転移ができる魔道士だし、会いに来てくれるかもしれない。けど、あっちに魔法はないから、来たらこっちに帰れなかったりするのかな？　もしそうなら申し訳なくて、会いに来てとは言えない。

私がこの世界に来たのは女神のしたことで、参考にはならないんだよね。

あ、もしあっちからの異世界転移ができないなら、スキルによる里帰りもできないか。こっちに戻れなくなってしまう。

……結局、目標日はオーバーしても、頑張って早く帰るのが一番いい。誰にも迷惑かけないし。

そう思うとまた、迷宮の攻略具合が気になった。

「やっぱり迷宮に……」

編んでる途中のレースを放り出して、席を立つ。すると、ベッドに腰掛けて本を読んでいたクレフに手を掴まれた。

気がつけば、私もベッドの上。なぜかクレフに両手を塞《ふさ》がれ、押し倒されている。

いや、なぜかは分かっているんだ。分かっているんだけどね。

「クレフ、どいて」

ソワソワする気持ちを抑え、できるだけ淡々とした口調で言う。

普段は彼の顔を意識しないけど、さすがにここまで近づかれると、落ち着かない。さっきとは別の意味で落ち着かないのだ。

いやー、本当に綺麗な顔をしてるよね、クレフ。だから離れて？

思わず視線をそらしたくなるのを我慢している私に、彼は不機嫌そうに目を細めた。

「却下」

「うー」

「なぜ駄目なのかは、分かっているのだろう？」

はい。約束を破ろうとしているからだね。

分かっていて答えない私の目をのぞき込むように、クレフが顔を近づけてくる。

「最低でも、五日に一度は休む約束だ。連日気を張っていては、思わぬミスをするぞ。怪我をしたらどうする」

「そうだけど……」

身体的な疲れはスキルや魔法で回復可能だが、精神的なものは不可能だ。だから反対するのは分かる。でも期限が近づくほど焦って、ミスをするかもしれない。それならいっそ、休む時間を削ったほうが……と、考えてしまうのだ。

ええいこうなったら、【身体強化】スキルの力ずくで抜け出して……

「ヒナ、ネネをくすぐってやれ。首筋が効果的だ」

その時、顔は少し離れたものの相変わらず私を押さえ込んでいるクレフが、とんでもないことを言った。

「な、なんで私の弱点知ってるの!?」

首はダメだ、首は！　くすぐられたら、抜け出すどころじゃなくなる。

「カマをかけてみた」

「うわぁー、やぶ蛇《へび》！」

叫ぶ私を見下ろすクレフは、楽しそうだ。ヒナちゃんまで、いつでも私をくすぐれるように首元へ来て、楽しげにさえずっている。

「ううー、分かったよぉ。おとなしくレース編みするよぉ」

渋々言うと、クレフはようやく手を離してくれた。

それからは、編み物に集中する。そしてお昼ご飯を挟み、数時間後。そろそろ早めに探索を切り上げたハンターが帰ってくる時間だ。

「探索報告書を見に行くくらいは、いいよね？」

「まあ、いいだろう」

クレフの許可をもらった私は、明日からの探索のため、情報を得にギルドへ向かった。

ところが思いのほか、第十三階層からの帰還組が少ない。

「仕方ない。酒場で時間をつぶそうか」

でも夕食には少し早いし、お酒を飲む気にもなれず、紅茶をもらった。お茶請けはスコーンである。ここは酒場だけど、結構色々扱っているんだよね。

そうこうしているうちに人が増え、そろそろ最新の情報が資料室に入っているかなぁと思った頃、彼らがやってきた。そう、王子様ご一行だ。

これまで不思議とギルドでも見かけることがなかったのに、ついに鉢合わせてしまった。ここは目をそらし、見なかったことにするべきか……

けれどそらす間もなく、王子と目が合ってしまう。

従者や護衛の視線に慣れている王族は、見られていても気がつかないんじゃないかと思っていたけど、そうでもないらしい。もしくは迷宮帰りで、気配に敏感になっているのか。

探査魔法があっても、鈍いとやってけないもんね。

などと納得し、続いて心の中でツッコミを入れる。

ん？　なんで、こっちに来るの？

なんと、私を認識した王子が一直線に、こちらへやってきた。当然お供の四人——近衛《このえ》騎士団副団長のナイセル様と、奴こと宮廷魔道士長補佐官のオーウェル、聖職者コンビのユノさんとアルマさんも一緒だ。

王子様ご一行が私の前に立った途端、周囲のハンターたちに緊張が走った。きっと、前回の騒動を知っている人が多いのだろう。

「やあ、ネネ・リューガー。昨日は、第十三階層に到達したそうだね」

「ええ、それが何か？」

そう返すと、オーウェルが眉根を寄せた。たぶん私が王子の問いに、かしこまることなく答えたためだ。けれどそれだけで、何も言わない。ちょっと拍子抜けしていると、王子が再び口を開く。

「やはり、君を雇いたい。オーウェルの件は、重ねて謝罪する。二度とあんなことがないよう、契約魔法を交わそう。こちらは連帯責任とするため、全員がサインする」

「は？」

目を丸くする私の前で、王子が巻物を取り出した。

「私から提案する内容は、既に書いた。不足があれば追加、変更してかまわない」

断るのは簡単だ。けど、どんな条件なのか興味が湧いてくる。今後、誰かと何か契約することがあれば、これが参考になるかもしれない。

「内容を確認させてもらえますか？」

「もちろん」

差し出されたそれを受け取ると、野次馬たちが首を伸ばした。もっとも距離的に、そこから書面が読めるわけがない。

よし。そんなに気になるなら、音読してあげよう。代わりにそれを聞いた反応で、契約内容が妥当か否《いな》か判断させてもらうね。

何せ私は異世界人で、この世界のハンターがよしとする基準が分からない。クレフは知っているかもしれないが、奴への恨みで厳しく判断するかもしれないし。

「えーと……。契約に関係なく、先日の謝罪として五十万ルツ」

いきなりお金の話が出た。しかも契約に関係ないって、いいのか？

それにこれは、ヒナちゃんを買い上げようとした時のお金と同額だ。謝罪金って言ったって、多すぎるだろう。

野次馬の反応を見ると、ぽかんと口を開けている。

うん。私の金銭感覚は、間違ってないな。

ところがクレフは平然と、「もらっておけ」なんて言う。

……クレフ、あんたはオーウェル憎しで、奴からお金を巻き上げたいだけだったりしない？

いや、ひょっとしたら王家が配下の監督不行き届きとして賠償の一部を負担しているかもしれないが、奴一人が払う可能性もある。公爵家の人で、職場の地位も高いし、そのくらいは個人で出せそうだ。

……くれるというなら、もらってもいいかもしれない。

私は深く考えるのをやめて、以降の内容も読み上げた。

「同行しての新規階層発見報酬は、すべてネネ・リューガーのものとする。試練への同行報酬の他、暫定最下層へのトップ到達、並びに迷宮核の間発見の際は、別途王家からも報酬を授与。探索中の食事も、王家が提供する。――食事？」

首をかしげた私に、王子が頷《うなず》いた。

「王家には、渡り人の遺産であるアイテムバッグがある。空間拡張と時間停止の魔法が付与されているため、作りたての食事が楽しめるのだ」

ああ、普通のハンターなら、うれしい報酬だろうね。私には【アイテムボックス】があるから、そうでもないけど。

「最後は……エリオット・オーウェルに、ネネ・リューガーを害する言動の一切を禁じる」

言動とは、厳しく出たものだ。王子の後ろで、当の本人がすごーく嫌そうにしているが、大丈夫なの？　コロッと忘れて、罵倒《ばとう》したりしない？

「君に安心して仲間に加わってもらうためには、この条件が必要だと判断した。迷宮への出入りに使う転移魔法も、ユノ殿が担当する」

ふむふむ。それなら、うっかり危険地帯に転移して、置いてきぼりにされることはなさそうだ。

『んー。クレフ、ヒナちゃん、どう思う？』

『ヒナ、ヨクワカンナイ』

【念話】スキルで相談すると、すぐさまお手上げと言ったヒナちゃんとは逆に、クレフは少し考え込んだ。そして答える。

「悪くない。同行すれば戦闘が楽になり、探索も前回の終了地点から再開可能となる。奴の報復行動を封じる文言も、あることだしな」

『そうだね』

仮にも宮廷魔道士長補佐官の奴と、近衛《このえ》騎士団の副団長だ。私が苦戦し、手間をかけて倒しているオーガも、あっさり倒すだろう。

ユノさんによる転移魔法は信頼できるし、便利なのは知っている。

報復については、それこそ私を害する行動だからアウトだ。

「ただ、ヒナを諦めるかは分からんな。迷宮探索における加護がなくとも、殿下が聖魔鳥のお気に入りになれば、王家に箔《はく》がつく」

『はたから見れば、お気に入りの男性枠が空《あ》いているしねぇ』

実際にはクレフが選ばれているんだけど、彼が見えない人には分からない。奴が私を攻撃するのを殿下がかばえば、ヒナちゃんが殿下に気を許すかも……と、考えてもおかしくないのだ。

いわゆる飴《あめ》と鞭《むち》。いや、北風と太陽か？

『心情的には、奴がいるパーティーに所属するなんて、かーなーり、嫌だけどね』

メリットが多いのは理解できるものの、それと気持ちは別なのだ。

そんな私の思いが分かるのか、クレフが苦笑する。

「魔物との戦闘で、せいぜいこき使ってやればいい」

『で、私は階層移動の道探しに専念すると』

建前として、筋は通るな。

「ああそれから、契約するなら、条件を追加しよう」

『追加？』

「最下層への到達に限らず、試練への同行報酬として、異世界転移を願え」

『なっ！　それじゃあ、クレフが助からないじゃない！』

即座に反論すれば、クレフはなだめるように、私の頭をなでた。

むぅ。そんなことしたって、私は諦めないぞ。

クレフの体を取り戻せないまま私が元の世界へ帰れば、彼の存在を認識できるのは、ヒナちゃんだけになる。そしてヒナちゃんは、傍目《はため》にはひとりぼっちだ。

ヒナちゃんは人を守る力を持つ鳥だから、きっと王家が所有しようとするだろう。大事にされるとは思うが、それでヒナちゃんが幸せとは限らない。

「殿下は現在、どの階層を探索中ですか？」

「今日、第十三階層へ到達した」

へぇ。地図が公開されているとはいえ、もうそこまで来たのか。もしかして、ほとんど休みなしで進んだのかな？　タフだねぇ。

「分かりました。最下層にたどり着いた際、願いを一つ叶えていただけるなら――」

「おっと、ちょい待ち。それに加えて、俺をネネの護衛として参加させるなら、ネネの雇用を認めてやるよ」

突然後ろから肩に手を置かれ、会話に割り込まれた私は、ギョッとして声の主を仰《あお》ぎ見た。

「ブラムスさん⁉」

「殿下に対し、無礼な」

すぐさま、オーウェルがかみつく。

「貴様の許可があろうがなかろうが、小娘がハンターギルドに所属している以上、仕事の受注は自己責任。たとえ貴様が小娘の保護者であったとしても、出る幕ではない」

一応、その言い分はもっともだが、奴を一瞥《いちべつ》したブラムスさんは、目をすがめて笑った。

「へぇ。ネネ一人を雇いたがるとは、怪しいな」

「何がだ」

「迷宮の罠や魔物を利用した殺人があること、知ってるか？」

「世迷《よま》い言《ごと》を！　第一、この契約魔法がある限り、危害など加えられない！」

「そうか？　そんな契約事項があると事前に知っているなら、契約を結ぶ前に自分以外の人間を暗殺者として用意できるだろう。信用できんな」

いや、奴は単独行動禁止の契約を王子と交わしているから、無理なはず。

でもそんなこと、ブラムスさんは知らないしなぁ。

それによく考えたら、ハンドサインとかで、公爵家お抱えの暗殺者に指示を出す可能性はあるのか。これまで動きがなかったのは、もめた直後に私が不審死を遂《と》げたら、容疑者は奴しかいないため。……なんてね。

考えすぎだと思いたいけど、奴が信用できないのは同じ。思わず頷《うなず》くと、ブラムスさんは「よしよし」と言って私の頭をなでた。

「ネネも、その危険性は分かってたんだな」

なんだか、子供扱いされている気がする。

そう思ったけどひとまず置いといて、私は彼の言葉に答えた。

「ええ、まあ。でもだからといって、無関係なブラムスさんを巻き込むわけにはいけません」

奴の恨みが飛び火して、ブラムスさんにまで暗殺者が差し向けられては申し訳ない。たとえワイバーンを単独討伐できちゃう人でも、巻き込んじゃいけないだろう。毒殺の危険もあるんだし。

だから断ろうとしたのに、ブラムスさんは聞いてくれなかった。

「いいから、いいから。子供が遠慮するな。それに、俺は迷宮を利用した殺人が一番嫌いなんだよ。横暴な貴族もな」

やっぱり子供扱いされていた！

「好みには同意できますが、私は子供じゃないですよ。二十二です」

「え!?　てっきり成人したての十六か、せいぜい十七かと。それなら、子供と大差ないし……」

そう言ったブラムスさんはごまかすように笑ってから、「すまん」と謝った。そして、王子に顔を向ける。

「で、どうする、王子。俺の同行を認めるなら、ついでにあんたも守ってやらんでもないぞ」

「あ、ああ」

王子も私の年齢に驚いていていたらしい。目を見開いて固まっていた彼は、ブラムスさんに何を訊《き》かれたのか一瞬考えてから、逆に問うた。

「随分《ずいぶん》自信があるみたいだが、ランクは？」

「Sだ。このギルド唯一の、Sランク」

「S⁉」

王子はまたも、驚きに目を見開く。

「そうか、あなたが……。ではよろしく頼む、ブラムス殿」

王子はニコリと笑って、ブラムスさんを受け入れた。

「ところで、ネネ殿。先ほどは話の途中だったが、願いとは？　内容によっては、確約できないのだが」

私が年上と知った王子は、ブラムスさんを呼ぶ時と同様、私にも〝殿〟をつけることにしたらしい。慣れない敬称に、背中がむずがゆくなったが我慢する。

「願いは……人事的なことです。詳しくは、最下層に着いたら話します」

「王宮での雇用なら、今からでも歓迎するぞ？」

「いえ、違います」

むしろ逆だ。絶対に雇用されたくない。そういう意味でも、この願いは使えるな。

でも本命は、奴を裁くこと。結果として奴は職を失うだろうから、人事。貴族で宮廷魔道士長補佐官だからって、うやむやにはさせない。

ただ、罪の証拠を握る人は最下層じゃないと証言できないため、今は詳しく言えないのだ。

却下されるかと思った条件は、意外とあっさり契約書に追加され、全員のサインをもって契約となる。

明日からはこのパーティーで、迷宮を探索することになった。

第十章　トラップ。そして……

王子たちと契約を交わした翌日、私たちは第十三階層から、探索を開始した。

パーティーを先導しているのは、私とブラムスさん、そして彼の従魔である灰色オオカミだ。

進路の決定権は、今回も私にある。相変わらず、階層移動の道を発見する確率が高いからね。

ただ、あの時と違って先頭を歩かされているのは、奴——エリオット・オーウェルが、いちいち私に道を訊《き》くのが手間だと言ったせいだ。そしてブラムスさんが隣にいるのは、私の護衛だから。

テクテク歩いていると、後ろのほうで悲鳴が上がった。振り向くと、前のめりに転びかけた王子が近衛《このえ》騎士に支えられている。どうやら、踏んだ床が沈む罠に引っかかってしまったらしい。

「トラップがあるなら、報告くらいしなさい。なんのための先行ですか」

ギロリと私を睨《にら》んだオーウェルが、嫌みを口にする。

ネネ・リューガーを害する言動の禁止を契約していても、この程度なら言えるようだ。

「トラップ報告の義務まであるとは知りませんでした。なら、ここも気をつけてくださいね」

私は無表情で告げ、他のレンガとは少し色の違うそれを踏む。途端、横の壁からカタンと音がして、矢が放たれた。私はそれを、自分の周りで待機させていた魔力糸で絡め取る。

「へぇ」

「なっ」

ブラムスさんは感嘆の声を上げたが、他の人たちは驚き、絶句した。

私は後者の反応に、首をかしげる。

「報告しろと言うのでしたんですけど、何か問題が？」

「ネネさん、罠を発動させる必要はないですよ。危ないですからね」

おずおずと、ユノさんが声をかけてくる。それに対し、私は苦笑して答えた。

「そうですか？　発動させたほうが、分かりやすいかと思ったんですが」

「殿下に危険が及んだら、どうするつもりです」

もっともなことを言ったのは、オーウェルだ。でも私はあえてユノさんの時とは態度を一変し、冷たく言い返した。

「矢は、私に向かってきたでしょう？」

言外に、「どんな罠かも見抜いてやったんだよ」と言った私に、奴はギリリと歯をかみしめる。

実際、これがどんな罠で、どこに向かって発動するかを【鑑定】で見たあと、発動させたのだ。

だから罠を利用して私を害するのは不可能である。そう、奴を牽制《けんせい》したつもりだ。

契約魔法のペナルティーは、私を害そうとすれば発動するという。でも考えてみれば、どの程度で反応するかは知らない。罠は無駄だと教えておいたほうが、手間がないと思ったのだ。

通じたかどうかは、分からないけどね。それからついでに、冷たくあしらわれてキレた奴が、うっかり暴言でも口にしないかなぁ、という気持ちがなかったわけではない。

我ながら、性格の悪いことをしている自覚はある。けど、奴がクレフや私、ヒナちゃんにしたことを考えれば、邪険にするのは当然だろう。ってか、あれを許せる人がいるなら会ってみたい。

そもそも奴に自制心があれば、問題ないことだ。これを機会に、鍛えることをおすすめする。

ついでに反省の心が芽生えて、クレフの件を自白するなら、報復に手心を加えることを考えなくもない。考えた結果、やっぱり手心なしとなる可能性は、否定できないが。

しばらく睨《にら》み合っていた私たちは、近衛《このえ》騎士がハッとして通路の前方を見たことで、それを切り上げた。

「魔物ですか?」

【マップ】スキルで分かっているが、あえて訊《き》く。すると、近衛《このえ》騎士が頷《うなず》いた。

「ええ、そうです」

「足音からして、大型の魔物。それが複数、近づいてくるな」

身体強化魔法を耳に集中し、詳細を把握したらしいブラムスさんが、メンバーに警戒を促《うなが》す。全員がそれぞれの得物を構えてから少しして、道の先に敵が姿を現した。

敵はトロール。数は、十体以上だ。

「オーウェル!」

王子の呼びかけに応え、後方から魔法が放たれた。バチバチと派手な音を立てて、電撃魔法がトロールに襲いかかる。

腐っても宮廷魔道士で、現魔道士長補佐官。たったそれだけで、敵の三分の一が消滅した。残る敵の一部は地面に倒れてもがき、立っている魔物も体がしびれているのか、動きが鈍い。

「行くぞっ！」

王子が剣を抜き、飛び出した。そのあとに、近衛騎士《このえ》とアルマさんが続く。

脚力の差か、敵の間合いに最初に踏み込んだのは、近衛騎士《このえ》だ。彼はトロールの振るう棍棒《こんぼう》を躱《かわ》し、切りつける。

トロールはポリゴン化し、魔宝石を残して消えた。多少の傷は高速で治るトロールが、一撃だ。

一方、王子とアルマさんは数回の攻撃で、ようやく敵を倒しきる。一撃ではなかったものの、こちらも早い。

これは彼らがとんでもなく強いからか、それとも奴の魔法によるダメージが大きかったためか。……正直、奴のおかげとは思いたくない。

「さて、動いているのはあいつらで事足《ことた》りそうだし、俺たちは倒れている魔物へとどめを刺すか。増援の警戒は、宮廷魔道士一人でいいだろう」

ブラムスさんに促《うなが》されて、私とユノさんは動いた。

魔力の弾丸でとどめを刺し、魔宝石を回収する。これはあとで、すべてユノさんに預ける予定だ。地上に戻ったらギルドで換金して、完全に等分してくれるらしい。王子の意向で、戦闘への貢献度とか身分とか、そんなややこしいことは一切反映させないことになっているのだ。

私と彼ら、特にオーウェルは呉越同舟《ごえつどうしゅう》みたいな状態にある。だから一般的なパーティーでも一番のもめ事になる案件——魔宝石の取り分を、簡略化したかったのだろう。

王家に仕えている奴が、王子を守るために戦うのは当たり前。客分である私は、最低限自分の身を守るだけでもかまわない。ぶっちゃけ道案内するだけでも、討伐報酬がもらえることになっている。さすがにそれは気がとがめるので、ちゃんと働くけどね。

時々分かれ道の選択をしつつ、遭遇する魔物を倒して先に進む。

この階層はトロールが多いが、時々オーガも出た。上層階のオーガより大きく、動きが速くてパワーもある上位個体だ。

でも、これもオーウェルの電撃魔法で大半が消滅し、残りの動きも鈍くなる。複雑な気分だ。

戦闘が楽になるのはいいんだけど、それが奴のおかげとなると、やっぱりおもしろくない。

きっとクレフだって、本来はこのくらいのことを軽々とやれたんだよね。でも今は、それができない。——奴のせいで。

あー、モヤモヤする。もう一回、今度はクレフに憑依《ひょうい》された状態で、奴を殴りたい。それならクレフも恨みの一端を晴らせるし、私も少しはすっきりする。

そんなことを考えながらも、探知系スキルで周辺を探りつつ歩いていた私は、ふと足を止めた。

「どうした？」

ブラムスさんに問われて、これまで歩いてきた道を振り返り、答える。

「さっきからずっと右手は壁ばかりで、道がないんですよね」

「そういうこともあるだろう。逆に、横道だらけのこともある」

まあそうなんだけど、【マップ】の表示によると、この壁の向こうには広い空間がある。広い空間といえば、フロアボスの部屋だ。

でも、第九階層の時みたいな扉は見当たらないし、【看破《かんぱ》】にも反応はないんだよね。

少なくとも視界に入る範囲に、隠し扉や仕掛けはない。残念だ。

「あまりにも壁が続くんで、この向こうがフロアボスの隠し部屋かと思ったんですけどね」

肩をすくめ、歩き出す。途端、王子が「あ！」と声を上げた。そして周囲に、何か重い物が動く音が響き始める。

「すまない。罠らしきものを踏んでしまった」

「え？」

そんな馬鹿なと王子の足元を見て、ギョッとする。確かに彼の足元のレンガは、周囲より一段くぼんでいた。そして、なんらかの魔法が発動している気配がする。

「さっきまで、そこには何もなかったのに!?」

王子がこけて以来、足元の罠には気を配っていたのだ。何もなかったのは、間違いない。

まさか迷宮変化は、罠の発動スイッチまでいきなり湧かせるの!?

私は慌てて王子の足元を見て、【鑑定】を発動させた。

――『扉、開』

随分《ずいぶん》シンプルな結果だ。せめてどこの扉なのかくらい、表示してほしい。でも一番怪しいのは、右手の壁だ。そう思って警戒していると、壁のレンガの一つ一つがクルクルと回り始めた。

クルクル回ってフッと消え、徐々に穴が広がっていく。

私たちが唖然《あぜん》として見守る中、やがてその変化は止まった。だいたい、大人が両手を広げて通れるくらいの穴が開いている。

「これは……隠し部屋⁉」

入り口に駆け寄った王子を追って、私たちも壁の向こうの様子を見る。そこには光る苔《こけ》がないのか、真っ暗だ。通路にある光る苔《こけ》程度では、奥まで見通せない。

「オーウェル、明かりを――」

王子が命じたその時、誰も魔法を使っていないのに、一つの小さな明かりが暗闇に生じた。青白い火の玉みたいなそれがゆらりと揺れた直後、次々と同じものが壁際に生じる。やがて白い石畳の敷き詰められた部屋が、光に照らし出された。

「随分《ずいぶん》広い。それに天井も、かなり高いな」

中を見渡した王子の目が、再び奥に向けられる。そして、一点で止まった。

「あれは……」

つぶやき、室内に足を踏み入れようとした彼を、オーウェルが引き留める。

「お待ちください、罠があるかもしれません」

「ああ。だが、中央の台座が気になったのだ。上に、玉のようなものがある」

見れば、確かに玉らしきものがあった。

隠し部屋の中に、これ見よがしに置かれた玉。どう考えても怪しい。

私はそれを凝視し、【鑑定】を発動させた。その結果に眉をひそめる。

鑑定結果は、不明。【看破《かんぱ》】も効かない。どうやらあれには、強力な隠蔽《いんぺい》魔法がかかっているらしい。嫌な予感がする。

「もしやあれが、迷宮核か？」

「まさか！　ここは第十三階層ですよ!?　それに、迷宮核の守護者もいない」

王子の言葉を否定したオーウェルだったが、かといって答えを持ち合わせているわけでもなく、私に視線を向けた。

「あれはなんです？」

「さあ？」

首をかしげると、睨《にら》まれた。理不尽だ。

「私はこの迷宮自体、初めて潜《もぐ》るんですよ。ギルドにあった過去の資料はある程度読みましたけど、こんなものを見つけたって記録はありませんでした。宮廷魔道士の記録にはないんですか？」

「あれば訊《き》きません」

さようで。

『クレフはどう？　知ってる？』

【念話】スキルで訊《き》いてみたが、彼も知らないらしい。首を横に振った。

「せっかくだから、あれが何か確認したい。ネネ殿、あそこまで行く途中に、罠はありそうか？」

王子に問われた私は、室内を見渡して確認する。

「……なさそうなのが、逆に怪しい感じですね。さっき王子が踏んだスイッチみたいに、急に発生するかもしれません。ちなみに一番罠っぽいのが、あの玉です」

目的のものが一番怪しいと忠告しつつ、この部屋の入り口を開く鍵が王子の足元に突然現れたことを踏まえて報告すると、ブラムスさんが提案した。

「なら、対物防御結界《アンチマテリアル》を展開して進めばいい。転移系の罠じゃなければ、大抵それで防げる」

なんとも力技な攻略法だ。けれどそれを有効と判断したのか、王子は早速魔法を使う。そして部屋に足を踏み入れた彼の左右を、オーウェルと近衛《このえ》騎士が固めた。そのあとを聖職者コンビが続く。

気は進まないけど、王子に何かあって奴の断罪ができなくなったら困るしね。仕方ない、私も行くか。

そう思って足を踏み出すと、ブラムスさんも来てくれた。その後ろに灰色オオカミが続き、クレフが最後尾をついてくる。

私たちは警戒しつつ進んだが、拍子抜けするほど何事もなく、台座までたどり着いた。

その上にあったのは、虹色に輝く水晶のようなもの。

「美しい。こんな水晶は見たことがない。これは本当に、迷宮核ではないのか？」

感嘆と疑問の声を上げた王子に、ブラムスさんが台座を指し示した。

「違うな。ここに、『真実を答えし者は、望む場所へ』と魔法文字で書かれている。転移の魔道具の類《たぐ》いだろう」

「では嘘偽《いつわ》りなく答えれば、迷宮核の間に転移することも可能ということか!?」

「保証はないが、可能性はある」

興奮気味に詰め寄った王子に、ブラムスさんはそう言って頷《うなず》いた。すると王子は顔を輝かせて、さらに詰め寄る。

「どうすればいい？　どうすれば、この魔道具を動かせる？」

重ねて問われたブラムスさんは、「そりゃまあ……」と、水晶に視線を落とした。

「その水晶に触るんじゃないか？　裁判で偽証を判別する魔道具が、こんな感じのだったろ」

「確かに、似てますね」

ユノさんを始め、それを知っている人たちが同意する。

「ただ、触れただけで発動する罠って可能性もある。試すなら、宮廷魔道士がいいんじゃないか？試練の正式な従者だし、仮に一人で転移させられたとしても、ある程度戦える奴が選ばれてるんだろ？」

ブラムスさんの提案で、全員の視線がオーウェルに集まった。けれど、王子が首を横に振る。

「駄目だ。試練を受けているのは私だ。私が――」

「いえ、私が触れましょう」

オーウェルが王子の言葉を遮《さえぎ》って、台座に近づく。そして虹色の水晶に左手を乗せると、どこからともなく声が聞こえてきた。

『汝《なんじ》、同胞へ毒を盛りしこと、ありや、なしや』

なんてピンポイントな問い！　さあ、奴はどう答える⁉

固唾《かたず》をのんで見守る私の前で、奴は少しためらうような間のあと、口を開く。

「……ない」

途端、轟音《ごうおん》と共に出入り口が閉ざされ、台座を囲む私たちの周りから赤黒い光がほとばしった。

光は床に円を描き、その中に文字らしきものと六芒星《ろくぼうせい》が浮かぶ。それと同じものが床や天井、空中にも無数に現れた。そしてその光の中から次々と、魔物が出てくる。

ゴブリンにコボルト、オークにトロール、オーガ、サイクロプス、ハーピーにグリフォン、ミノタウロスにデュラハン。上層階で見た魔物からまだ見ぬ魔物まで、際限なく湧く。

「召喚陣。嘘つきへの罰ってところだな」

言いつつ、ブラムスさんが剣を抜いた。その足元で従魔の灰色オオカミがうなる。

「オーウェル！　嘘とはどういうことだ！」

青ざめた王子が、オーウェルの胸ぐらを掴んで問いただした。

「これは罠です！　どう答えても、魔物の群れが召喚される罠だったのです！」

オーウェルはそう言ったが、嘘だ。いや、〝どう答えても〟の部分は分からないけど、毒を盛ってないってのは、嘘。それを告発するためにも、これを生き延びなくては。

でも、帰還の腕輪は使えない。以前、転移系の罠に捕まった時を想定してクレフに教えてもらったが、別方向への移動魔法が重なると、最悪、体が引き裂かれてしまうらしい。

「御託《ごたく》はあとだ！　来るぞ！」

魔物が動き、ブラムスさんが叫んだ。

押し寄せる魔物を、彼は次々と切り伏せる。灰色オオカミも、その鋭い爪と牙で魔物を屠《ほふ》った。

近衛騎士《このえ》が王子を守るように一歩踏み出し、剣を振るう。ユノさんとアルマさんも、それぞれ魔物に立ち向かった。

王子は掴んでいたオーウェルの胸ぐらを突き飛ばすように離し、魔物に向かって魔法を放つ。奴は一瞬よろめいたものの、倒れることなく魔法を紡《つむ》ぎ出した。

私も魔弾の指輪を起動し、魔物を狙撃する。こちらへの攻撃は、ヒナちゃんが障壁で防いでくれた。何度破られても、瞬時に次の障壁を展開する。

全方向を守る結界ほど消耗しないと聞いたことがあるけれど、長引けば、ヒナちゃんの負担になる。早々に、この状況をなんとかしないと。

騒ぎに紛れて魔法を使い、ゴブリンなんかの小物を処理してくれているクレフだって、いつ、周囲にその存在を気づかれてしまうことか！

焦る私の足元で、魔法陣が光る。破壊しようと魔力の弾丸を撃ち込んだが、それは消えない。石畳も、びくともしなかった。

魔法陣が発動し、ヌッと現れたごつい手に左足首を掴まれる。這《は》い出てきたのは、オーガだ。

「はっ！」

私はとっさに、そいつの顎《あご》を蹴り上げる。おかしな方向に首を曲げて吹っ飛んだオーガは、ポリゴン化して消滅し、足元の魔法陣も消えた。

一瞬安堵《あんど》の息を吐いた私は、すぐに気を引き締める。そして、魔物の討伐へ戻った。

【魔力回復上昇】や、【体力回復上昇】のスキルを使い、魔弾を撃って、撃って、撃ちまくる。

けれど魔物の召喚は一向にやまず、終わりが見えない。ちょっとでもミスれば命が危《あや》うい状況が、あとどれだけ続くのか。

これは……かなりキツいね。

ヒナちゃんの守りがあるし、クレフも助けてくれている。ブラムスさんなんて、誰よりも魔物と戦いつつも、私や王子が危ない時はフォローしてくれた。

ありがたい。でもキツい。だって私はつい最近まで、戦いとは無縁の女子大生だったんだもの！

おのれオーウェル、おまえのせいだ。階層を進んで徐々に敵が強くなっていくならともかく、いきなりこれなんて……。覚悟も実力も、追いついてないよ！

そんな苛立《いらだ》ちを込めて、魔物を倒す。気分的には、奴に向けて弾丸をぶっ放したいところだが、殺人犯にはなりたくないし、怪我もダメだ。この状況で、戦力を削るわけにはいかない。

命拾いしたね、オーウェル！

おそらく奴は、パーティーメンバー全員から、そんな感じの恨みを向けられているだろう。危機を乗り切ったあとが楽しみだ。

私は無理やり気持ちを奮いたたせて、戦闘を続ける。その視界の端で、ユノさんが魔法符の結界で魔物の攻撃を凌《しの》ぎながら、魔法薬を呷《あお》ったのが見えた。

そりゃあこれだけ魔法を連発していたら、その消耗は、自然回復を優に上回るだろう。

でもあれ、何本目？

魔法薬は短時間に何度も飲むと、効きにくくなる。このままではいずれ、ユノさんの魔力は切れる。他の人たちもそうだ。注意して見ると、彼らも魔法薬を飲んでいる。

……まずいな。

もし、もう一度水晶に触れたらどうなる？　新たに問いかけられる？

その問いに正しく答えれば、報酬の転移魔法は実行されるの？

仮に成功しても、この場にいる魔物もろとも転移することになるかもしれない。悪質だと言われている迷宮の転移魔法だから、転移後に気絶する恐れもある。それでも――

それでも、このまま数に押されてすりつぶされるよりは、マシな賭けに思えた。

最悪なのは、オーウェルの言い分通り、どう答えても魔物が召喚される場合。正直、今の召喚に追加され、二倍の速度で魔物が増えるのはキツい。

迷っている間に、王子をかばったアルマさんがオーガに殴り飛ばされた。魔法で防御を固めていただろうに、彼女がすぐに起き上がる様子はない。

「発《はっ》！」

放った聖域結界《サンクチュアリ》の結界魔法符は、間一髪、オーガの追撃から彼女を守った。けれどオーガは彼女を諦めることなく、結界を破壊しようと金棒を振るう。それに別のオーガも加わる。

このままでは早々に、彼女の周りの結界が破壊されかねない。でも、助けに向かう余裕はない。

私は急降下してくるグリフォンに魔力糸を放ち、拘束した。それを振り回し、空中から襲いかかってくる魔物をたたき落とす。

いやホント、きりがない。

「ええい、ダメ元！」

叫んだ私は散弾銃《ショットガン》で目の前の魔物の群れを吹き飛ばし、きびすを返して台座へ向かった。腕を伸ばし、虹色の水晶に触れる。

『汝《なんじ》、渡り人か否《いな》か』

この水晶は、人が隠したいことを訊《き》くらしい。

「渡り人だよ！」

言った途端、水晶がまぶしく光って魔物が消えた。そして私たちの足元に、巨大な青い魔法陣が現れる。

一瞬の浮遊感のあと、景色が変わった。

広い部屋の中央には、道のように敷かれた赤い絨毯《じゅうたん》。その左右には、金銀財宝の山。絨毯《じゅうたん》の先には壇があり、黒い棺《ひつぎ》が玉座のごとく安置されている。その後ろには、銀色に輝く巨大な宝石。

……綺麗。でも、なんだか怖い。

そう思った時、ブラムスさんが動いた。あっという間に壇上へ駆け上がり、棺《ひつぎ》を飛び越え――

「こんのゲスヤローが！」

そう叫びながら、宝石に回し蹴りをお見舞いした。

「今度こそ俺を殺し、次は渡り人を守護者にでもするつもりだったか、テメー！」

「ブ、ブラムスさん？　守護者って……」

Sランクハンターの蹴りを受けても傷一つつかない宝石を、さらにゲシゲシと足蹴にして荒ぶる彼に、私は恐る恐る声をかける。すると彼は足を下ろし、ばつが悪そうな顔で振り返った。

「あー。迷宮核の、だよ。今の守護者は、俺なんだ。一応」

衝撃の告白に、私たちは息をのむ。

「それにしても、あの状況でもう一度玉に触った上、地上への帰還を願わないとはね。なんとも肝の据《す》わった子だ」

ブラムスさんはぼやきつつ頭を掻き、棺《ひつぎ》に腰掛けた。そのそばへ灰色オオカミが駆け寄り、お座りする。

いや、待って。ブラムスさんが、迷宮核の守護者？　なんの冗談？

だって魔物は階層移動の道に近づかないが、ブラムスさんは平気で道を通っていた。それにワインや甘味に偏《かたよ》りがちだけど、食事もしている。一方魔物は、食べているところを見たことがない。ってか、その椅子にしている棺《ひつぎ》の中に、守護者がいるんじゃないの？

私の視線に気がついたブラムスさんが、悲しげに笑った。

「これは、俺の墓標みたいなものだよ。人としての俺は、二百年ほど前に死んでいるんだ」

「死んで？」

「ああ。当時、この辺を治めていた領主に傭兵として雇われ、迷宮に潜《もぐ》っていたんだがな。領主の娘が俺を見初《みそ》めたとかで、政略結婚を嫌がった。だから領主は俺の傭兵仲間に命じて、俺を迷宮の罠に突き落とさせたんだよ」

迷宮の罠や魔物を利用しての殺人。それはブラムスさんが、一番嫌いと言った手段だ。そしてそれを命じたのは、貴族。

そんな過去があるなら、貴族を恨み、嫌って当然だ。

「だが俺は、ヴァン族の血を引いていた。孤児だったために、知らなかったんだけどな。死にかけて覚醒《かくせい》し、命を取り留めた。でもその時には既に、迷宮の駒《こま》として取り込まれていたんだ」

組んだ足に肘をついたブラムスさんが、手のひらに顎《あご》を乗せて、皮肉げに笑う。

「今の俺は、人でありながら人じゃない。普段は迷宮の精神支配を拒めるが、核とこの部屋の物に異変があれば、自我を保てん。死にたくないなら、迷宮核やその辺の物に手を出すなよ」

警告してくれた彼に、私は頷《うなず》く。

ブラムスさんが正体を明かしたのは、このためだろう。優しい人だ。

ところでアレは、その辺の財宝と同じ扱いになっているのかな？　ブラムスさんを介して迷宮核に許可を取れば、返してもらえるだろうか？　迷宮核、意思があるみたいだし。

訊《き》いてみようとしたその時、ブラムスさんがまた口を開いた。

「で、どうして渡り人が迷宮へ？　大抵は国に保護され、囲い込まれる存在だ。戦闘能力が高ければ、魔物狩りを要請されることもあるようだが……。それなら、王子が知らないわけがないしな」

「そ、そうだ。なぜ言わなかった。見知らぬ世界に警戒していたのだとしても、この世界において、渡り人の恩恵は身近なものだ。保護の話も耳にしただろう」

それまであっけにとられ、黙っていた王子が口を挟む。

「聞きましたよ。帰還の手段はあるけれど、渡り人の恩恵を得たい人たちが、あらゆる手を使って引き留めることも」

私の言葉に、王子は後ろめたいのか、目をそらした。私はかまわず、話を続ける。

「だから私は、渡り人であることを隠してここに来たんです。創造の女神の願いを叶えて、さっさと元の世界へ帰るために」

そして私は、ブラムスさんへ視線を戻した。

「ってわけで、ブラムスさん。十年前、地上の森から迷宮の第一階層へ穴を開け、放り込まれた人の体を知りませんか？」

その問いに、オーウェルがピクリと肩を動かす。

迷宮の第一階層は地上とつながりやすい。迷宮に魔獣が入り込んでいるのが、その証拠である。だから奴はクレフの復活を阻止するため、彼の体を森に運び、そこから迷宮に落としたのだ。そこが比較的、穴を開けやすいから。

そのあとは、迷宮に任せるだけ。迷宮は生物以外を取り込んで、最下層の迷宮核の間に送り込むという。金貨や剣がその辺に転がっているし、それはこの迷宮も他の迷宮と同じだったんだろう。なら、時間停止魔法で生体反応がないクレフの体も……

奴が、なぜそれを知っているのかと言いたげな目で私を見る。その顔色はすこぶる悪い。

さあ、断罪の時は近いぞ。

期待を込めて見上げる私に、ブラムスさんはニッと笑った。

「あるよ。あれを迷宮に放り込んだ奴を教えてくれるなら、返そう」

「かまいませんが、知ってどうするんですか？」

「殺す」

予想外の答えに、私は思わず絶句した。

「俺の過去を話しただろう？　以来俺は、迷宮を殺しに利用する奴らは殺してきた」

因果応報、悪因悪果《あくいんあっか》ってことだろうか。

「でも被害者は死んでませんし、自分で報復したがると思うんですが」

「まあ、生きているなら、それも道理だろうが……」

言いつつ立ち上がったブラムスさんは、空を切るように手を動かした。そして空間に入った亀裂から、大きな水晶柱に似たものを取り出す。

「あれは……クレフ・リード!?」

水晶の中に閉じ込められている人を見て、王子が叫んだ。

成人したばかりの王子は十六歳で、クレフの事件があった十年前は六歳。それでもクレフと面識があり、彼の姿を覚えていたらしい。

驚く彼らの前を通り抜けて、私は棺《ひつぎ》の上に横たえられた水晶柱に駆け寄った。幽体のクレフも、そのあとを追ってくる。

彼の体は毒のせいか顔色が悪いものの、ただ眠っているみたいにも見えた。

「この状態で、本当に生きているのか？　迷宮で死んだハンターの死体と違って、魔法がかかっているのが気になって、迷宮から隔離しておいたんだが……」

訝《いぶか》しげなブラムスさんに、私は自分が知っていることを話す。

当時のクレフが魔法の研究に集中するあまり、睡眠不足で意識が朦朧《もうろう》としていたこと。

それ故《ゆえ》、睡眠時に使うお香に毒が混ぜられていることに気づかず、使ってしまったこと。

研究中の時間停止魔法を使って死を食い止めたが、なぜかその魔法がいつまでも継続し、解ける者もいなかったこと。

そして毒を盛った犯人が、万が一にも魔法が解かれることがないようクレフの体を迷宮に捨てたこと。

「その犯人とは？」

「エリオット・オーウェル」

「でたらめを言うな！」

私の告発に、奴は声を張り上げた。私はそんな奴を、壇上から見下ろす。

「でたらめじゃありませんよ。だって、本人に聞いたんですから」

「本人だと？」

「ええ。私がこの世界で最初に出会ったのは、クレフ・リード。体からはじき出された幽体です」

王子たちが目を見張る中、ブラムスさんだけがおもしろそうに笑った。

「なるほどね。いつもネネのそばにある気配がそいつか。姿はまったく見えないし、悪霊とは気配が違う感じで妙だから、気になってたんだ」

迷宮探索許可試験の時に言っていた気になることって、それだったのね。でもって見えてないけど、気配は感じていたと。

「笑い事じゃないですよ。私はクレフの存在がバレたのかと思って、ヒヤヒヤしてたんです。地上に残る霊は全部悪霊なんていわれているから、問答無用で討伐されるんじゃないかって」

「悪い、悪い。でも見えていたら、話は早かったんだがな」

「討伐しないって、言ってくれないとダメですけどね。それなら私はブラムスさんに渡り人だと明かして、女神の要請を……あれ、それなら私は、迷宮に潜《もぐ》る必要がなかったことに……」

ブラムスさんとは、迷宮都市に着いたその日に遭遇したのだ。彼にクレフが見えていれば、そこですべて片づいた。いや、オーウェルの断罪については、私は見届けられないけども。

「ってか、女神がブラムスさんのことを教えてくれていたら、ブラムスさんにクレフが見えていなくても、話をつけられたんじゃ……」

こんな話の通じる迷宮核の守護者なら、すぐに体を返してくれたと思う。

「いや、さすがに女神でも、俺がこんなのだって把握はしてないだろ」

そうかな？

「……じゃあ、断罪を見届けられるので、よしとしておきます。自白と取れる発言も聞けたし」

「ああ、ネネは問いを肯定して転移したが、あいつは否定して魔物を呼び込んだ。確かに、ある意味自白だな」

頷《うなず》くブラムスさんからオーウェルに視線を移すと、奴が忌々《いまいま》しそうな目で私を睨《にら》んでいた。

「迷宮の魔道具による判定は、不服？　なら、国が定めた裁判用魔道具を使ってもらおうじゃない。あんたと、被害者にね」

言って、【魔法無効化】スキルを発動させる。すると、パリンとガラスが割れるのに似た音がした。

クレフの体を包み込む水晶が溶けるように消えていく。やがて彼の体が直接棺《ひつぎ》の上に横たわった。完全に水晶が消えたその時、幽体のクレフが私の視界から消える。たぶん、魔法で止めていた時間が流れ始めたことで、体に戻ったんだろう。

私はそれを機に、発動スキルを【状態異常無効化】に切り替えた。そしてクレフの手を取り、スキルの効果が現れるのを祈りつつ待つ。

少しして、クレフの指がピクリと動いた。

「クレフ」

「クー」

私とヒナちゃんの呼びかけに応えるように、クレフがうっすらと目を開く。そして、吐息混じりに言葉を発した。

「……ああ、……大丈夫だ」

棺《ひつぎ》の上で体を起こそうとする彼に、私は慌てて手を貸す。まだ少し顔色が悪く、ふらつく彼の体を支えて、【体力回復上昇】スキルを付与した。

付与だとオリジナルより効果が落ちるけど、ないよりマシだろう。

百パーセントの効果がないと困る【魔法無効化】と、一刻も早く効いてほしい【状態異常無効化】は、私を中心とした一定の範囲に効果があるように作った。けれどその他は少しでも必要ポイントを下げるため、付与機能をつけただけだったのである。

クレフは、私だけを対象にすればいいとか言っていたけど、付与ありにしといてよかった。

「……クレフ・リード」

オーウェルが青い顔で、彼の名前を呼ぶ。それに対して、クレフは皮肉げに笑った。

「体を失い、意識だけの存在となってからも、その後の状況は見ていましたよ。すべて知っています。私を殺せなくて、残念でしたね」

その言葉を聞いて、奴は身を翻《ひるがえ》す。走りながら腕輪に触れ――

「逃がすな！」

王子の命に、近衛《このえ》騎士が反応した。素早くオーウェルに飛びかかって押さえつけ、腕をねじり上げて帰還の腕輪を奪う。代わりに、手錠をかけた。

奴は、多少なりとも発動に時間のかかる自身の転移魔法ではなく、即時発動の魔道具で逃げようとしていたらしい。

「魔力封じの手錠だ。逃げられると思うなよ」

近衛《このえ》騎士がそう言って、オーウェルを引き起こす。そこへ、王子が近づいた。

「エリオット・オーウェル。汝《なんじ》を魔力封じの塔へ幽閉し、クレフ・リードが回復次第、裁判を行う」

王子の宣言に、奴はうなだれた。

観念した様子を見て満足げに頷《うなず》いた王子は、次にブラムスさんを振り返る。

「帰還の腕輪が発動しなかったみたいだが、何かしたのか？」

「いいや。この部屋は守護者を倒すか許可がないと、転移魔法は使えないんだよ。扉も開かない」

わお。マジで、ラスボスからは逃げられない仕様だった。

おかげで奴に逃げられずにすんだけど、私たちも出られないってことではないか。

ブラムスさんと、戦えと？

そんな思いが顔に出ていたのか、私を見たブラムスさんが笑った。

「全員が守護者について黙秘を誓うなら、出してやるよ」

「……何が目的だ？」

王子が警戒をにじませた声で、ブラムスさんに問う。一方ブラムスさんは、何の気負いもなく答えた。

「強《し》いて言えば、迷宮核への嫌がらせ。あと、甘味とワインだな」

「は？」

予想外の答えに、王子が間の抜けた声を出す。

「迷宮核の守護者が、迷宮がでかくなるための人間狩りと暴走発生《スタンピード》の邪魔をする。駒《こま》にされた意趣返しとしては、なかなかだろう？」

確かに。本来は迷宮核の手足となって、人の命を迷宮に捧《ささ》げるはずだった。なのに彼は魔物を殺し、迷宮を殺人に利用する人以外は殺さない。迷宮核は、さぞ苛立《いらだ》っただろう。

そりゃあ、守護者の交代を目論《もくろ》むか。そしてブラムスさんはそれをことごとくはねのけて、嫌がらせを続けていると。

なんというか、すごい。すごい意地を感じる。

そう思った私の前で、王子が頷《うなず》いた。

「なるほど。この迷宮は、かつての領主が亡くなって以降、暴走《スタンピード》が起きていなかった。各国が魔宝石を取り合った百年前の戦争中も無事だったのは、ブラムス殿のおかげだったのか」

合点《がてん》がいったと言う王子に、ブラムスさんは苦笑する。

「あの頃は、俺以外の討伐者がほとんどいなくて、ギリギリ暴走《スタンピード》が起きない程度しか、討伐できてなかったけどな」

それでも、そのおかげで助かった人は多いだろう。

「その件については、当時の王に代わって謝罪する。それで、その……甘味とワインというのは、どういう意味だ？」

「そのままだ。含みも何もない」

ないんだ。

「迷宮核の守護者になってからは、特に食べなくても飢えることはなかったんだが、好物なんだ。けどさすがに正体がバレたら、飲み食いしに地上へ行けないだろう？」

あっけらかんと言うブラムスさんに、みんな、なんとも言えない顔になった。きっと、迷宮核への嫌がらせはともかく、それはどうなんだという思いでいっぱいなんだろう。

でも、守護者が率先して魔物を倒し、暴走《スタンピード》を防いでくれていたなんて、ありがたい話だ。今後も期待していいなら、便宜《べんぎ》を図ってもいいじゃないかと思う。人類にデメリットはない。

まあ、迷宮核が危険にさらされると守護者モードになって、敵になってしまうけどね。だけど迷宮を破壊せずに魔宝石の採取場として使い続けるなら、迷宮核を狙う必要はない。問題ないだろう。

王子もそう考えたのか、秘密を守ると言った。

「承知した。口外しないと誓おう。契約魔法を使うか？」

「物証を残してどうする。口頭でいい。ただしバラそうとすれば、声が出なくなる魔法をかけさせてもらうぞ」

「そんな魔法が？」

「ある。ちなみに筆記でバラそうとすれば、手に激痛が走るからな」

うわぁ。魔獣皮紙による魔法契約と、どっちもどっちだね。


全員が迷宮核の守護者についての沈黙を誓い、オーウェルにも少々手荒い説得をして誓わせたあと、王子が私に言った。

「ネネ殿、クレフ・リードが回復するまで、どうか城に滞在を」

「やめたほうがいいぞ。そのまま外部と隔離されて、永住の言質《げんち》を取られるコースだ」

王子の誘いに、ブラムスさんが横やりを入れる。

王子は、「そんなことはしない」と言うが、王様次第ではあり得る話だ。だって王様の命令権は、王子様より上だしね。でもクレフを療養させる環境としては、一番いいに違いない。

受け入れるべきかと思った時、クレフが私の手を掴んだ。

「ネネ、魔力と体力の回復薬を。今すぐ帰還させる」

「何言ってんの。魔法薬での回復は、体の負担になるんでしょ？」

今のクレフに魔法薬を飲ませたら、毒で弱った体に鞭打《むちう》つことになる。そんな無理はさせられない。

王子が邪魔しないって言った今が、チャンスなのは分かるけど……。そうだ！

思いついた私は、早速準備した。

「クレフ、譲渡するから承認してくれる？」

「承認？」

疑問形だったが、問題ない。彼がその言葉を口にした途端、光の輪が私たちを囲んだ。そしてそれが消えると同時に、彼を支える腕が軽くなる。

「ネネ、何をした？」

自力で体を支えられるようになったクレフが、驚いたように私を見た。

「私の体力の一部と魔力を全部、クレフに渡したの。ついでに各種スキルもね」

だって元の世界じゃ、魔力やスキルなんて使えないと思う。使えたとしても、騒ぎになること請け合いだ。なら、なくていい。

【鑑定】が使えないので確認できないが、これでクレフの体力と魔力がある程度回復しただろう。【体力回復上昇】スキルと【魔力回復上昇】スキルも、付与と違って本来の力を発揮する。

ニコリと笑った私に対して、クレフは何か言いたそうだったけど、やがてため息をついた。

「……感謝する」

うむ、苦しゅうない。お城に軟禁されないためでもあるしね。


それから数分後、私のスキルを譲渡されたクレフはすぐにそれを使いこなし、あっという間に回復した。そして今現在、ブラムスさんや王子たちが見守る中、迷宮核の間の真ん中で、異世界転移魔法発動のための魔力を放出している。

私の足元には、小さな円。これは転移魔法発動範囲の目印で、中のものだけが転送されるらしい。

私はヒナちゃんにお守りとしてもらった羽根と、クレフに【アイテムボックス】から出してもらった私物を持ち、防具やマントを身につけたまま、魔法の発動を待った。

どうせ送ってもらうのは、私の部屋だ。帰ってから着替えればいい。そしてこの世界へ来たのが夢じゃない証《あかし》として、大事に大事にしまうのだ。

輪の中に、クレフの魔力である淡い緑の光が満ちる。この光は、魔力がないと見えない光だ。

そういえば、魔力は大気中の魔素《まそ》を吸うと、自動変換されるんだっけ。で、放出される魔力を見るよう癖づけていたから、また見えるようになったと。

魔力があってももう使いようがないが、この世界で最後に見る光景としては、綺麗でいい。魔法世界って感じもするし。

そんな光越しにクレフを見る。森での出会いから今までを思い出して、少し、胸が苦しくなった。

出会って以来ずっと、彼は私のそばにいて、色々教えてくれた。私が落ち込んだら頭をなでてくれて、命が危ない時は自分の信念を曲げて私に取《と》り憑《つ》き、助けてくれた。

とても優しい、私の……

何だろう。兄……じゃないな。親友？　相棒？　ああ、戦友か。

そう、とても大事な戦友だ。二度と会えないと思うと、寂しい。

「ネーネ、ゲンキデネ」

クレフの肩に止まるヒナちゃんが、泣きそうな声で言った。私はなんとか微笑《ほほえ》んで、言葉を返す。

「うん。ヒナちゃんも元気でね。クレフにいっぱい魔力をもらって、早く大きくなるんだよ」

最後にもう一度、あのツルフカなボディをなでたいと思ったが、我慢した。発動可能になった魔法を発動させずに維持するのは、大規模な魔法ほど大変だと聞く。離れがたい感触を味わったら、なかなか手放せないだろう。クレフに負担をかけてしまう。

私はぐっと耐えて、視線をクレフへ戻した。

「また研究に没頭して、無茶な徹夜なんかしないように。回復スキルをそんなことに使ったら、許さないから」

「ああ、肝に銘じよう」

忠告を受けて、彼は苦笑を浮かべる。

「ダイジョウブ！　ヒナガミハットクノ！」

「それはいいね。よろしく、ヒナちゃん」

この先、そこに私はいない。

寂しさをごまかすように笑った私は、クレフから放出される魔力が止まり、足元の輪が輝きを増していることに気がついた。ハッとしてクレフを見れば、彼が頷《うなず》く。時間だ。

「ありがとう、クレフ」

「こちらこそ、世話になった」

言って、クレフが一歩踏み出す。そして私の頬に手を添えて、身をかがめた。

彼の唇が私の目元に触れ、思わず固まる。そんな私から離れたクレフが、円の外で笑った。

「また会おう」

瞬間、強い光が天を貫《つらぬ》き、視界を白く塗りつぶした。光が引けば、そこはもう私の部屋。

「寧々!?　おまっ、どこから!?」

突然現れた私に、部屋にいた雅兄が驚いて騒ぐ。おそらく、異世界転移したなんてメッセージを最後に消息を絶った末っ子を心配し、家族を代表して、ネット環境があれば仕事のできる雅兄が、私の部屋に待機していたんだろう。

それはともかくとして、私は呆然として目を瞬《またた》いた。

「……また？」

どういう意味だと訊《き》きたくても、相手は遥《はる》か遠くの異世界。私にできるのは、目元を押さえてそ

の場にしゃがみ込むことだけだ。

最後の最後に、何をするんだ、バカ。

ひょっとしたら、あの世界ではごく普通の挨拶《あいさつ》なのかもしれない。でも私は異世界人で、チューが挨拶《あいさつ》の国の人じゃない。

今さら、変に意識しちゃったじゃないか！

エピローグ

異世界から帰還して時は流れ、本日はイベントである。

私は荷物持ち兼護衛の兄たちを背後に従え、大学に入って以来の友人である鈴木結衣《すずきゆい》と一緒に、早朝からイベント会場の更衣室に向かって歩いていた。

「今日のコスプレ参加者、少ないのかしら。確かに時間は早いけど、妙に人と会わないわね」

結衣の言う通り、廊下に人気《ひとけ》がない。まるで人払いの魔法でもかけられたかのように、誰もいないのだ。

でも、この世界で魔法なんてものはあり得ない。せいぜいあるのは、道を間違って、イベントで使用しない場所に入り込んでしまった可能性。だけど、案内の張り紙があるし……

不安を感じながら進めていた足が、ソレを見て止まった。

「どうしたの？　更衣室、すぐそこみたいよ？」

一歩先に進んでしまった結衣が振り返り、訝《いぶか》しげに問う。

「まさか召喚か⁉　なら逃げろ。また長期音信不通なんて、冗談じゃないぞ。今度こそ帰れないかもしれないしな」

オタクな雅兄が慌てて私の足元を見るが、そうじゃない。まあ、前回の異世界転移は、連絡したとはいえ、それはたった一度。その後は音信不通で、家族にかなり心配をかけた。私を帰してくれたクレフが呼んでいるのだとしても、二度とごめんだというのは、分からなくもない。

ちなみに、結衣には異世界転移のことも、クレフが「また会おう」と言ったことも話してある。だから兄たちの慌てっぷりも、当然のこととして受け入れていた。

ともあれ、私が止まった理由はそれじゃない。違うのだ。

「いや、そうじゃなくてね。更衣室らしいドアの数メートル手前、壁に頭を突っ込んでいる人のオブジェなんて、ある？」

まさかと思いつつ尋ねた私に返ってきた答えは、ノー。ならアレは、幽霊だ。【見鬼《けんき》】のスキルもクレフに譲渡したはずなのに、どうして見えるのか。謎だけど、これだけは言える。

今ここで、あののぞき野郎に制裁を下せるのは、私だけだ。

幸い、なぜか廊下に人はいない。誰かに見られる前に、手早くすまそう。

私は、既に半分以上壁の中に潜《もぐ》り込んでいる、幽霊が背負うリュックサックを掴んだ。そして力任せに引っ張って、反対側の壁にたたきつけるように放り出す。足をもつれさせて尻もちをついたそいつは、何が起きたのか分からないと言いたげな顔で、私を見上げた。

ひょろりとした体格の、気の弱そうな男だ。幽霊になって、誰にも見えなくなったため、魔が差したのかもしれない。でも許さん。

私は無表情で、男の足を踏みつけた。途端、そいつは痛みに顔を歪《ゆが》める。

「幽霊が見えて触れる人は、意外といるもんなんだよ。痛い目見たくなかったら、二度とのぞきなんてするな」

「ひ、ひぃ～！　し、しませんっ。もうしません！」

慌てふためくそいつから足をどけてやると、男は這《は》いつくばるようにして逃げていった。

「寧々、もしかして……」

恐る恐る訊《き》く鉄兄に、私は頷《うなず》く。

「うん、幽霊がいた」

「って、スキルはクレフって人に、譲渡してきたんじゃなかったのか？」

困惑している雅兄にも、頷《うなず》きを返す。

「もしかしたら女神に与えられたスキルは、譲渡不可だったのかもしれない」

また会おうと、クレフは言った。それは譲渡された【鑑定】スキルで、私に【創造】のスキルが残っていることを知ったからじゃないのか？

【創造】があるなら、そしてそれがこの世界でも発動するなら、異世界転移のスキルが作れる。ヒナちゃんの羽根を転移の目印にして、好きな時に、彼らに会いに行ける！

私はドキドキしつつ、自分の手を見た。早速確認しようとしたその時、突風が廊下を吹き抜ける。

思わず目をつぶった私の頭に、誰かの手が触れた。

「約束通り、会いに来たぞ」

その声と言葉に、私はギョッとして顔を上げる。

「久しぶりだな、ネネ」

金髪金眼の美形が、目を細めて微笑《ほほえ》んだ。その肩の上で、すらりとしたオカメインコサイズの白い鳥が、うれしそうに羽を広げる。

「久しぶり、ネーネ」

最後に見た時と姿は違うけど、光を帯《お》びたその羽は、ヒナちゃんのもので間違いない。

「……クレフ。また会おうって、自分たちが来るってことだったの？」

「ああ。後始末に時間がかかり、遅くなってしまったがな。世話になったネネの家族に挨拶《あいさつ》をしないわけにはいかない」

「挨拶《あいさつ》するのー」

「律儀か！」

思わずツッコんでしまったが、そういえばクレフはそんな人だった。

「「おい、寧々」」

「寧々ちゃん？」

困惑している兄たちと親友に呼ばれて、我に返る。

そうだ。クレフとヒナちゃんを、紹介しなくては。話はそれからだ。

それにしても、うれしい。また会おうと言ってくれた人が、来てくれた。この再会を、これっきりにしたくない。でも、クレフにだけ異世界転移の負担を強《し》いるのも、悪い気がする。

よし、【創造】スキルのポイントを貯めよう。目指せ、往復自由な異世界転移！

私はそう心に決めたのだった。

シリーズ累計
8万部
突破!!
Regina COMICS
転生者はチートを望まない
原作
奈《な》月《つき》葵《あおい》
漫画
船《ふな》津《つ》早《わ》稲《せ》
1
大好評発売中!!
アルファポリスWebサイトにて
好評連載中!
待望のコミカライズ!!
フィーメリア王国のイルガ村に住むミラ・5歳は、ある日頭を強打し、日本人としての前世の記憶を一部取り戻した。転生者は、面倒な使命を託されているのがファンタジー小説のお約束。でも面倒事はまっぴらごめん！　このまま平穏に暮らしていくんだ――。そう思っていたのに、案の定(?)チート能力が発覚してしまい!?
アルファポリス 漫画
検索
B6判／定価：本体680円＋税
ISBN:978-4-434-21880-4

新＊感＊覚　ファンタジー！

Regina レジーナブックス

★トリップ・転生

村人召喚？ お前は呼んでないと追い出されたので気ままに生きる１～２

丹辺《にべ》るん

イラスト／はま

勇者召喚に巻き込まれ、異世界にきてしまった美咲。けれど「勇者の素質がない者は必要ない」と城を追放されてしまった！ 確かに、美咲に与えられた職業は『村人』……。仕方がないので、彼女は自由に生きる決意をして――。役立たずのはずなのに、チートなスキルで大活躍!? 個性的な仲間たちと織りなす、気ままな異世界冒険譚！

★トリップ・転生

元獣医の令嬢は婚約破棄されましたが、もふもふたちに大人気です！　１～２

園宮《そのみや》りおん

イラスト／ Tobi

交通事故に巻き込まれ、公爵令嬢ルナに転生してしまった詩織。彼女はある日突然、理不尽に国を追放されてしまう。そして、異世界を旅することになったのだけど……超レアスキルを隠し持つルナは、新たに出会ったもふもふたちにモテモテで!? もふもふのためなら、無敵スキルは使えて当然!? もふ愛炸裂・異世界ファンタジー、いざ開幕！

詳しくは公式サイトにてご確認ください。

https://www.regina-books.com/

携帯サイトはこちらから！

この作品に対する皆様のご意見・ご感想をお待ちしております。

おハガキ・お手紙は以下の宛先にお送りください。

【宛先】

〒150-6008 東京都渋谷区恵比寿 4-20-3 恵比寿ｶﾞｰﾃﾞﾝﾌﾟﾚｲｽﾀﾜｰ８F
（株）アルファポリス　書籍感想係

メールフォームでのご意見・ご感想は右のＱＲコードから、
あるいは以下のワードで検索をかけてください。

アルファポリス　書籍の感想　検索

ご感想はこちらから

本書は、「アルファポリス」（https://www.alphapolis.co.jp/）に掲載されていたものを、
改題、改稿、加筆のうえ、書籍化したものです。

女神《めがみ》に訳《わけ》アリ魔道士《まどうし》を押《お》し付《つ》けられまして。

奈月葵（なつきあおい）

2020年 3月 5日初版発行

編集－黒倉あゆ子
編集長－太田鉄平
発行者－梶本雄介
発行所－株式会社アルファポリス
〒150-6008 東京都渋谷区恵比寿4-20-3 恵比寿ｶﾞｰﾃﾞﾝﾌﾟﾚｲｽﾀﾜｰ8F
TEL 03-6277-1601（営業） 03-6277-1602（編集）
URL https://www.alphapolis.co.jp/
発売元－株式会社星雲社（共同出版社・流通責任出版社）
〒112-0005 東京都文京区水道1-3-30
TEL 03-3868-3275
装丁・本文イラスト－名尾生博
装丁デザイン－ansyyqdesign
印刷－中央精版印刷株式会社

価格はカバーに表示されてあります。

落丁乱丁の場合はアルファポリスまでご連絡ください。

送料は小社負担でお取り替えします。


ISBN978-4-434-27185-4 C0093